흔들리며 피는 꽃

이 도서의 국립중앙도서관 출판예정도서목록(CIP)은 서지정보유통지원시스템 홈페이지(http://seoji.nl.go.kr)와
국가자료공동목록시스템(http://www.nl.go.kr/kolisnet)에서 이용하실 수 있습니다.(CIP제어번호: CIP2016016555)

푸른사상 소설선

흔들리며
피는 꽃

이덕화 장편소설

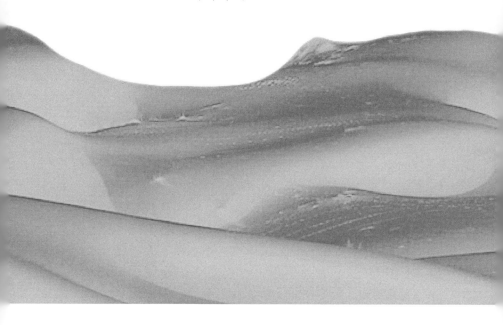

푸른사상
PRUNSASANG

미시적 파동

　세계 최고의 자살률, 꿈과 상상력을 키워야 할 아이들이 시달리는 심한 입시 경쟁 , 인터넷에 범람하는 악플, 지속적으로 발생하는 세월호 같은 대형 사고 등, 이 모든 것은 우리 사회의 구성원인 개인의 존엄을 훼손시킬 뿐만 아니라 자신을 포함한 자기가 속한 사회에 모멸감을 느끼게 한다. 빠른 경제적 성장으로 인한 후유증, 후기 산업 사회에서 필연적으로 나타나는 과도한 경쟁에서 오는 좌절감과 불안은 개인의 자존감을 잃게 한다. 자존감이 낮은 개인이 다수인 집단일수록 불안과 불만이 쌓이게 된다.

　이를 극복하기 위해서는 정치가들은 한 개인 개인의 존엄을 살리는 정책을 통하여 복지 사회를 만들어야 할 것이다. 또 기업가 역시 회사 구성원들의 기를 살리는 데 중점을 둔다면 기업의 경쟁력을 높이는 결과를 가져올 것이다. 또 신문을 비롯한 매스컴에서도 사회 구성원들이 모멸감을 느끼는 사건을 파헤치는 뉴스보다 좀더 사회 구성원들의 사기를 진작하고 사회 구성원들의 존엄을 세우는 아름다운 이야기에 더 많은 비중을 두었으면 좋겠다.

이번 장편 『흔들리며 피는 꽃』은 우연히 알게 된 '광명 87호' 전재용 선장의 이야기를 유튜브로 보았을 때의 감동을 소설화한 것이다. 30년 전, 전재용 선장은 난민 구출에 관여치 말라는 선박회사의 명령까지 물리치고 베트남 난민 96명을 구출하여 무사히 부산 난민촌에 안착시켰다. 그것은 자신의 미래, 가족의 안녕까지도 위협하는 결단이었다. 전재용 선장은 귀국 후 직업을 잃었다. 이 작품은 그의 가족들이 겪었을 후일담을 상상력으로 복원한 것이다. 전재용 같은 의인이 우리 사회에도 존재한다는 것은 나에게 큰 감동을 주었고, 그것을 작품화하고 싶었다. 전재용 선장이 난민을 구한 사건까지는 실화지만 나머지는 모두 허구적 상상력에 의해 구성된 것이다.

　몇십 년간 소설을 연구하고 소설을 써오면서 소설에 대한 나름대로의 소망을 가지고 있었다. 그것은 우리 사회에 나타나는 현상에서 정치가를 비롯한 우리 사회를 이끌어가고 있는 집단이 한 개인의 존엄을 너무 가볍게 여긴다는 불만에서 비롯된 소망이었다. 자본주의 사회에서 경제적 성장만큼 중요한 것은 한 개인의 존엄이다. 사회복지는 개인의 존엄을 위해 필요한 것이다. 사회 구성원 한 사람 한 사람의 자존감이 높을 때 그가 속한 단체와 사회는 활기차고 타인에 대한 배려로 아름다운 사회가 된다. 소설은 예술이기 때문에 심미적 목적을 분명히 가지고 있다. 심미적 목적을 드러내는 감동이 인간에 대한 감동으로 이어지고 나아가 우리 사회에 한 편의 소설로 훈훈한 입김을 불어넣는 미시적 파동이 일어나기를 소망한다.

어떤 글을 구상하고 완성할 때까지 관심을 집중하다가 끝마무리를 하고 나면 맥이 빠지고 더 이상 원고를 보고 싶지 않다. 그래서 언제나 뒷마무리 때문에 고심을 한다. 이번에는 내 작품의 애독자이면서 친구인 김순영과 남편 김병일에게 원고 교정을 부탁, 나의 글쓰기의 잘못된 버릇을 수정했다. 읽는 독자에게 좀 더 친절한 작가이고 싶었다. 두 분께 머리 숙여 감사드리며, 항상 내 작품이든 논문집이든 흔쾌히 출판에 응해주시는 푸른사상사의 한봉숙 대표님과 이 책의 출판을 위해 애쓰시는 편집부 직원 모두에게 감사드린다.

매봉산 아래에서
이덕화

흔들리지 않고 피는 꽃이 어디 있으랴

이 세상 그 어떤 아름다운 꽃들도
다 흔들리면서 피었나니

흔들리면서 줄기를 곧게 세웠나니
흔들리지 않고 가는 사랑이 어디 있으랴

1

어젯밤 민이 엄마가 형은의 집 벨을 누른 것은 9시가 조금 지난 시각이었다. 마침 뉴스에서는 박근혜 대통령이 독일을 방문, 드레스덴 선언이라는 통일 연설을 했다는 뉴스가 막 끝나고 과거 광부나 간호사로 갔던 독일 교민들과 만찬을 가지는 장면이 영상으로 흘러나오던 시각이었다. 그들의 종잣돈으로 우리의 경제 부흥이 이루어졌다는 박근혜 대통령의 멘트가 막 끝나는 것과 동시에 벨 소리가 났다. 화면에 민이 엄마가 잡혔다. 얼른 현관으로 나가 문을 열었다. 민이 엄마는 얼굴도 들지 않고, 무어라고 말을 하는데 하도 낮은 소리라 들리지 않았다.

"민이 엄마, 왜 그래?"

형은이 민이 엄마의 손을 끌고 거실로 안내했다. 형은이 냉장고에 가서 물을 컵에 따라 와 민이 엄마에게 건네주었다. 텔레비전을 껐다. 민이 엄마는 거실에 앉아서도 한참을 넋 없이 앉아 있었다. 그러면서 죄송하다는 말만 반복했다.

민이 엄마는 현재 법원에 근무하는 판사인데 판결문 보따리를 들고 지친 얼굴로 엘리베이터 앞에 서 있는 그녀를 가끔 만났다. 남편 역시 사법고시를 한 검사였다. 두 사람은 잠자는 얼굴이나 볼 수 있을까. 서로 너무 바쁘다. 민이 아빠는 거의 12시가 넘어 퇴근한다. 가끔 잠을 못 이뤄 거실을 왔다 갔다 하면 그때야 엘리베이터에서 내리는 '땡' 소리가 들린다. 민이 엄마는 퇴근 후 민이 숙제를 도와주다 민이가 잠이 들어서야 겨우 다음 날 판결할 사건 기록을 읽고, 한두 시간 자는 둥 마는 둥 하고 다시 출근을 한단다. 민이 엄마를 볼 때마다 형은은 삶의 무게를 혼자 지고 있는 듯한 지친 모습에 안쓰럽게 바라만 보았다. 그 집 초등학교 3학년인 민이를 가끔 데려와 놀아주기도, 숙제를 거들어주기도 한다. 형은은 민이 엄마가 도움을 필요로 할 때면 특별한 일이 없으면 언제든지 돕는다. 형은이 박사과정을 하며 아이들을 키울 때 겪었던 어려움 때문에, 누구보다도 아이를 키우며 직장 생활을 하는 어려움을 안다.

하얀 얇은 면티에 청바지 차림의 민이 엄마는 아직도 대학생 같았다. 가는 몸매에 170센티 가까운 키에 보기 드문 미인이었다. 생머리를 한 가닥으로 뒤로 묶은 머리에 가는 몸매는 볼 때마다 쓰러질 것 같아 안쓰러움을 주었다. 특별히 멋을 내지 않아도 멋져 보이

흔들리며 피는 꽃

는 그래서 더욱 매력적으로 보이는 여자였다. 법원에서 다 처리하지 못한 일보따리를 들고 엘리베이터에서 내리는 모습을 볼 때마다 저렇게 한번 세상에 태어나봤으면 하는 시새움을 느낀 적이 몇 번이나 있었다.

형은은 무슨 말을 꺼내야 할지 몰라 당황스런 마음으로 그녀를 쳐다볼 뿐이었다. 민이 엄마는 한참 우울한 표정으로 앉아 있었다. 자기 속으로 몰입하듯 한참을 아무 말 없이 혼자 앉아 있었다. 형은 또한 방해하고 싶지 않아 숨소리조차 내지 못하며 먼 부엌 창으로 눈길을 보내고 꼼짝하지 않았다. 아마 30분 이상 숨 막히는 정적 속에서 그대로 앉아 있었다. 그러다 민이 엄마는 갑자기 감정이 북받치는지 '흑' 하는 소리를 내더니 흐느끼기 시작했다.

하나의 설움은 또 다른 설움을 부른다. 그리고 이 세상에 마치 혼자 내버려진 듯한 설움이 온몸으로 북받쳐 올라온다. 형은은 가끔 집에 아무도 없을 때 온 세상에서 혼자 내버려진 듯한 설움 속에서 통곡으로 이어지는 경험을 몇 번씩 했다. 민이 엄마의 어깨가 흔들리기 시작하더니 통곡으로 이어졌다. 형은은 당황하여 클리넥스 상자를 옆으로 가져다주며 등을 어루만졌다. 마음껏 실컷 울어라. 형은의 존재는 잊은 듯이 자신 속으로 몰입, 한 시간 이상을 울었다. 형은은 어떤 말도 할 수 없었다. 무엇 때문인지, 왜 우는지 아무것도 물을 수도 없었다. 울음이 잦아드는 기미가 보이자, 있는 힘을 다하여 힘껏 껴안아주었다. 민이 엄마 역시 온몸으로 화답했다. 장난처럼 울음을 뚝

그쳤다. 그리고 환한 웃음을 웃으며 형은을 다시 한 번 포옹하고 돌아갔다.

잠 속에서도 민이 엄마의 통곡 소리가 들리는 것 같았다. 오열하는 울음소리가 민이 엄마로부터, 형은이 통곡하는 소리로 다시 온 세상 여자가 모두 통곡하는 소리로 변해갔다. 오늘 아침, 두 부부가 출근했을 시각이 좀 지난 후 옆집 벨을 눌렀다. 출근했다는 얘기를 그 집에 상주하는 가정부를 통해 들었다. 그렇게 흔들리는 하루하루를 견디며 살아가지. 울음은 자기 자신이 부딪치는 현실 너머 더 강력한 무엇 때문에 자신이 어찌할 수 없을 때 나오는 눈물이다. 그러나 그녀의 무엇이 그녀를 통곡하게 하는가 하는 생각이 머릿속을 떠나지 않았다.

2

오늘은 조정이 있는 날이다. 오후 2시니까 1시 30분에는 집을 나서야 한다. 형은은 11시 30분부터 점심 식사를 준비하기 시작한다. 남편은 대부분의 저녁 식사를 밖에서 한다. 형은 또한 약식으로 저녁을 먹기 때문에 김치 외에는 밑반찬이 거의 없다. 주로 점심 한 끼만 정성들여 먹는 형은은 우선 상추, 쑥갓 등의 쌈거리를 씻어 체에 받쳐둔다. 그리고 미리 꺼내어놓은 굴비를 쿠킹 호일로 싸서 오븐에 넣고 스마트 쿡 1번에 맞춘다. 20분 정도의 시간이 지나면 구워진다. 작은 냄비를 꺼내, 멸치와 다시마를 넣고 다시 물을 만든다. 냉동실에서 꺼내놓은 등심을 손질한다. 비계를 떼어내고 먹기 편한 크기로 자른다. 다시 물이 끓기 시작한다. 불 세기를 낮추고 프라이팬에 등심 고기를 올려놓는다. 찌개에 넣을 두부, 양송이 버섯, 호박, 파 등을 손질하여 사기 볼을 꺼내 담아둔다. 등심 고기를 한 번 뒤집어놓고, 다시물에 멸치와 다시마를 꺼내고 된장을 푼다. 그리고 두부와 양송이 버섯을 넣는다. 굴비가 다 익었다. 찌개도 등심도 완료되었다.

아일랜드 식탁 위에 밥상을 차린다. 김치냉장고에서 오이소박이와 열무김치를 꺼내 김치 종지에 담고 쌈장을 꺼낸다. 다 준비된 밥상에 수저를 챙겨 우선 열무김치부터 한 숟갈 입에 넣는다. 일주일 전에 담가놓은 열무김치가 먹기 좋게 익었다.

형은은 오늘 법원에서 조정을 해야 할 사건의 소장을 가져와 읽으며 밥을 먹기 시작한다. 한 번 읽었지만, 머릿속에 정리하고 법원으로 가지 않으면, 원고와 피고의 내용이 범벅이 되어 어떻게 조정을 해야 할지 방향이 잡히지 않을 때가 있어 당황스럽다. 소장을 읽어도 방향이 잡히지 않을 때가 많다. 대부분의 경우, 재판에 이겨야 한다는 목적 때문인지, 상대방에 대해 없는 사실까지 끌어와 터무니없는 비방을 한다. 그래서 어느 쪽이 진실인지 판가름하기 힘들다. 이번 소장은 조선족 여자와 한국 남성과의 결혼이 2년 미만인 점과 한국 영주권 때문에 결혼했다는 조선족 여자의 소장 기록으로 빨리 방향을 쉽게 잡을 수 있었다.

된장찌개에 들어간 고추의 매운맛이 입맛을 당긴다. 찌개의 두부를 입속으로 가져가며 형은은 시계를 본다. 이미 12시 30분이다. 다시 소장에 눈을 박아도 집중되지 않는다. 어제 옆집 민이 엄마 때문이다. 머리를 흔든다. 지금은 그 생각을 할 때가 아니다. 민이 엄마 때문인지 어젯밤 꿈이 어지러웠다. 머릿속은 어젯밤 꿈속의 이미지로 가득 채워져 있다.

산을 오르고 있었다. 산 여기저기서 뱀들이 기어나오고 있었다. 뱀을 피하기 위해 깊은 산속으로 들어갔다. 갈수록 검은 숲이 삼킬 듯이 달려들었다. 검은 숲을 지나 아래로 달려 내려가자 기적처럼 환한 바다가 열리며 배가 기다리고 있었다. 형은이 배에 닿기도 전에 배가 떠나버렸다. 뱀 떼들이 형은을 향해 달려오고 있었다. 형은은 깊은 바다 속으로 계속 들어가고 있었다.

악 소리를 내며 잠에서 깨어났다. 온몸이 땀으로 젖어 있었다. 새벽 잠을 깼을 때의 생생한 기억이 머릿속에서 지워지지 않는다. 머리를 흔든다. 다시 등심 구운 것을 상추와 채소에 싸서 입을 크게 벌린다. 음식 맛을 음미하려고 집중한다. 고기가 연하고 맛있다. 미감이 충족되자 기분이 좀 나아졌다. 적당히 익은 오이소박이 냄새에 이끌려 반쪽을 잘라 입에 넣었다. 향기와 맛이 온몸을 짜릿하게 한다.

소장에 다시 머리를 돌린다. 원고는 조선인 동포로 연변 출신이다. 1997년 남편의 폭행으로 이혼을 하고 2007년도 방문 취업 비자로 한국에 왔다. 2012년 12월 취업 비자가 만료된다. 그전에 결혼을 해 혼인신고를 하면 비자가 연장된다는 사실을 알게 되었다. 마침 중국에서 같은 마을에 살던 조선족 언니의 소개로 지금의 버스 운전사인 남편을 소개받았다. 몇 번 만나보니, 의외로 가족 관계가 간단했다. 재혼 애기만 나오면 가장 골치 아픈 자녀들 문제가 없었다. 부모도 모두 안 계셨다. 간단한 가족 관계가 마음에 들었다. 동거부터 시작했다. 동거를 시작하면서 혼인신고를 했다. 동거 시작한 지 얼마 되지 않아 남편은 폭력적으로 변했다. 원고인 조선족 동포의 이혼 청구 원인에는 피고인 남편이 생활비를 주지 않고, 매일 술을 먹고 폭력과 욕설을 일삼아 도저히 결혼 생활을 할 수 없음을 서술하고 있다. 그런 피고의 폭력에 의해서 전치 3주의 상해를 입어 병원에 입원한 적도 있다. 결혼 파탄 책임은 피고의 폭력에 있으므로 위자료 3천만 원을 청구한다고 되어 있다.

피고의 답변서에는 원고에 대한 가정의 무관심을 들고 있다. 거의 매일 밤 12시 이전에 들어온 적이 없으며, 주말마다 연변 여자가 무슨 동창이 그렇게 많은지 동창회 핑계로 집을 비운다고 한다. 다른 남자들과의 전화 통화도 일상으로 한다. 그러다가, 피고에게 혹 다른 여자에게서 전화가 오면, 피고를 거칠게 발로 차고, 기물을 던지며 밤새 잠을 못 자게 괴롭힌단다. 혼자 15년을 살다 보니, 한때 알던 여자로부터 전화가 오기도 하지만, 본인이 걸지 않는 이상 무슨 문제냐고 해도 막무가내로 횡포를 부린다. 그러다 머리가 돌아버릴 정도로 난동을 부리면, 피고도 함께 미쳐버린다는 것이다. 원고는 완전히 제정신이 돌아올 때까지 난동을 부린다. 그러면 자신도 똑같이 던지고 때리고 폭력을 행사한 경우도 있다. 그러면 병원에 입원을 하고 경찰에 신고한다. 피고는 이렇게 살다가는 자신이 살인을 저지를 수도 있겠다는 위기의식을 느꼈다. 그래서, 이혼을 하자고 했다. 합의이혼에 동의했으나, 원고는 두 번씩이나 법정에 나타나지 않았다. 피고는 혼인 파탄의 책임은 쌍방에 있다고 생각하기 때문에 위자료는 줄 수 없다는 것이 피고의 답변 요지였다.

결혼한 지 10년도 아니고 2년 만에 파탄이 일어난 것은 두 사람 다 잘 해볼 생각이 없는 사람들이다. 결혼 생활 초기에는 주도권을 누가 잡느냐는 기 싸움으로 많이 싸우기도 한다. 그러나 그것은 어디까지나 서로 맞추려는 노력의 하나다. 다툼으로 있었던 폭력을 가지고 병원에 입원하고 경찰에 신고까지 한다는 것은 서로 맞추려는 노력보다는 상대방의 허물을 증거로 남기려는 의도로밖에 보이지 않는다. 지혜 있는 여자라면, 남자의 폭력이 어디서 오는가를 분석하고 그 원인을 불러들이지 말아야 했었다.

남편인 피고도 아내인 조선족 여자를 전적으로 신뢰하고 있는 것 같지는 않다. 그것은 가정의 경제권을 전적으로 맡기지 않는 것으로 보아서 알 수 있다. 두 사람은 동시에 경제활동을 하고 있기 때문에 두 사람 합의에 의해서 생활비 문제를 해결할 수 있다. 그러나 원고의 이혼 사유 중에는 그 생활비 문제도 있다. 피고는 생활비를 필요할 때 조금씩 집어주고 전적으로 맡기지 않는다는 것이다. 그 문제 제기에 대해서는 약간 의아하다. 중국 사람들은 부부가 같이 경제 활동을 할 때는 가정에 필요한 만큼 두 사람이 나누어 갹출해서 생활하고, 나머지는 각자가 관리한다고 알고 있다. 피고는 전적으로 맡기지는 않았지만, 필요한 생활비는 다 지급했다는 것이다. 또 친정아버지의 병원비를 중국까지 보내주고, 원고의 핸드폰 밀린 돈을 갚아주었다는 것은 상대방에 대해 최소한의 노력은 보여준 것이다.

두 사람 간에는 같은 민족이지만, 몇십 년 동안 중국과 한국이라는 사회문화적 환경에서 오는 갈등도 내재되어 있다. 아내는 집을 지켜야 한다는 한국 남편의 의식으로는 조선족 여자를 이해하지 못할 것이다. 자신이 모르는 조선족 사람들과만 매일 통화를 하고 매일 밤 12시 지나서야 들어오는 아내를 어떻게 이해하겠는가. 아내 역시 사회주의 국가 중국에서 의식이 형성된 여자라, 여자라고 집에만 붙어 있어야 하는 이유를 찾지 못한다. 또 두 사람이 만나기 전, 두 사람을 둘러싸고 있던 작은 집단은 결혼 이후에도 지속적으로 두 사람의 생활을 구속한다. 두 사람의 파탄은 두 사람의 삶이 우선이 되어야 하는 결혼 생활에 그 주위의 관계를 포기하지 않음으로 오는 갈등이 주조를 이룬다.

두 사람은 그 이전의 삶을 정리하고 두 사람만의 세계에 종속되기를 원치 않는다. 한국에 거주하고 있는 남편의 입장에서는 아내가 자신의 세계 속으로 걸어 들어오기를 바라지만, 아내의 관심은 자신이 속한 중국 연변 집단에 있다. 원고는 한국 생활 관습과 중국 생활 관습을 자기 편리한 대로 유리하게 이용한다. 생활비에 관한 한 남편들이 아내에게 월급 통째로 맡긴다는 한국의 풍습을, 자신도 똑같이 밖에서 일하므로 식사는 각자 알아서 해야 한다는 중국의 풍습을. 한국 남자인 피고가 결혼해서 잠만 자고 나가는 여자를 아내라고 생각하고 결혼 생활을 유지할 수는 없을 것이다. 그것도 같이 아이들을 위해, 혹은 가정 경비를 보태기 위한 것이 아니라, 원고가 번 돈은 중국 친정으로 보내는 여자에게 웬만한 사랑이 전제되지 않는다면 결혼 생활은 불가능하다. 결혼을 사랑이 아닌 수단으로 한다 해도 최소한의 상대방에 대한 배려가 엿보여야 하는데, 원고의 경우, 전혀 그런 기미가 없다. 원고의 목적은 그동안 성적으로 외롭게 지내던 남자의 욕망을 채워주는 대가로 비자를 연장하고 위자료를 청구하는 데 있다.

한 가지 사건은 정리가 된 편이다. 밥을 먹으면서 일을 하면, 음식의 맛을 즐길 수는 없지만, 천천히 씹을 수 있어 좋다. 그럭저럭 밥 한 공기를 다 먹었다. 마지막으로 네스카페 캡슐 커피에 단팥빵을 입가심으로 먹으면 식사는 끝이다. 단맛을 주는 빵을 먹으면, 한국 음식의 짠맛이 순화되어 기분이 좋다. 그래서 점심 먹은 이후는 적은 양의 빵과 커피를 즐겨 먹는다.

서둘러 양치를 하고 옷을 고른다. 아직은 쌀쌀하지만, 빨리 겨울옷을 걷어치우고 환한 옷으로 갈아입고 싶다. 주황색 니트 투피스를 찾아 입었지만, 아직도 쌀쌀해 결국 검은 바바리를 걸칠 수밖에 없다. 집을 나왔을 때는 이미 1시 30분이 지나 있었다. 집에서 서초구청 쪽에 있는 가정법원 신청사까지는 천천히 걸어서 20분이 소요된다. 형은은 걷는 것을 좋아한다.

매봉산 기슭에 자리 잡은 형은의 집에서 1분만 걸어 나가면 남부순환로이다. 그럼에도 아파트에서는 소음 하나 들리지 않고 조용하다. 매봉산을 바라보고 있는 서재에서 창문을 활짝 열어놓고 기지개를 켜면서 매봉산의 정기를 매일 아침 마신다. 그러면서 오늘도 기쁨으로 가득 채워진 활기찬 삶을 기도한다. 도심의 한가운데, 자신의 부엌이나 서재에서 산을 즐길 수 있는 주거지를 발견했다는 것은 행운이었다.

남부순환로 큰길로 들어서자 가로수로 심어진 벚꽃은 이제 생기를 잃었다. 반면 매봉산을 둘러싸고 있는 담장에 불을 품은 듯 영산홍이 눈길을 끌었다. 평상시 눈여겨보지 않던 탓인지, 영산홍의 아름드리 규모에 새삼 놀랐다. 떨기마다 불붙듯이 타오른다. 꽃송이들이 발걸음을 멈추게 했다. 진달래나 철쭉과 달리 영산홍은 잎이 크기도 작지만, 수적으로도 워낙 적다. 꽃만이 도드라져 보인다. 영산홍은 수줍게 붉은 게 아니라 마치 날 보란 듯이 붉다. 목을 꼿꼿이 세워 함께 한 곳을 바라본다. 붉게 무리지어 한 곳만을 바라본다.

형은은 발걸음을 늦추며, 될 수 있는 대로 꽃 가까이로 걸었다. 어릴 적만 해도 붉은색은 마음껏 즐길 수 있는 색깔이 아니었다. 붉은색 하면, 붉은 군대에 의해 살육당한 할아버지의 피범벅이 된 모습이 먼저 떠올랐다. 이야기로만 들었지만, 언제나 강렬한 이미지로 박혀있다. 어릴 때 형은에게 외할아버지의 이야기는 어머니의 눈물 속에서 반복되는 신파였다. 붉은색은 뿔 달린 도깨비 모습을 한 공산당이요, 공포 그 자체였다. 사진으로만 본 외할아버지 모습에 횡액을 당한 이야기에 별의별 상상이 더해져 붉은색만 보면 피에 엉켜 있는 외할아버지가 떠올랐다. 어릴 적의 붉은색은 피에 뒤범벅이 된 할아버지의 상징이었다.

2002년의 전 국민의 열광 속에 치러진 월드컵 축구에서 붉은색 행렬이 또 한 번 가슴을 서늘하게 했다. 그때 붉은 열정으로 응원석을 꽉 채웠던 관중들, 그들이 떠나버린 운동장을 날아다니는 쓰레기 속에서 일어나는 먼지에서 피어나는 지독한 쓸쓸함이 그녀의 가슴을 저리게 했다. 지독한 고독이 만들어내는 뜨거운 열정, 붉은 악마, 그 열정 뒤에 숨어 있는 쓸쓸함을 그 붉은색 속에서 보았다. 인간들은 고독하기를 원치 않는다. 무언가에 열정을 쏟아내어야만 살 수 있다. 2002년 붉은 악마들의 열광 뒤에 숨어 있는 고독을 통해 붉은색이 가지는 쓸쓸함 속에 오롯이 피어나는 고독을 형은은 사랑했다. 이제는 붉은색을 보면, 그 열정 뒤에 오는 쓸쓸함이 먼저 떠올랐다. 붉은 꽃이 자신을 손짓하는 것처럼 정겹다.

건널목에 도달하자, 아쉬운 마음을 뒤로하고 신호등이 바뀌기 전에 서둘러 길을 건넌다. KT 건물을 지나고, SK주유소를 지나고, 베드로척추병원을 지나면 양재 시장이 시작된다. 형은은 이 양재 시장을 좋아한다. 양재 시장에서 장사하는 몇몇 할머니들 때문이다. 그 할머니들은 자신의 뜰에서 기른 상추, 파, 쑥갓 등의 갖가지의 나물을 늘어놓고 남은 여생을 즐긴다. 그들이 알뜰하게 거둬 먹여야 하는 자녀들도 이제 다 컸다. 억척같이 벌어서 집을 사야 할 나이도 아니다. 자신들이 평생 해왔던 노동으로 시간을 낚고 있는 것이다. 자주 만나는 할머니는 가끔 한 주먹의 상추, 혹은 깻잎 등의 채소를 앞에 놓고 손님을 기다리다, 형은이 지나가면 돈도 받지 않고 주곤 한다. 형은이 역시 손사래를 치면서 돈을 던져놓고 도망치듯 걸음을 재촉해 집으로 온다.

그 할머니는 아들은 의사로 사위는 재벌 회사 중역으로 잘살고 있단다. 그러나 혼자서 무료함을 달래기 위해 채소를 심는다고 한다. 자신이 할 수 있는 일이 그것밖에 없기 때문이다. 아들, 딸이 말려도 소용없었다. 아들, 딸에게 '내가 지금껏 해왔던 일을 할 뿐이여, 그게 바로 나여, 일을 못하게 하면 죽으라는 거여, 뭐여? 이게 내 일이고 놀이여, 너희들 생각대로 날 만들라고 하지 마' 하며 자식들과 거리를 지니며 산다. 매일 목숨이 붙어 있는 한 열심히 살 수밖에 없다며 자신의 생활비를 스스로 조달한다. 자식들이 주는 용돈은 모두 저금해 매년 연말이면 고향의 양로원으로 보낸다고 한다.

형은이 그 할머니를 만난 것은 집수리 때였다. 한참 수리에 열중하고 있던 2년 전 겨울, 할머니가 벨을 눌렀다. 밖에 나가보니, 옷차림새는 깨끗한 할머니가 폐품 나가는 것 있으면 자신이 치워주겠다고 했다. 그래서 마침 많은 양의 옷가지들과 버리는 책, 부엌 살림살이 등 쓰레기로 골치를 앓고 있는 중에 반색을 하며 할머니에게 쓰레기 처리를 맡겼다. 서랍, 옷장, 찬장에서 한꺼번에 쏟아진 물건들을 정리하다 더 이상 몸을 주체할 수가 없을 지경이 되어 정리를 포기했다. 마치 쓰레기 더미 속에서 쓰레기 같은 인생을 살았던 것 같아 스스로에 대한 혐오와 함께 모든 것을 다 버리고 싶었다. 웬만한 것은 다 버리기로 했다. 버린 물건 중에 마른 홍삼이라든가, 은 커피 스푼, 포크 세트 등 아직 개봉도 안 한 상자들을 할머니는 챙겨주었다. 할머니께 가지라고 해도 한사코 손사래를 치며 가져가지 않았다. 그 일 이후 할머니를 다시 보았다. 쓰레기가 나오는 대로 맡겼었다. 그런데 할머니는 며칠째 집을 들락거리며 옷은 옷대로, 책은 책대로, 부엌은 부엌살림대로 모두 다 깔끔하게 정리를 하고 정리한 것을 들고 나갔다. 그때 85세의 할머니의 정정함에 놀랐고, 깔끔하게 일을 처리하는 모습에 새삼 감탄했었다.

다음 해 봄이 되어 양재 시장을 지나다 다시 할머니를 만났다. 아침에는 밥을 먹자마자 나와 가게나 아는 집이나 아파트의 고물이나 쓰레기를 처리하며 돈을 벌고, 낮에는 기른 채소를 가져와 판다고 했다. 형은은 할머니가 그 나이에도 경제적 독립심을 가지려는 노력에 감탄했다. 시장을 지날 때마다 일부러 들러서 할머니의 채소를 산다. 우선 물건을 믿을 수 있어서 좋고, 열심히 사는 할머니를 보는 것만으로 기분이 좋다. 할머니는 언제나 육교 밑에 제자리를 지키고 있다.

"어디 아픈 데 없었어요? 오늘은 쑥을 가져오셨네요. 쑥은 어디서 뜯었어요?"

"매봉산에 친구들과 배드민턴 치러 갔다 좀 뜯었어. 딸네 집에 가서 국 끓여주고 나머지 가지고 나왔지. 가져가서 쑥국 끓여 먹게 줄까?"

"아니에요, 지금은. 나중에 다녀오면서 가져갈게요. 그럼 나중에 들를게요."

길거리에 과일 한두 품목 혹은 채소 한두 가지만 펼쳐놓고 파는 대부분의 영세 상인들이 나란히 길을 따라 있다. 번듯한 장소를 얻을 돈이 없는 어려운 생계형 상인들이 대부분이었다. 그중 알뜰하게 돈을 꼭 벌지 않아도 살 수 있는 할머니들도 몇이 자리를 차지하고 있다. 할머니들은 같이 수다도 떨며, 조금씩 싸온 반찬들을 펼쳐놓고 점심을 나눠 먹으며, 하루 반찬거리도 벌고 용돈을 벌면서 시간을 즐긴다. 처음에는 자식들과의 갈등도 있었지만, 각자 살고 싶은 대로 살자며, 자식들과는 가끔 주말에 만나서 식사만 한단다. 자신들이 취미 삼아 가꾼 채소들을 원하는 사람들에게 주고 싶어 한다. 아주 싼 가격으로 거저 주다시피 한다. 어떤 할머니는 불편한 몸을 이끌고도 매일 빠지지 않는다고 한다. 양로원에서 수다 떨고 화투 치는 것보다 낫단다. 형은의 집에 들락거리는 할머니는 몇십 년 전에 헐값으로 산 주공아파트가 재건축이 되면서 억대 부자라 자식들에게도 떳떳하다. 그러나 할머니는 그때나 지금이나 똑같이 자신의 몸밖에 믿을 게 없다고 열심히 몸을 움직인다.

양재역을 지나서 신호등이 마침 파란불이라 속도를 내어 뛴다. 이미 시계는 51분, 9분 전이다. 서둘러야겠다. 가까스로 시간 전에 도착, 조정위원실로 가 물을 한잔 마시고 314호 조정실로 갔다. 이미 다른 한 명의 조정위원이 도착해 소장을 읽고 있다 눈인사를 건넨다.

원고인 조선족 여자는 짧은 커트에 빨간색 바바리를 입었다. 코가 오뚝한 것이 세련된 폼이 보통 여자가 아니다. 서로 간에 소개를 하고 원고, 피고인 변호인과 통성명을 하고 조정으로 바로 들어갔다.

형은과 같이 배정된 지적공사에 근무한다는 남자 조정위원이 조선족 여자에게 어떤 직업을 가지고 있었냐고 물었다.

"이것저것 했어요."

말도 연변식의 말투가 전혀 아니다.

"취업 비자로 오려면 그래도 정부가 인정하는 직장이 있어야 하는 것 아닙니까?"

"처음에 올 때만 그렇지요."

생김새와는 달리 퉁명스럽게 뱉는 말 속에 역시 연변 특유의 말투가 튀어나온다.

"그게 무슨 말인가요?"

"비자를 얻기 위한 임시직이지요. 그런 데서 그렇게 돈 많이 주고 회사에서 조선족 사람을 오래 붙여두나요. 금방 짤리지요. 여자들 일

자리는 파출부도 많다요. 얼마든지 돈은 벌 수 있다요."

"파출부를 그렇게 금방 온 외국인에게 시킵니까?"

"저희가 외국인입네까? 같은 민족끼리…… 무슨 말을 함부로 합네까?"

여자가 발끈했다.

"그럼 여기서 장기 체류하려는 목적은 무엇이지요?"

형은은 얼른 다른 이야기로 말꼬리를 돌렸다.

여자가 갑자기 벙어리처럼 조용하다. 그러자 같이 온 변호사가 나섰다.

"영구 거주하고 싶으니까 결혼한 것이죠?"

변호인은 동문서답식 대답으로 얼버무리려 한다.

"연변에 있는 가족은 몇인지요?"

"친정 부모가 딸을 기르고 있다요."

"그럼 딸과 계속 떨어져 있을 생각입니까?"

"언젠가 가야디요."

"그게 언제지요?"

"돈이 모아지면……."

여자가 말을 하다 갑자기 멈추었다.

그녀는 형은의 유도 질문에 결국 걸려든 것이다. 그녀는 결국 돈을 모으는 데 목적이 있다. 그러기 위해서는 한국 국적이 필요하고, 결혼이 필요했다.

흔들리며 피는 꽃

형은이 남자 피고에게 눈길을 돌리며 질문했다.

"이혼하고 10년 이상 혼자 살다 원고를 만나 결혼할 생각을 했으면, 무척 마음에 들었나 봐요?"

"혼인신고하기 전에는 어떻게 싹싹하게 굴던지, 그냥 괜찮다 싶더라고요. 그런데 혼인신고가 끝나자 완전히 싹 달라지는데 지금까지 변변하게 밥 한 끼 못 얻어먹었어요. 밥 달라고 하면 라면 끓여 먹으라고 하고 자기는 외출해버려요. 그냥, 난 저 여자 혼인신고해주고, 살 집 마련해준 거라니까요."

억울한 듯 목멘 소리를 한다.

"밤새 빨아 먹히고 밥까지 해줄 게 뭐야, 지 밥 지가 챙겨 먹디."

여자는 조정위원에게 하던 공손한 말과 완전히 다른 어투로 피고에게 대들었다. 피고는 얼굴이 빨개졌다. 남자 조정위원이 얼른 말꼬리를 돌렸다.

"피고, 원고는 이혼에는 합의가 되었고, 위자료 문제만 남았는데. 원고가 3천만 원의 위자료를 신청했고, 피고는 쌍방 과실로 이혼하기 때문에 위자료를 줄 수 없다고 하셨는데, 타협의 여지는 없는지요?"

"내 집에서 살고 밥 먹여주고, 본인이 번 돈은 우리 살림에 한 푼 안 보태고 모두 중국 자기네 친정으로 보냈는데, 내가 위자료를 줘야 할 명분을 못 찾겠어요. 판사님께서 어떻게 해야 하는지 가르쳐주세요. 혼인신고해서 비자 연장시켜줘, 중간중간 친정에 돈 보낸다고 해서 보태주고 먹여주고 재워줬는데, 이럴 때도 위자료를 줘야 하나요?"

피고는 앞에서 소개했음에도 조정위원을 판사로 착각하고 있다. 형은은 잠시 휴회를 요청하고 원고를 내보내고 피고와 이야기를 마무리해야 한다고 남자 조정위원에게 말했다. 그리고 원고와 따라온 변호사를 내보냈다.

"피고는 정말 이혼을 원합니까?"

형은은 피고의 마음을 다시 확인하기 위해 물었다.

"몇 번 몸 대주고, 밥도, 살림도 나 몰라라 하는 사람하고 어떻게 살아요. 혼자 10년 이상 살다 오손도손 가정의 재미를 보려고 결혼했지, 혼자 떠돌아다니며 노는 여자하고 어떻게 삽네까?"

"그렇지만, 살다 보면 조금씩 변하지 않을까요. 동거한 지 2년이면 서로가 적응하기에는 너무 짧은 기간이에요. 더군다나 사회주의 국가와 자본주의 국가와의 이념도 다르고 생활 습성도 다르고……."

"10년 이상 외롭게 혼자 산 사람이 이혼하고 싶겠습니까? 저는 누구보다도 따뜻한 가정을 원합니다. 그런데, 가정이 아닌 다른 데 정신이 가 있는 사람하고는 못 삽니다. 이념이 다르고 국가가 달라서 그런지 한국 여자와 너무 다르니까 저도 혼란스러워요. 저희 여동생이나 동생네하고는 아예 가까이하려 하지 않고, 조선족들하고만 몰려다니고 통화하고, 사람 미치게 합니다."

"피고의 억울한 심정은 저희도 이해합니다. 그러나 법정에 가서 판결을 받으면, 먼저 결혼 파기한 사람이 위자료를 주게 되어 있어요.

그러니, 따지지 말고 한 천만 원으로 합의하는 게 어떠세요? 그렇지 않으면 계속 재판이 길어지고, 강제 판결을 내리면, 오히려 불리할 수가 있어요."

같이 온 변호사가 낮은 목소리로 피고에게 조언을 하는지 소곤거린다. 남자 조정위원이 화장실을 가는지 잠시 자리를 비운다. 형은은 컵에 물을 따라 마시며 시계를 보았다. 이미 30분이 지나 있었다. 조정을 성립시키려면 좀 서둘러야겠다. 형은은 피고의 표정을 살폈다. 평범한 월급쟁이에 가정에 대한 로망이 많은 사람이다. 하기야 어떤 남자인들 가정에 대한 로망이 없는 사람이 어디 있겠는가. 김유정은 「산골 나그네」라는 작품에서 거지조차도 가정에 대한 로망을 꿈꾸고 있음을 보여주지 않았나. 남자들은 가정에 자신들의 고향을 심어두고 있으니까. 자신이 집에 없어도 기다리는 아내가 항상 그 자리에 있어야 한다고 생각하니까. 피고에게 잘못이 있겠는가. 남자들의 보편적인 정서인 것을.

"천만 원 선에서 합의하겠습니다."

피고 측 변호인이 대답했다.

"아, 네…… 그럼 원고에게 권고해볼 테니 두 분 잠시 나가 계시겠습니까?"

마침 화장실을 다녀오는 남자 조정위원에게 눈짓으로 원고 측을 불러들이라고 했다.

원고 측에 다시 이혼을 할 생각이냐고 확인했다.

"이혼을 하되, 혼인신고한 것을 피고가 다시 혼인할 때까지 그대로 두어주면 위자료는 없는 것으로 할 수도 있다네요."

원고 측 변호사가 난감한 표정으로 말했다. 이것은 조서에도 없던 복안이었다. 잠시 형은은 무슨 말을 해야 할지 난감했다.

"그건 당사자끼리 의논할 일이지만, 여기서는 일단 이혼을 하면 서류 정리까지 하는 것으로 알고 있습니다. 그리고 피고가 언제 다시 혼인을 할지 모르는 상황에서 그건 무리한 부탁인 것 같은데요."

"어차피 혼인한 것, 같은 민족끼리 그렇게 야박하게 할 게 뭐 있습네까?"

"같은 민족이지만, 너무 오랫동안 다른 환경에서 살았기 때문에 생활방식도 다르고, 생각이 달라서……. 그러면 숙려 기간을 거쳐서 다시 한 번 이혼을 생각해보시면 어떨까요?"

남자 조정 위원이 그래도 차분하게 대응했다.

"그건 피고 쪽에서 원하지 않는 일이라……."

"그럼 피고 쪽에서는 결혼 파탄의 책임이 양쪽 다 있으니까, 위자료 3천만 원은 못 주겠고, 천만 원 정도로 합의하겠다고 합니다. 그럼 천만 원 선에서 합의할까요? 그동안 원고가 버는 돈은 모두 중국으로 보내고 자신의 월급으로 생활했다고……."

"그건 당연한 것 아닙네까? 남정네가 시시하게 그런 것까지."

원고는 얼굴까지 붉히며 볼멘소리를 내었다.

"정말 이혼을 할 생각이면, 오늘 여기서 합의하는 게 좋을 듯합니다. 강제 판결을 하게 되면 두 분의 결혼은 비자 문제가 걸려 있어 사기 결혼으로 오인, 원고 측에서 어쩌면 위자료를 물 수도 있습니다."

"같은 민족끼리 서로 돕고 살아야디요. 사기 결혼이라뇨?"

형은은 픽 웃음이 나오려는 것을 참고 물을 마셨다. 원고 측이 말끝마다 '민족끼리'라는 말이 정치가들이 말끝마다 뱉어내는 '국민을 위해서'라는 말처럼 공허하게 들렸다. 원고 측 변호인이 원고에게 합의를 종용하려는 모양인지 잠시 나갔다 오겠다 한다.

"원고가 마치 이북 사람 같지 않아요?"

남자 조정위원이 형은을 보며 말했다.

"설마요?"

"말끝마다 '민족끼리'라는 말투도 그렇고, 남자 직업도 안정적인데다, 자녀도 없고 문제 될 것이 없는데, 가정에 붙어 있지 않고, 겉도는 이유가 뭔지 모르겠어요."

"어쩌면 한국 남자들이 가지고 있는 가족 로망스가 중국 사람들은 없는 모양이죠."

"정말 그럴까요?"

"부부가 다 살려고 일자리에 연연하다 보면, 가정은 잠시 쉬는 휴게소 같은 것 아니겠어요? 남자들이 꿈꾸는 가정의 로망 같은 것은 이제 기대하기가 좀……."

남자 조정위원은 약간 혼란스러운 듯한 표정을 지었다.

결국 피고가 천만 원의 위자료를 주는 것으로 조정은 되었다. 피고는 사기 결혼에 천만 원까지 빼앗겼다고 투덜거렸다. 남자 조정위원이 너털웃음을 웃으며,

"같은 민족끼리, 도왔다고 생각하세요."

형은도 웃을 수밖에 없었다.

3

양재천을 한 시간 걷다 슈퍼에 들러 저녁에 집으로 돌아왔다. 엘리
베이터에서 내리자 옆집 현관 앞에 40대 후반의 남자가 있었다. 날씬
하고 키가 큰 골프 모자를 푹 눌러쓴 남자는 초조한 듯 담배를 피우
며 계단을 오르락내리락하며 서성거렸다. 술을 먹었는지, 모자 아래
의 목이 불에 덴 듯 벌겋다. 형은은 얼른 현관문을 열고 들어왔다. 현
관문을 여는 동안에도 자신의 어깨를 끌어당길 것 같은 불안감에 소
스라치듯 안으로 들어왔다. 그리고 인터폰으로 경비실에 연락했다.
경비실에서는 '판사님 동생'이라고 한다. 가끔 그 집을 드나든다고 했
다. 그런데 그동안 형은은 어떻게 한 번도 만난 적이 없는지 의아했
다. 그러면 왜 안에서 기다리지 않고, 현관 앞에서 서성일까? 형은은
물 한 잔을 마시며, 놀란 가슴을 가라앉혔다.

형은은 슈퍼에서 사온 과일이랑 채소를 냉장고에 정리하고 간단히 저녁 식사를 준비했다. 상추와 오이를 썰어 넣고 열무 비빔밥과 두부찌개를 준비했다. 그러면서도 그 남자가 불안하게 왔다 갔다 하는 초조한 모습과 어젯밤 민이 엄마의 통곡하던 모습이 오버랩되었다. 친정에 무슨 일이 있는 것인가. 얼마 지나지 않아 민이 엄마가 엘리베이터에서 내리는 소리와 현관 여는 소리, 동시에 뭐가 둔탁하게 부딪치는 소리 등 부산한 움직임 소리가 들려왔다. 그리고 곧 현관문이 닫히는 소리가 났다. 그러고는 조용했다.

형은은 잠시 옆집 일을 잊고 저녁 준비를 했다. 형은이 식탁에 준비한 반찬을 차려놓고, 밥을 한 숟갈 먹으려는 찰나, 급하게 현관벨이 몇 번 연달아 울렸다. 형은은 수저를 놓고 얼른 달려 나갔다. 현관문을 열자 민이 엄마와 민이가 달려 들어왔다. 동시에 왈칵 하고 그 동생이라는 사람이 문을 잡았다. 형은이 남자를 밀치며 현관문을 끌어당기며,

"왜 이러세요? 남의 집에서……."

하며 있는 힘을 다해 문을 도로 끌어당겼다.

문이 쾅 소리를 내며 닫혔다. 형은은 벌렁이는 가슴을 진정하며 민이 엄마에게 왔다. 민이 엄마는 형은네 안방 침대까지 들어와 침대 위에서 민이를 달래고 있었다. 민이가 놀랐는지, 울면서도 '엄마, 괜찮아?' 자기 엄마의 얼굴을 살폈다. 민이 엄마는 참혹한 얼굴을 하고도 억지로 웃음을 지었다. 형은은 초등학교 3학년인 그 집 딸 민이를 엄

마에게서 떼어내었다. 그러면서 안고 머리를 쓰다듬어주며 말했다.

"여기는 괜찮으니, 너 아줌마 말 잘 듣지? 그만 울어. 민이가 울면, 엄마가 더 슬프잖아, 이제 괜찮아. 민이 만화 보여줄까?"

민이는 울음을 추스르며 고개를 외로 돌렸다.

"그럼, 뭐 할까? 아줌마하고 책 읽을까?"

민이는 엄마의 눈길을 맞추려고 할 뿐 다른 아무것에도 관심을 보이지 않는다. 민이 엄마의 옷차림은 아직도 출근 차림의 검은색 바지 정장 그대로이다. 몸싸움이 있었는지, 머리가 풀어져 얼굴을 덮고 윗도리의 단추 하나가 끌러져 있다. 민이가 자기 엄마에게로 다가가 다시 끌어안는다.

"엄마, 괜찮아? 엄마, 슬퍼하지 마! 민이 저금통장에 있는 돈 엄마 다 가져. 그리고 그 돈 삼촌한테 줘!"

민이 엄마가 아이를 끌어안으며 머리를 쓰다듬는다. 동생이 아마 돈을 요구한 모양이다. 서양적인 매력과 동양적인 매력이 묘하게 섞인 뛰어난 미모에 머리까지 좋아, 최고 학부에 사법고시에, 사법연수원 성적 1등에 처음부터 서울지방법원에서 판사를 시작한 민이 엄마는 남부러울 것이 없는 듯 보였다. 재치있고 유머가 풍부한 검사인 남편과, 시아버지도 대법관 출신의 큰 로펌의 변호사로 있는, 그야말로 갖출 것을 다 갖춘 여자라고 생각해왔다. 만날 때마다 보이는 쓸쓸한 미소가 궁금했는데, '함정이 여기에 있었구나' 하는 생각이 들었다. 집에까지 찾아와 돈을 요구할 정도면, 분명히 적은 돈은 아닌 모양이다. 민이 엄마는 아이의 말을 듣고도 넋을 잃은 채 아이의 머리만 쓰다듬고 있다.

"엄마, 삼촌 미워! 무서워! 맨날 맨날 삼촌은 엄마를 슬프게 하잖아? 우리 집에 못 오게 해! 삼촌 싫어, 엄마가 돈 다 주는데, 왜 자꾸 자꾸 돈 달라고 해?"

그러자 민이 엄마는 민이를 끌어안더니, 땅이 꺼지듯이 한숨을 쉬었다. 아마도 혼자 힘으로 해결할 수 없는 액수의 돈을 요구하고 있는 모양이다.

"민이야, 엄마 없어도 혼자 살 수 있지? 할머니, 할아버지가 너한테 잘해주니, 와서 같이 살자고 할까?"

"엄마는?"

민이를 끌어안은 민이 엄마의 눈에서 눈물이 한없이 흘러내린다. 형은은 아는 체하기도, 가만히 있기도 민망하다. 그때 현관벨이 울렸다. 형은이 뛰어나갔다. 민이네 가정부였다.

"삼촌 갔어요! 와서 저녁 식사 하세요."

하고 안을 향해 큰 소리로 외쳤다.

민이가 얼른 뛰어나왔다. 아이들은 역시 아이들이다. 금방 평상으로 돌아왔다.

"민이야, 엄마 모시고 와!"

그러자 다시 안으로 들어와, 자기 엄마의 손을 끌었다. 민이 엄마도 머리를 추스르고 일어났다.

"번번이 미안해요."

여자는 고개를 푹 숙이고 현관으로 나갔다.

"엄마, 배고파!"

민이가 엄마의 손을 끌었다. 형은 역시 배가 고팠다.

다음날 새벽 부산한 소리에 형은이 잠을 깼다. 앰뷸런스 소리가 들리고 사람들의 부산한 움직임 소리가 났다. 현관 가까이 가자 옆집에서 민이 울음소리가 크게 들렸다. 옆집 현관문이 열린 모양인지 마치 옆에서 우는 듯 크게 들렸다. 현관문을 열었다. 민이를 안고 있던 민이 아빠가 형은을 기다렸다는 듯 얼른 형은에게 민이를 안겼다. 흘끗 본 옆집 거실에는 구급대원인지 흰 가운을 입은 사람들이 부산하게 움직이고 있었다. 형은은 민이를 안고 안으로 들어왔다.

"민이야, 왜 그래?"

아직 잠에서 덜 깼는지, 민이도 어떤 상황인지 모르는 어리둥절한 표정이다.

"엄마가……."

그때 어제 저녁에 민이에게 '엄마 없어도 혼자 살 수 있지?' 하던 말이 떠오르며 불길한 예감이 형은의 등줄기를 타고 내려왔다. 민이를 안고 있는 팔이 떨리면서 온몸에 기운이 쏙 빠졌다. 민이를 거실 바닥에 내려놓았다. 남편이 잠옷 바람에 거실로 나오며 물었다.

"옆집에 무슨 일 있어? 누가 쓰러졌어? 앰뷸런스까지……."

남편의 가파른 질문에 할 말이 없었다.

"잘 모르겠어요? 민이 엄마가……."

"민이 엄마가 왜? 쓰러졌어?"

남편이 다급하게 물었다.

"저도 몰라요……."

민이를 침대로 데리고 가, 침대 위에 눕혔다.

"민이야, 좀 더 잘래?"

고개를 살래 살래 흔든다.

"그럼, 우유 한 잔 줄까?"

그래도 고개를 흔든다.

"그럼, 우리 엄마가 무사히 집에 돌아오기를 기도할까? 이렇게 두 손 모으고 눈을 감고, 자, 우리를 지켜주시는 하나님 아버지, 엄마에게 아무 일이 일어나지 않게 해주세요. 그리고 무사히 민이 곁에 돌아오게 해주세요. 엄마가 민이 곁에서 항상 행복하게 살게 해주세요. 예수님 이름으로 기도드립니다. 아멘."

민이는 눈을 깜빡거리면서도 눈을 뜨지 않는다. 형은은 그 모습이 앙증맞고 너무 귀여워 민이를 꼭 껴안아주었다. 민이는 마치 아기처럼 형은이 품에 안겨왔다.

아기자기한 멋을 조합한 인형 같은 엄마와는 달리, 깔끔하고 세련된 외양을 갖춘 민이의 세계는 모두 엄마에게 있다. 민이 때문에 언제나 다른 사람보다 일찍 퇴근해 민이가 잘 때까지 민이와 놀다 민이가 잠자리에 들고서야, 그때부터 다시 일을 시작, 자는 둥 마는 둥 매일 출근한다는 그 생활 자체에 민이 엄마는 만족하는 듯했다. 잠을 못 자 항상 기운이 없는 듯해도, 자신의 일 자체를 즐기고 있고, 남편이나 가정생활에도 별 문제가 없는 듯했다. 시부모가 마련해준 젊은 사람이 장만하기에는 어려운 형은의 옆집에 산다. 아파트형 빌라로 100평이 넘는 그 집은 복층으로 되어 있어, 가정부와 함께 살아도 불편하지 않은 규모이다. 가정부가 일을 마치고 2층으로 올라가면, 가정부가 있음으로 해서 견뎌야 할 불편함은 없다.

남편이 신문을 들고 들어온다. 전날 밤, 일본 바이어와 술을 마셨다며 늦게 들어온 남편은 새벽 옆집의 어수선함에 선잠을 깨서인지, 신문을 펼치면서도 연상 하품이다. 형은은 민이를 안은 채 부엌으로 간다. 민이를 내려놓고 우유를 따라 민이에게 준다. 민이는 마지못한 듯 컵을 받는다. 민이의 손을 끌고 거실 소파에 앉힌다.

"만화 틀어줄까?"

민이는 고개를 흔든다. 민이의 놀란 마음이 아직 아무것도 받아들이지 않는 모양이다.

아들네 가족이 MBA 과정을 위해 미국에 가 있는 동안 적적했던 삶이 민이네가 옆에 있음으로 형은은 얼마나 좋은지 모른다. 4년 전 민이네가 이사 온 후, 민이네 가정부가 시장을 갈 때는 민이를 가끔 형은의 집에 두고 가고는 했다. 그러나 민이 엄마와는 가끔 복도에서만 마주치고 서로 안부만 묻는 정도에 지나지 않았다. 민이가 초등학교를 들어가 첫 학부모들이 하는 급식 분배에 민이 엄마가 배당되었다. 그날 마침 민이 엄마가 재판이 있는 날이었다. 그 며칠 전 외출에서 돌아오다 마침 엘리베이터에서 민이 엄마를 만났었다. 엘리베이터에서 내리면서 할 말이 있는 듯하다가 그냥 자기 집 현관 쪽으로 갔다. 형은이 '혹 부탁할 게 있으면 하세요' 하고 민이 엄마를 향해 말했다. 그러자 '아, 혹시, 저기……' 그래도 선뜻 이야기를 꺼내지 못했다.

"괜찮아요. 제가 도울 수 있는 게 있다면, 얼마든지 도와드릴게요."

그제서야 안심한 듯, 말을 꺼냈다.

"민이 학교에 급식 분배를 학부모들이 돌아가면서 하는데, 제가 그날 재판이 있어서……."

"그날이 언제지요?"

"이번 주 금요일이에요."

형은은 그날 스케줄을 머릿속으로 떠올려보았다. 특별한 것이 없었다.

"마침, 그날 비어 있네요. 제가 대신 갈게요."

여자의 얼굴에 환하게 밝아졌다. 그러면서, 얼굴이 붉어졌다.

"시어머님께 얘기해야 하나, 고민하고 있었어요. 고마워요."

그날 학교에 가서 급식 봉사를 한 번 해준 것이 인연이 되어 민이 엄마와 좋은 이웃이 되어 친하게 지낸다. 가끔 민이 엄마가 회식이 있어 늦을 때는 민이를 데려와 숙제까지 돌보아준다. 친할머니, 친할아버지가 가까운 곳에 계시지만, 형은만큼은 편하지 않은 모양이다.

그래서 특별한 사정이 생길 때면 형은에게 부탁을 한다. 그럴 때마다 형은은 아들이 미국으로 간 빈자리를 채우듯 흔쾌히 응한다. 오히려 형은은 민이를 돌보면서 아들 키울 때의 짜릿한 행복을 다시 찾은 기분이다. 가끔 주말에 가정부가 휴가를 갈 때는 민이네 가족을 불러 형은네 집에서 저녁을 같이 하기도 한다. 민이네 가족의 초대로 바깥 레스토랑에서 식사를 같이 할 때도 있다. 민이 엄마가 가사 단독 판사로 있을 때 조정위원을 한번 해보면 어떻냐고 해서 조정위원까지 하다 보니, 조정 있는 날은 법원에서도 같이 이야기를 나누곤 한다. 그런데도 친정 이야기는 한 번도 꺼낸 적이 없었다.

민이는 우유를 잠깐 입에 대다 컵을 형은에게 도로 내밀었다. 형은이 다시 민이를 안고 침대로 갔다. 민이 엄마에 대한 어떤 상황도 짐작할 수 없다. 형은까지 마음이 어수선해 아무것도 손에 잡히지 않는다. 마치 손바닥 안에서 부들부들 떠는 한 마리 새마냥 떨고 있는 민이를 안고 있을 뿐이다. 남편이 마침 조찬회에 간다며 6시에 나갔다. 어느새 민이는 형은의 품에서 잠이 들어 새근거린다. 형은 역시 민이를 침대에 누이고 다시 침대에 누웠다. 그리고 깜빡 잠이 들었는지, 벨 소리에 놀라 잠을 깨었다. 옆집 가정부였다. 시계를 보니, 벌써 8시가 되었다. 민이 밥 먹여 학교 보내야 한다고 민이 아빠한테 전화가 왔단다. 형은이는 아직 잠자고 있는 민이에게 다가가 입을 맞추며, '민이 학교 가야지?' 하고 안았다. 민이를 가정부에게 넘겨주며 눈으로 혹 연락이 왔는지 물었다. 그러나 고개만 흔들었다.

그날 내내 민이 엄마는 깨어나지 못했다. 민이 아빠가 잠시 그날 휴가를 내고 병원을 지키다 잠시 집으로 왔다. 전날 무슨 일이 있었는지 가정부에게 물었다고 한다. 그리고 민이 엄마의 서랍을 열어보니 네 개 통장이 모두 마이너스 대출이 되어 있고, 월급 통장은 은행에 차압이 되어 있었다고 한다. 그동안 민이 삼촌이 매번 올 때마다 사업 자금이나, 민이 외할머니 입원 핑계를 대고 돈을 요구했다고 한다. 이번에는 더 이상 돈을 만들 재원이 없다고 민이 엄마가 버티자, 집을 은행에 잡혀서 주면, 1년 후에 돌려주겠다고 민이 엄마에게 요구했다고 한다. 민이 아빠 몰래 자기 혼자 그렇게 할 수 없다고 하자, 어제 집에 와서 행패를 부린 것이라고 가정부가 일일이 고했다고 한다.

"애처로워 못 보겠더라니까요? '나 대신 너한테 이모들이 학비 대어준 것 그것, 다 내 몫이야. 제대로 대학을 못 가 변변한 곳에 취직도 못 하고 이 모양, 이 꼴이고, 엄마는 병원에 가서 사는데…… 나한테 사업체 하나 떼어준다고 결혼하자는 사람도 많았는데, 너 좋아 결혼한다고 민이 아빠 선택할 때, 너 뭐라고 했어? 그리고 너 지금 나한테 해준 것 뭐 있냐. 결국 너 혼자 잘 먹고, 잘 살려고 민이 아빠와 결혼한 것 아니냐'고. 그러면서 거실에 있는 시계, 책 등을, 눈에 띄는 대로 집어던지며 행패를 부리는데…… 무서워서 지는 벌벌 떨고, 민이는 울어대고 하는데, 민이 엄마는 눈 하나 깜짝 안고 민이만 부둥켜안고 있더라니까요. 그래서 다칠 것 같아, 옆집으로 제가 피신시켰어라우⋯⋯."

민이 아빠는 눈 하나 깜짝 안 하고 듣더니, 서랍에서 민이 엄마의 일기장인 듯한 노트를 들고 다시 병원으로 갔다는 것이다. 형은은 영어 학원을 가기 전에 숙제를 해야 한다고 민이를 데려왔을 때, 가정부가 늘어놓은 수다에 민이 엄마가 짊어진 십자가에 가슴이 막혀왔다. 언제나 날개를 꺾인 듯 기운 없는 민이 엄마의 모습이 눈앞을 스쳐갔다. 그것은 과다한 판사 업무 때문이라고 생각했다.

대한민국의 최고 좋은 법대를 1등으로 졸업하고, 사법연수원 성적 1등인, 대한민국의 최고 미인이라 할 수 있는 민이 엄마에게 생의 함정은 친정 식구였다. 빨리 민이 엄마가 무사히 깨어나야 할 텐데, 그리고 모든 것을 극복하고 씩씩하게 살아야 할 텐데. 기운 없이 책가방에서 알림장을 내는 민이를 꼭 껴안아주었다. 순간 자신이 즐겨 외는 도종환의 「흔들리며 피는 꽃」이 입에 맴돌았다.

흔들리지 않고 피는 꽃이 어디 있으랴

이 세상 그 어떤 아름다운 꽃들도
다 흔들리면서 피었나니

흔들리면서 줄기를 곧게 세웠나니
흔들리지 않고 가는 사랑이 어디 있으랴

젖지 않고 피는 꽃이 어디 있으랴

이 세상 어떤 빛나는 꽃들도
다 젖으며 피었나니

바람과 비에 젖으며 꽃잎 따뜻하게 피웠나니
젖지 않고 가는 삶이 어디 있으랴.

4

　지영은 구름과 구름 속을 떠다녔다. 구름은 마치 안개처럼 사라졌다 다시 돌아오곤 했다. 순간 통곡하는 소리가 귀를 때렸다. 그리고어딘가 추락하는 느낌과 함께 눈을 떴다. 제일 먼저 하얀 벽이 눈에들어왔다. 차츰 방 바깥 주위의 부산스런 움직임 소리가 귀에 들어왔다. 예의 그 통곡 소리가 다시 들려왔다. 지영은 몸을 일으켰다. 링거꽂은 주사기의 바늘이 통증과 함께 팔목에서 빠져나갔다. 지영은 얼른 손으로 침대 아래로 떨어지려는 바늘을 잡았다. 방 주위를 둘러보았다. 1인용 병실이었다.

　잠시 자신이 왜 병원에 와 있는지, 기억이 나지 않는다. 그러나 순간 가슴이 쿵 하며 온몸이 떨리기 시작했다. 그래, 자신은 세상을, 딸민이를, 남편을 버렸었다. 그들과 함께 행복을 누릴 자신이 없었다.

아니, 그들을 암흑의 동굴로 안내하고 싶지 않았다. 남편과 민이를 어떻게 다시…… 그러나 미치도록 민이가 보고 싶다. 며칠이나 병원에 있었을까 갑자기 불안해졌다. 40여 년 이를 악물고 버텨온 자신을 더 이상 버텨낼 자신이 없었다.

가슴이 터질 것 같아 옆집 교수에게 방법을 찾을까 하고 그 댁을 방문했었다. 언니처럼 의지하던 옆집 교수를 보자, 자신이 살아왔던 서러움이 한꺼번에 몰려오며 눈물이 쏟아졌다. 다행히 옆집 교수는 아무것도 묻지 않았다. 자신도 아무 말을 할 수 없었다. 한 시간을 서럽게 울고 나자 마음이 정리되었다. 교수가 친정 엄마처럼 포옹을 해주었다. 집으로 오자 다시 눈물이 났다. 남편 오기 전까지 정리 할 것을 정리하고 그동안 불면이 있을 때마다 모아두었던 수면제를 병째로 몽땅 먹었다. 그리고 엄마 침대에서 자자며 민이를 불렀다. 침대 위에 올라오는 민이를 힘껏 포옹하자 민이가 가슴에 폭 안겼다. 온몸으로 민이를 끌어안았다.

"엄마, 인제 울지 마. 삼촌에게 내 저금통장에 있는 돈 다 줘! 나 돈 필요 없단 말이야. 엄마를 슬프게 하는 삼촌이 싫어! 우리 집에 삼촌 오지 말라고 해!"

옆집에서 하던 소리를 똑같이 반복했다. 엄마가 얼마나 절박하게 보였으면, 또다시 눈물이 쏟아졌다.

"민이야, 민이가 크면 엄마를 다 이해할 수 있을 거야! 엄마가 아빠와 민이를 너무 사랑하는 것 알지! 그것만 기억해둬, 그럴 수 있지? 응?"

지영은 민이의 볼을 비비며, 몇 번이나 '엄마는 민이를 세상에서 제일 사랑해! 그것만 기억해'를 되뇌었다. 민이가 지영의 품을 빠져나오며,

"알았어, 엄마 지금 그 말할 때가 아니잖아, 삼촌이 2억을 해내라고 했잖아? 2억이면 얼마나 많은 돈이야? 아빠한테 얘기해서 주면 안 돼?"

민이는 수그리고 있는 지영의 얼굴을 손으로 들어 올리며 다그쳤다.

"민이야, 오늘은 자자, 내일 우리 다시 생각하자."

민이를 침대에 눕히고 이불을 덮어주며 다독거렸다. 지영도 옆에 누웠다. 민이가 다시 지영의 얼굴을 보면서,

"엄마, 괜찮아? 할아버지한테 이야기해도 안 돼? 잠시만 빌려달래잖아, 그리고 곧 갚겠다잖아."

"민이야! 넌 아직 어려서 어른의 세계를 다 이해 못 해. 그냥 너하고 상관없는 일이라 생각하고 잊어버려."

민이는 지영의 얼굴을 쳐다보았다. 지영은 눈을 감고 자는 척 기척을 내지 않았다. 민이는 포기했는지, 잘 미끄러져 내려가는 발치에 있는 명주 이불을 목까지 잡아당겼다. 민이가 잠이 들 때까지 꼼짝없이 지영은 누워 있었다. 민이가 잠이 든 것을 확인하고 슬그머니 침대에서 일어났다. 지영은 일어나 남편에게 편지를 썼다.

당신은 저에게 우리 세 식구만 생각하라고 하지만, 저는 제가 짊어진 제 십자가가 너무 무거워요. 아무것도 묻지 말아주세요. 오직 당신과 민이를 이 세상이 아닌, 저세상에서라도 영원히 사랑할게요. 이럴 수밖에 없는 제가 밉고 불쌍해요. 여보, 저를 원망하지 말고 불쌍한 영혼을 위로해주세요. 제가 감당할 수 없는 제 십자가가 이 세상에서 더 이상 버틸 수 없게 하네요. 사랑해요.

당신의 사랑 지영

편지를 화장대 서랍 안에 두고 다시 침대로 왔다. 편지를 쓰고 나니, 순간 자신도 모르는 이상한 신음이 올라왔다. 그 소리는 목에서 나오는 소리가 아니었다. 오랫동안의 깊은 동굴에서 빠져나와 자신의 깊고 깊은 내면의 세계가 닫히면서 선명한 느낌으로 왔다. 신음은 어두운 동굴에서 길 잃은 바람처럼 터져 나왔다. 모든 것이 선명해졌는데도 아무것도 변하지 않은 불안함이 지영을 다시 혼란스럽게 했다. 언제나 바로 그 혼란스러움이 자신을 놓지 않았다.

연변 아줌마가 내일 아침 준비를 하는지 부엌에서 달그락거리는 소리가 들렸다. 폐암에 걸린 남편의 병원비를 벌겠다고 한국에 와 있는 아줌마를 생각하니 기분이 다시 우울해졌다. 간간히 자동차가 아스팔트를 훑고 지나가는 소리가 쏴 하며 퍼졌다, 사라진다. 기분 좋게 졸음이 몰려온다.

5

딸깍 하며 문고리 소리와 함께 남편이 양복 차림으로 들어온다. 출근 전에 병원에 들른 모양이다. 지영은 얼른 눈을 감는다. 남편이 침대로 다가와 지영의 손을 잡는다. 순간 움츠리고 싶은 마음을 억제하고 무감각한 체 손을 맡기고 눈을 감고 있다. 남편이 낯선 사람처럼 느껴진다. 문이 벌컥 열리면서 왁자한 소리와 함께 한 무리의 사람들이 들이닥쳤다.

"아직 의식이 안 돌아왔네요?"

의사인지, 눈을 열어보고 맥박을 잰다. 회진 중인 모양이다.

"아, 평상시보다 맥박이 좀 빠른 것 같네? 웬일이지?"

지영은 남편으로 인해 흥분된 상태에서 정상적인 호흡으로 돌아가려고 약한 호흡으로 고정적으로 숨을 쉰다.

"아, 나중에 다시 한 번 체크할게요. 맥박 빠른 것이 일시적인 현상인지, 지금 회복은 빠른데 의식이 늦게 돌아오는 이유는 다시 체크해야겠지요. 부분적으로 뇌에 이상이 생겨도 이럴 수가 있거든요. 하루만 더 기다려봅시다."

"모든 것이 정상으로 돌아올 수 있지요?"

"그건 모르는 일입니다. 신경안정제의 양이 적지 않은 데다 몇 시간이 경과된 뒤라, 현재로는 심장, 혈액, 맥박이 다 정상으로 움직이지만, 뇌는 의식이 돌아와야만 확인할 수 있는 것이니까요."

"아, 여기 링거가 왜 빠졌지? 여기 링거 다시……."

의사의 말이 채 끝나기 전에 누군가 후다닥 바깥으로 나간다. 그때 문밖에서 마치 꿈속에서 들렸던 예의 통곡 소리가 다시 들려왔다. '아, 저 소리 때문에 내가 깨어났구나.' 지영은 마치 자신을 다시 만난 듯 그 소리가 반가웠다.

"내가 왔을 때는 간병인도 없던데, 이렇게 혼자 둬도 되는지…… 걱정이 되네요."

"그건 간호사한테 확인해볼게요. 아마 화장실 갔거나, 잠시 다니러 나갔겠죠. 그럼 저녁에 다시…… 회진 중이라."

우르르 밖으로 나가는 소리, 의사들의 가운이 부딪치는 소리, 의사들끼리 농담하며 장난치는 소리가 문이 닫히는 소리와 함께 끊어졌다. 남편이 지영의 손을 잡았다. 다시 움찔하려는 마음을 다잡았다. 남편은 잠시 손을 어루만지다 이불을 가지런히 덮어주고 '나, 저녁 때

다시 올게' 하고 병실을 나갔다. 남편이 마치 딴 세상 사람처럼 느껴졌다. 다시 남편의 얼굴을 본다는 것이 두렵다. 지영의 눈에서 눈물이 흘러 나왔다. 병에 있는 수면제를 몽땅 입으로 털어 넣고 남편에게 편지를 쓸 때도 남편을 사랑한다는 사실에 대해 추호도 의심하지 않았다. 그런데 지금 남편으로부터 느끼는 이 이질감은 어디에서 오는가. 또 자기가 자살하기 전 큰일이 있은 것 같은데, 그 느낌만 있을 뿐 그 일이 무슨 일이었는지, 기억이 나지 않는다. 민이가 했던 말은 기억나는데, 삼촌, 2억은 무슨 말인지 아무리 기억을 되짚어도 그 부분은 기억이 없다. 민이의 삼촌이라면 남편은 외동아들이니 자신의 오빠거나 동생일 텐데. 그래, 자신도 엄마가, 아버지가 형제가 있었을 텐데…… 그 부분의 기억이 안 난다. 자신이 왜 남편에게 암흑의 동굴 운운 했는지도 모르겠다. 자살하기 전 자신은 무척 삶이 비관적으로 생각되었다는 것도 기억이 난다. 그런데 왜 그렇게 비관적으로 느껴졌는지 그 부분이 캄캄하다. 왜 자신이 자살하려 했던 것인지를 모르겠다. 그것을 떠올리려고 할 때마다 심장이 불안하게 떨릴 뿐이다. 도대체 자살하기 전에 무슨 일이 일어난 것인가. 그리고 반복되는 꿈은 무엇을 의미하는가. 다시 혼란스러움이 그녀를 누르고 있다.

간호사가 링거를 새로 가져와 다시 꽂는다. 지영은 계속 눈을 감고 있다. 누군가 문을 갑작스럽게 여는 소리와 바깥의 바람이 지영의 얼굴을 스쳤다.

"좀 전에 남편 분이 왔다 갔는데, 병실에 아무도 없다고 담당 의사가 간호실에 전화했더라고요. 링거가 뽑혀 있다고……."

"아, 네, 죄송해요. 링거가요? 생리가 시작돼서, 약국에 패드 사러 갔었어요."

"저희한테도 있는데, 간호실로 오시지? 종종 간병인이 병실을 비워 도난 사고뿐만 아니라 크고 작은 사고가 일어나요. 작년에는 환자는 자고 있고 간병인이 비운 사이 환자 빽을 가져간 적도 있어요. 그래서 간병인이 모두 보상했어요."

"죄송해요……."

간병인은 기어드는 낮은 목소리로 말했다. 간호사가 나가고 간병인이,

"왜 링거가 빠졌지?"

중얼거리며 지영의 팔목을 잡고 이리저리 살폈다. 지영은 남편뿐만 아니라 누구하고도 대면하고 싶지 않았다. 그렇다고 마냥 의식이 돌아오지 않은 체할 수는 없다. 간병인은 무언가 부스럭 소리를 내더니, 화장실로 들어갔다. 그제서야 지영은 지그시 눈을 떴다.

눈이 부셨다. 창문 바깥에 서 있는 떡갈나무 잎이 아침 햇살을 받아 벽 위로 그림자를 드리우며 황금빛과 어울려 금빛 춤을 추고 있었다. 지영은 반쯤 몸을 일으켜 창문 바깥을 쳐다보았다. 링거가 꽂혀 있는 호스가 출렁거렸다. 구름 사이로 삐져나온 햇살이 떡갈나무 위로 쏟아지고 있었다.

'넌 이제 어떻게 할 거니?'

반복적으로 이 말이 떠올랐다.

화장실의 문을 열고 나오던 간병인이 지영이 앉아 있는 모습을 보고 놀란 듯 멈춰 섰다. 부리나케 문을 열고 뛰쳐나갔다.

"여보세요? 여보세요?"

지영의 몇 번의 고함 소리에도 내쳐 달려 나갔다. 간호사실로 가는 모양이다. 지영이는 아직 심리적 정리도 끝나지 않았는데, 난감했다. 다시 침대에 몸을 뉘었다. 그리고 숨을 크게 쉬고 고른 숨을 쉬기 위해 천천히 복식 호흡을 했다. 아직은 아니야, 지영은 혼자 속으로 되뇌며 숨 고르기를 반복했다.

의사와 간호사가 부산하게 들어왔다.

지영의 맥박을 재고 눈을 까뒤집으며,

"손지영 씨? 이제 정신 들어요?"

몇 번 반복해서 불러댄다. 지영은 계속 숨 고르기만 반복, 대답을 못 한다.

"눈동자가 움직이는 것으로는 의식이 돌아온 건데, 정말 일어나 있었어요?"

"네, 제 눈으로 확인했어요."

"그럼, 이제 곧 깨어날 것 같아요. 좀 더 기다려보죠."

의사는 혼자 중얼거렸다.

"자리를 비우지 말고, 잘 지켜요. 맥박은 정상적인 데 비해 뇌파의 움직임이 약간 이상한데, 심한 것은 아니고, 하여튼 지켜봅시다."

"아마, 의식이 돌아오고 있는 중인가 보죠. 분명 아까 일어나 있었어요."

의사와 간호사가 다시 돌아갔다. 그때 전화벨 소리가 울렸다. 간병인이 백 속을 한참 뒤지더니 전화를 받는다. 가족인지 아직 아침을 먹지 않았다며 곧 먹으러 갈 것이라고 답한다. 그러고는 이어서 저쪽에서 돈 이야기를 하는지, 아직 월급 타려면 멀었는데 자신도 이번 달 빚 갚고 나니 남는 돈이 없어 좀 꾸어서 대신 대출금을 갚아야 한다고 답한다. 사는 게 왜 이렇게 팍팍한지 모르겠다며, 대출금 갚으려면 10년 이상을 이 짓을 해야 하니, 너 땜에 내가 왜 이렇게 살아야 하는지 모르겠다고 한탄을 한다. 제발 좀 정신 차리라고 목멘 소리를 한다. 전화기를 백 속에 넣는다. 그러고는 흐느낌 소리가 들린다. 얼핏 본 얼굴이지만, 기미낀 얼굴에 덕지덕지 바른 파운데이션이 그녀의 고단한 삶을 말해주는 것 같다.

순간 지영의 깊은 곳에서 한숨이 흘러나왔다. 또 가슴이 뛴다. 몸에 힘이 빠지면서 눈이 스르르 감긴다.

바닷가였다. 배에서 거지 같은 행색의 많은 사람들이 계속계속 개미떼처럼 걸어 나왔다. 맨 마지막에 경찰들의 호위를 받으며 고개를 숙인 남자가 수갑을 찬 채로 걸어나왔다. 모여 있던 마을 사람들의 어떡허나 어떡허나 알 수 없는 한숨이 흘러나왔다. 그리고 이어 통곡하는 소리가 흘러 나왔다.

지영은 다시 눈을 떴다. 그 꿈이었다. 의식을 잃고 있는 내내 지영이 반복적으로 꾼 꿈이었다. 바닷가, 수갑을 찬 남자, 꾸역꾸역 배에서 내리던 지치고 죽기 일보 직전의 추레한 행색의 많은 인파. 현직 판사인 지영, 검사인 남편, 민이와의 단출한 가정 속에서 이 알 수 없는 의식을 누르는 불안은 뭘까? 순간 지영은 그 많은 일들, 사무실에, 처리되지 못한 사건들이 떠올랐다. 자신이 누워 있던 며칠간 그 사건들은 어떻게 되었을까. 지영은 다시 불안해지며 심장이 뛰기 시작했다. 벌떡 일어났다.

"아, 깨어났어요?"

화장실에서 나오던 간병인이 바지를 추스르며 지영에게 다가왔다.

"제가 며칠째 여기 누워 있는 거죠?"

"네? 3일 되었어요……. 의사를 부를게요"

간병인은 창문 쪽에 놓여 있는 탁자 위의 전화기를 들었다.

"여기 1305호실인데요, 환자 의식이 돌아왔어요. 네, 이번에는 진짜예요. 저하고 얘기도 했어요."

"혹, 제가 의식이 없는 동안, 소리 지르거나, 이상한 행동은 없었어요?"

"아니요, 계속 울면서 아버지를 찾았어요…… 아버지가 돌아가셨어요?"

"……"

꿈에서 본 장면 말고는 아무것도 생각이 나지 않는다. 분명히 어머니가, 아버지가 그리고 다른 가족도 있었을 텐데, 그 부분에 가면 가슴만 떨리고 새까맣다. 왜, 내가 자살을……. 남편을 사랑한다고 유서까지 남긴 것도 생각난다. 옆집 여교수 집에 가서 통곡한 것도 기억난다. 그런데 왜 여교수 집에 가서 통곡을 했는지 기억을 더듬어봐도 깜깜하다.

의사는 외출하려던 참인지 가운을 벗은 양복 차림이었다.

"몇 가지 테스트해보겠어요. 본인 이름과 가족 관계를 말씀해보세요."

"손지영, 가족 관계는 남편 김석원과 딸 김민지……"

이어서 따라온 간호사가 지영의 겨드랑에 온도계를 꽂고, 지영의 환자복을 걷어 올리며 맥박 측정기를 지영의 팔목에 부착시킨다.

"본인의 직업은?"

"서울지방법원 가사 단독 5과 판사."

"남편의 직업은?"

"서울지방검찰청, 특별수사부 검사."

"친정 쪽 가족을 이야기해보세요."

친정이라는 단어가 의사 입에서 빠져나오자, 가슴에서 쿵 하는 소리가 나며 심장이 쿵쾅거렸다. 그리고 쓰러졌다. 순식간의 일이었다. 간호사가 맥박 측정기를 확 낚아채듯 떼어내고 달려 나갔다. 의사가 지영의 팔목을 잡고 맥박을 잰다. 의사는 고개를 갸우뚱하며 얼굴이 어두워진다.

"얼굴이 노랗네요. 무슨 일이래요? 아직 완전히 의식이 안 돌아온 거래요?"

"……."

의사는 다급한 듯 전화기를 들었다.

"빨리 스태프들한테 1305호 지금 당장, 뇌파 검사 준비하라고 해!"

"금방 안정될 거예요. 조금만 기다리세요, 곧 돌아올게요."

"아니, 그럼?"

간병인의 마지막 말은 잘라먹은 채 의사는 빠른 걸음으로 병실을 나갔다. 곧이어 도착한 이동 침대로 지영은 검사실로 옮겨졌다. 간병인은 마음이 불안해졌다. 마치 자신이 잘못한 듯 안절부절 마음이 스산스러웠다. 간병인은 냉장고에서 물병을 꺼내 물을 컵에 따랐다. 그리고 벌컥벌컥 마셨다. 그러다 다시 지영이 떠난 후 뒤엉켜 있는 어지러운 침대를 정리했다. '무슨 일이래? 무슨 일이래,' 입속에 그 말만 반복적으로 맴돌았다.

지영이 돌아온 것은 몇 시간이 지난 저녁 6시 이후였다. 다시 의식을 잃은 상태인지, 잠에 빠져 있다. 이동 침대가 떠나자 바로 지영이 남편도 병실에 들어왔다. 출장 갔다 일찍 퇴근했다는 것이다.

"아직 아니에요?"

간병인을 보고 물었다.

"아, 그게……."

간병인은 얼굴도 들지 못하고 어물어물할 때 링거를 놓고 있던 간호사가 나섰다.

"벌써 오셨군요? 의사 선생님이 오시면 좀 보자고 하시던데요."

"무슨 일이?⋯⋯"

"아니에요, 이상해서 다시 검사했는데 검사상으로는 정상이에요."

"뭐가? 이상하다뇨?"

"의사 선생님이 설명해주실 거예요."

지영이 남편이 이마를 찡그리너니 오른손으로 머리를 뒤로 넘겼다. 그리고 얼른 문을 열고 나갔다. 여름이 되려면 아직 멀었는데 후끈한 열기가 볼을 스쳤다. 아침 출근길에 통곡하던 사람들은 다른 데로 옮겼는지 이제 보이지 않았다. 엘리베이터에서 한 떼의 사람들이 몰려나왔다. 먼지와 향수 냄새, 찌든 냄새가 범벅이 되어 훅 하고 코를 찔렀다.

복도 끝에 있는 담당 의사의 방문을 열자, 뭔가 열심히 보고 있다. 대부분의 의학 서적과 자료들이 빼곡이 채워져 있는 책장과 간이 소파, 책상으로 그렇게 크지 않은 아담한 방이었다. 키는 작지만 너무 자신만만하고 당당해서 권위에 도전할 수 없게 하는 위엄을 보여주는 의사였다. 책상 옆으로 다가갈 때까지 기척에도 그대로 마이크로 필름 자료를 보고 있었다.

"안녕하세요?"

"아, 네⋯⋯. 그러지 않아도 손지영 씨 조금 전에 다시 뇌파 검사한 자료를 읽고 있었어요. 이상한 게 뇌파 검사상으로는 아무 문제가 없는데, 의식이 깨어나 친정 가족에 대해 이야기하랬더니, 다시 의식을 잃었어요. 혹 친정 가족과 손지영 판사 사이에 무슨 일이 있었어요? 가끔 환자들 중에는 자신의 아픈 상처를 기억하지 못하는 부분 기억 상실을 보여주는 환자가 있거든요. 아직 지켜봐야겠지만, 손지영 씨 경우가 그 경우가 아닌지, 의식이 깨어나도 입원한 상태에서 그 부분을 좀 더 지켜봐야겠어요."

"아버지는 혼자 통영에서 멍게 양식업을 하고 있다고 들었어요. 친정엄마 요양비로 조금 보태지만, 아마 저의 아내가 많은 부분 요양비를 대주고 있는 것 같아요. 친정어머니는 몇십 년 전에 뇌일혈로 쓰러져서 운신을 못 하고, 오빠는 변변한 직장이 없어요. 이번 자살을 시도한 것도 친정 오빠가 감당할 수 없는 정도의 돈을 요구하면서, 아마 시달림을 많이 받았나 봐요. 병원에 입원 후 지영이 서랍을 봤더니, 마이너스 통장 네 개에서 모두 2억을 대출받아, 이자를 내고 있더군요. 그리고 월급도 일부 차압당했구요. 친정 가족의 일이 지영이 혼자 감당하기에는 너무 벅차 같이 나누고자 해도 친정에 관해서는 자신이 알아서 한다고 절대 이야기를 안 해요. 제가 전혀 끼어들 틈을 주지 않아요. 저는 그래서 모르는 척하는 게 오히려 도와주는 거라고 생각하고 본인이 얘기할 때까지 기다려온 거죠."

"손지영 판사 혼자 감당하기에는 너무 큰 짐이네요. 친정엄마, 그리고 오빠, 그 모든 경제적 책임을 혼자 져야 하니, 누군들 그 짐을 감당할 수 있겠어요? 왜 자살을 했는지 이해가 가네요. 아무튼 그 부분에 대해 신중해야겠네요. 그러나 확실한 것을 알기 위해서는 그 부분에 대한 반응을 좀 더 살펴야 하는데, 며칠간은 친정 이야기나 그 부분에 관해서는 이야기를 삼가는 것이 좋겠어요. 제가 중요한 세미나가 있는데, 손지영 판사 땜에 늦었지만 끝나는 시간에라도 잠시 다녀와야 해서 다음번에 다시 이야기해요. 친정 가족과 관련해서 주의하시고 검사님께서도 그 부분에 대해 관찰을 좀 해주세요."

그러면서 가운을 벗고 옆 세면대에서 손을 씻는다. 그리고 엘리베이터까지 같이 걸어나왔다.

"딸이 있다고 하셨죠? 그 아이를 깨어날 때마다 보여주세요. 가장 좋아하는 기억이나 사람을 보면, 의식이 밝아지거든요."

엘리베이터를 기다리는 동안 의사는 다시 말을 이었다.

"될 수 있으면 죄의식을 불러일으키는 검사님보다는 아이를 데려오는 게 좋아요. 그래서 자연스럽게 적응하게 해야 해요."

"아, 네⋯⋯. 제가 할 수 있는 일은?"

말이 끝나기 전에 엘리베이터가 도착했다.

"다음에⋯⋯."

엘리베이터를 탄 의사를 물끄러미 쳐다보며, 난감한 표정을 짓고 있다가 김석원은 천천히 병실을 향해 걸었다.

지영이를 만나면서 제일 힘들고 어려웠던 부분이 바로 그 부분이었다. 자신은 처가에도 잘하고 싶었다. 그래서 결혼한 선배들에게 들은 대로 했다. 결혼을 하기로 하고 부모들을 만나 상견례 날짜를 정하기로 했다. 그런데 차일피일 지영이 미루고 있었다. 추석 전날이었다. 갈비를 싸들고 지영이 집으로 갔다. 불광동 조그마한 연립주택에 살고 있다는 말을 듣고 그 근처로 가서 지영에게 전화를 걸었다. 그때 지영이 자신이 기다리고 있는 커피숍으로 나와 왜 그렇게 화를 내었는지, 지금도 이해가 안 간다. 결국 그날도 집까지 못 가고 갈비만 전하고 돌아왔다. 매번 친정에 호의를 베풀려고 하면 지영은 불같이 화를 냈다. 그 이후는 무관심으로 대했다. 아직까지 처가에 한 번도 가본 적이 없다. 상견례에서 겨우 결혼 날짜를 정했다. 결혼도 하지 않겠다는 것을 아버지와 오빠만 모시고 석원의 부모들과 식사를 했다. 지영 아버지도 묵묵히 식사만 하다, '제가 가족들에게는 죄인입니다'라고 한마디만 말씀하셨다. 그리고 석원의 부모님의 양해를 얻어 조촐한 결혼식을 올렸다.

결혼 후에도 일체 친정 이야기를 꺼내지 않았다. 아무 일이 없는 듯 각자 일을 열심히 했다. 그리고 간혹 지방으로 출장을 갈 때면 같이 내려가기도 했다. 그러나 가끔 잠을 자면서도 흐느끼는 울음소리를 들을 때면 지영이 낯선 사람처럼 느껴졌다. 이번 일이 터지고 집에서도 좀 먼 이 병원에 입원시킨 것도 오빠의 근접을 막기 위한 것이었지만, 지영의 일이 누구에게 알려진다는 것이 두려웠다. 판사실에 전화를 해서 일주일 휴가를 요청하고, 지영이 깨어나면 자신도 휴가를 얻어 민이랑 제주도라도 다녀올 참이었다.

15년 전이었다. 자신이 맡은 사건의 담당 판사로 지영이 재판정을 들어섰을 때 지영을 감싸고 있던 우수가 미모와 어울려 까만 가운 속에서 아우라에 감싸인 천사 같았다. 한동안 그 황홀함에 석원은 멍하게 판사를 쳐다보았다. 저런 판사가 우리나라에 있었다니. 거기다 그날 무서울 정도의 날카로운 통찰력으로 자신의 논리를 압살했다. 재판에서 처음으로 판정패를 받았지만, 기분은 날아갈 것 같았다. 그녀를 따라다닌 지 몇 년이 지나서야 겨우 만남이 시작되었을 때, 매일 자신이 최선을 다한 삶을 보상받았다고 생각했다. 지금도 그 생각에는 변함이 없다. 그러나 친정과 관련된 이야기는 결혼한 지 10년이 지났지만 아직 함구하고 있다. 그래서 지영의 반쪽 부분, 미지의 영역이 언제나 불안했다. 지영을 어떤 식으로 위로를 해야 할지 지금도 당황스럽다. 깨어났을 때, 아무것도 모른 척 그냥 전과 같이 지내는 것만이 최선이다. 그래, 밤에 자고 아침에 일어난 사람처럼 그녀가 이야기를 꺼내기 전까지는.

그동안 그 오빠는? 생각이 여기서 멈춘다. 어쩌면 그녀를 옥죄고 있는 친정 쪽 일을 잊어버리는 것도 그녀를 살리는 길일지도 모른다. 완전히 기억에서 지워져버렸을까. 무의식까지. 그녀의 친정 일에 이제 자신이 나서야 할 때라는 생각이 든다. 결혼식 이후 한 번도 본 적 없는 그 오빠를 만나야겠다. 아무리 집을 뒤져도 지영의 핸드폰을 찾을 수도 없다. 전화를 거니, 없는 번호라는 음성만 반복할 뿐이다. 용의주도하게 핸드폰까지 미리 처분한 것이다. 오빠의 전화번호를 어떻게 알아낸다? 집에 있는 아줌마한테 지영이 있는 곳을 가르쳐준다고 하고 오빠 전화번호를 물어놓으라고 해야겠다. 오빠에게서 집으로 계속 지영이 어디 있느냐고 전화가 온다고 했다.

핸드폰 소리에 정신이 번쩍 났다. 어머니로부터 전화다. 지영이 해외 세미나를 일주일 정도 갔다고 했다. 민이가 이상한 소리를 했다는 것이다. 엄마가 자기 집으로 안 올 것 같다고. 민이가 엄마랑 처음 떨어지니 어린아이가 불안해서 그러겠지요. 걱정 마세요. 제가 민이한테 잘 이야기할게요. 젊든 늙었든 여성의 직감은 놀랍다. 지영이 입원하고 이틀째 집에 잠깐 들른 어머니는 아줌마에게 첫마디가 걔가 해외 출장을 가면서 전화를 안 하고 갈 애가 아닌데…… 하며 미심쩍어하더라는 것이다. 그래서 아줌마 입을 단속했건만, 의심은 아직도 가시지 않은 것 같다. 민이 이야기를 핑계로 뭔가 다시 확인하고 싶은 것이다. 처음부터 결혼을 달가워하지 않은 어머니였다. 그러나 워낙 결혼 후 빈틈없이 가정생활을 해나가는 것을 보고 어쩔 수 없이 며느리로 받아들이고 있었다. 아버지는 같은 법조계에 있으니, 지영에 대해 들은 것이 있는지 처음부터 호의도 부정도 하지 않은 채 침묵으로 일관했다.

병실에는 간병인이 식사를 하고 있다가 일어섰다.

"그냥 드세요."

간병인은 주섬주섬 찬그릇들을 챙겨서 밖으로 나간다.

지영은 아직 의식이 없는지 잠을 자는지 눈을 감고 있었다. 이불을 여며주다 '검사님은 죄의식을 불러일으키니'라는 의사의 말이 떠올랐다. 지영을 물끄러미 쳐다보았다. 처음 데이트 신청을 할 때, 자신은 남자를 사귀는 것도 결혼도 안 할 거라는 말을 하며 한사코 자신을 거부하던 모습이 떠올랐다. 지영이 그런 모습이 이제야 이해가 간다. 자존감이 높은 인간일수록 자신의 허물이라고 생각되는 부분을 견디지 못한다. 지영은 그것이 자신의 허물이 아님에도 마치 자신의 허물처럼 그것을 견디지 못하고, 독신으로 살 것을 고집하고 그동안 남자들의 데이트 신청을 거절해왔었다고 했다. 석원은 지영이 한없이 가엾다. 가족이라는 족쇄 때문에 자신이 마치 죄지은 죄인처럼 살고 있었다.

지영이 마치 석원의 속말을 듣고 있는 것처럼 양볼에 눈물이 흘러내렸다. 석원은 침대가에 앉아 지영의 흘러내린 머리를 손으로 빗질하며 민이를 위해서라도 빨리 깨어나기를 바랐다. 지영이가 민이에게 언제나 따뜻한 엄마의 모습을 보여줄 때마다, 석원 자신의 내면에 도사리고 있는 불안한 마음이 꼬리를 감추고 달아났다. 석원은 민이가 생긴 이후 가족을 통해 진정한 행복을 느꼈다. 일에 눌려 사는 판사지만, 민이를 위해 일찍 퇴근해서 민이와 눈높이를 맞춰 함께 장난하고 이야기하는 지영의 모습을 볼 때마다 흐뭇하고 든든했다. 민이는 그런 엄마를 잘 따랐다.

일요일마다 아줌마는 휴가를 받아 외출했다. 그럴 때마다 지영과 민이는 같이 요리를 했다. 찌개나 국을 지영이 맡아 하면, 민이가 채소 샐러드감을 썰거나 손으로 뜯었다. 그리고 그릴에 생선이나 고기를 구워 밥을 먹었다. 설거지는 석원이 담당이었다. 그런데 어느 날 민이가 지영을 가만히 자리에 앉아 있으라고 했다. 자기가 미역국을 끓이겠다는 것이다. 지영이 어리둥절해서

"우리 공주님, 미역국 끓이는 게 얼마나 어려운 줄 알아요? 그리고 민이 책임과 엄마 책임이 다른데, 왜 엄마 영역을 침범해, 별꼴이야, 흥."

지영은 민이의 흉내를 내며 고개를 옆으로 하며 흥흥을 반복했다.

"나, 아줌마한테 배웠단 말이야. 엄마, 한 번만."

그러며 손가락을 세우며 지영이 치마꼬리를 잡았다. 정색하고 민이가 미역국을 끓이겠다고 나오자, 지영이 물었다.

"우리 공주님이 왜 그런 생각을 했을까? 지금까지 샐러드 담당 요리사잖아요? 그건 민이 같은 꼬맹이가 할 수 있는 일이 아니에요. 미역국은 뜨거운 불을 다루는 것이기 때문에 아직 민이 나이로는 하기 힘듭니다요."

그러자 민이 눈에서 닭똥 같은 눈물이 흘러내리며 퍼져 앉아서

"꼭 해야 한단 말이야."

하고 다리를 버둥거렸다.

당황한 지영과 석원이 민이를 끌어안으며,

"왜, 꼭 해야 해?"

"내일 엄마 생일이잖아, 아줌마가 끓이고 간다고 했는데, 내가 끓일 테니, 그냥 두라고 했단 말이야. 흑흑흑. 생일은 가족이 해줘야 하

잖아, 그런데 아줌마가 끓이면 안 되잖아, 아줌마는 우리 가족이 아니니까. 가장 소중한 사람이 해주어야 하잖아? 아빠는 남자고, 아줌마가 '그럼, 민이가 미역국을 끓이면서 엄마의 소중함을 느껴봐' 했단 말이야. 그래서 아줌마한테 배웠어. 아줌마가 '아주 간단해……' 그랬단 말이야, 흑흑."

"민이야, 우리 내일 저녁에 엄마, 아빠 같이 저녁 먹기로 했잖아. 그리고 거기서 케익도 자르기로 했잖아. 그게 생일 파티잖아?"

석원이 민이를 끌어안으며 말했다.

"아줌마가 아침에도 미역국을 줘야 한다고 그랬어, 엄마도 아빠 생일이나, 민이 생일 아침에 미역국 끓이고, 고기 굽고, 맛있는 것 많이 해주잖아. 그런데 엄마는 엄마라고 해줄 사람이 없다고, 아줌마가 혀를 쯧쯧 차며, '여자는 판사도 집에서는 천덕꾸러기야' 했단 말이야. 흑흑, 민이는 엄마가 천덕꾸러기 되는 게 싫단 말이야. 흑흑."

"그래, 민이 아주 좋은 생각이다. 민이랑, 아빠랑 내일 아침 엄마 생일을 위해서 미역국 같이 끓일까, 그러면 됐지? 이제 울지 마. 민이가 아빠 혼내는 것 같아. 이제부터 민이와 아빠가 같이 미역국 끓여서 엄마 생일 차려주자. 됐지? 이제 눈물 뚝."

석원이 볼에도 눈물이 흘러내렸다. 그렇게 엄마를 소중하게 생각하는 민이가 엄마가 자신을 버리려 했다는 말을 들으면 얼마나 상처를 받을까. 사법연수원에서 남자 연수원생도 판례 연구에서 견디기 힘들어 포기한 것까지 끝까지 혼자 남아 끝을 보고야 만다고 독종으

로 알려진 지영이, 민이를 두고 죽을 생각까지 했으니. 얼마나 그 괴
로움이 컸으면 그랬을까? 그 괴로움을 조금도 눈치채지 못한 자신은
남편 자격이나 있는지. 과로에 거기다 매일 밤 빠지면 안 되는 회식
에 짜증나 못 해먹겠다고 칭얼댔으니. 매일 살얼음판을 걷고 있는 지
영 눈에는 얼마나 한심했을까.

6

석원은 유서를 보고 처음 분노로 떨었다. 가장 사랑하는 사람으로부터 자신과 민이가 일고의 가치도 없이 버려졌다는 게 화가 났다. 그러다 조금 지나자 '아무 생각 없이 그냥 살아만 다오'라는 절실한 희망만 간절했다. 이제 의식만 온전히 돌아오기를 기도했다. 매일 병원에 오겠다고 칭얼대는 민이를 갖은 거짓말로 달래고 있다. 석원은 지영의 머리카락을 가지고 장난질을 한다. 집에서 지영이 일을 할 때도 석원은 지영의 머리카락을 가지고 놀았다. 그러면 지영은 키득키득거리며 간지럽다고 석원을 떠다 밀곤 했다. 다시 지영의 볼에 눈물이 흘러내렸다. 순간 석원은 지영이 의식이 돌아왔다는 생각이 들었다. 다시 의사가 한 말이 생각났다. '석원에게 죄의식 때문에 만나기를 당분간 꺼릴 것이라'는. 석원은 모른 척한다. 기다려주어야 한다.

스스로 다가올 때까지. 석원은 침대에서 일어난다. 내일은 민이를 데려와야겠다고 생각한다.

"내일 민이를 데려올게."

석원은 지영의 이마에 키스를 하고 손을 잡았다. 손이 움찔하다 가만히 있다. 석원이 고개를 갸우뚱한다. 마침 간병인이 식사를 마쳤는지 돌아왔다.

"내일 다시 들를게요. 수고 좀 해주세요."

석원은 다시 침대 쪽으로 돌아봤다. 다시 지영이 눈에서 눈물이 흘렀다. 석원이 멈칫 섰다. 가서는 안 되겠다는 생각이 들었다.

"아줌마, 오늘 제가 여기서 잘 테니 가셔서 좀 쉬세요. 아무래도 오늘은 여기 있어야 할 것 같네요."

"불편하지 않으시겠어요? 양복 입은 채로,"

"첫날 갖다놓은 청바지와 티셔츠 옷가방 속에 있을 거예요."

석원은 옷장에 있는 첫날 가지고 온 가방을 뒤져, 자신의 청바지와 티셔츠를 꺼냈다. 그리고 화장실로 향했다. 민이가 걱정이다. 엄마가 사라자자, 아빠에게 많이 보챘다. 그리고 자신의 방에서 무서워서 못 자겠다고, 석원이 방에서 함께 잤다. 석원이 들어가지 않으면 아빠도 사라져버렸다고 생각할까 봐 걱정이다. 석원은 민이 핸드폰으로 전화를 건다. 민이는 그동안 다니던 영어 학원이든 무용 학원을 당분간 쉬라고 했다. 겨우 선생이 집으로 오는 피아노 레슨만 계속한다. 학교를 다녀오면 집을 나가려고 하지 않는다고 한다. 자기가 없는 사이 엄마가 올까 봐 기다려야 한다고.

"민이야, 여기 엄마 병원인데, 오늘밤에 엄마가 깨어날 것 같아서, 아빠가 함께 엄마를 지켜줘야 할 것 같아. 그래서 아빠가 집에 못 들어가는데, 곧 엄마를 볼 수 있을 텐데, 오늘만 아빠 없어도 참을 수 있지? 무섭다고? 무서워도 오늘만 참으면 엄마를 볼 수 있는데…… 응, 옆집 아줌마? 그래, 그러면 아빠가 옆집 아줌마한테 전화해 볼게."

석원은 민이의 전화를 끊고 옆집 여자 교수에게 전화를 건다. 전화를 받지 않는다. 저녁 모임이 있나. 조금 기다려봐야겠다. 간병인이 이것저것 정리하며 갈 채비를 차린다.

"정말 제가 없어도 불편하지 않겠어요?"

"그럼요, 무슨 일 있으면, 간호사들이 있으니까 부탁할게요. 염려 마시고, 그 대신 내일 아침에는 6시까지 오세요. 제가 집에 가서 샤워도 하고, 집에서 민이하고 아침을 먹고 출근할 테니까요."

민이에게서 전화가 왔다.

"민이, 왜? 아직 아줌마가 전화를 안 받네. 너도 병원에 오겠다고? 가만 그러면…… 어쩌지? 너 숙제는 다 했어? 그래, 할 수 없다. 민이야, 아빠가 전화 다시 할게. 아, 아줌마, 잠깐만, 한두 시간 더 여기에 계셔야겠네요. 우리 아이가 여기 오겠다네요. 죄송하지만, 제가 아이를 데려올 동안 좀 더 기다려주세요."

의식이 회복될 때 자신보다 민이가 옆에 있는 것이 더 빨리 회복된다고 한 의사 말이 떠올랐다. 혼자 두는 것보다, 여기 데려오는 것이 낫겠다.

"민이 그럼 아빠가 데리러 갈 테니, 저녁 먹고, 숙제까지 다 해놓고 기다리고 있어. 그리고 내일 준비물도 미리 챙겨둬. 조금만 기다려."

석원은 그냥 청바지와 티셔츠 차림으로 병실을 나간다. 복도에 나가자 오고 가는 사람들이 많이 줄었다. 복도를 가로지르며 간호사가 달려가고 있다. 위기 상황이 발생한 모양이다. 처음 지영을 데려올 때 생각이 난다. 119는 일단 가까운 동네 병원으로 데려갔다. 심폐소생술을 통해 정상적인 호흡에 이르기까지 10분도 채 안 된 시간인데도 그 시간이 지옥처럼 느껴졌다. 그리고 하루 지나고 집과 좀 떨어진 더 큰 종합병원인 이곳으로 옮겼다.

바깥은 어둠이 깔리기 시작, 신산스러웠다. 석원은 학교 다닐 때 이 시각을 여우의 시각이라 이름을 붙였다. 집에는 가야겠는데, 집에는 가기 싫고 그렇다고 특별히 할 일이 있는 것도 아니고, 누군가 유혹하면 단숨에 홀릴 것 같은 시각이었다. 그래서 석원은 그 시간에 많은 친구들에게 전화를 걸어 갖가지의 핑계를 대며 술 한 잔을 하자고 많이 꼬셨다. 그건 낮 시간 동안 업무나 공부 한 파트를 마치고 다시 밤의 일을 들어가야 하는 고단한 일상의 심리적 준비를 하는 시각이었다. 그런데 문제는 한 잔이 두 잔이 되고, 두 잔이 세 잔이 되는 경우가 많았다.

집에 도착했을 때 민이는 아파트 아래층에 아줌마와 내려와 있었다. 석원이 차가 도착하자 팔짝팔짝 뛰었다. 석원은 민이를 안고 볼에 뽀뽀를 했다. 아줌마가 건네준 조그만 보조 가방을 받았다. 민이를 옆 좌석에 태우고 좌석 벨트를 해준다.

"아빠, 엄마 깨어났어?"

"아니야, 네가 가서 깨워야 해."

"아빠, 무슨 말이야?"

"민이의 사랑이 엄마를 깨어나게 할 거야. 너 백설공주 이야기 알지? 백설공주가 독 사과를 먹고 쓰러져 있는데, 왕자님이 나타나서 키스해줬더니 백설공주가 살아났잖아? 공주에 대한 왕자의 사랑이 독사과보다 더 세다는 것을 보여줬잖아. 그러니까 민이의 사랑 때문에 엄마가 벌떡 일어날 거야! 알았어? 이번에 민이가 엄마를 얼마나 사랑하는가 봐야지."

"근데, 아빠는?"

"아빠는 엄마를 사랑하는데, 엄마가 아빠를 사랑하지 않는지, 아빠의 사랑으로는 부족한가 봐. 흑흑."

석원은 눈물을 닦는 흉내를 낸다.

"아빠, 무서워! 엄마가 나도 사랑하지 않으면 어떻게 해?"

"그건 아빠가 장담할게, 엄마는 이 세상에서 민이를 제일 사랑해. 걱정하지 마!"

민이는 고개를 갸우뚱하고 심각히 무언가 골똘하게 생각하는 얼굴이 되었다. 민이의 그런 모습을 보니 깨물어주도록 귀엽다. 이번에 지영이가 병원에 간 후, 민이와 상당히 가까워졌다. 그동안 바쁜 업무와 회식 등으로 민이와 같이 못 했던 시간을 만회하는 기회가 되었다. 최근 검찰에서 일어난 일련의 사건으로 검찰이 거의 패닉 상태에 있다. 그래서 급한 사건 외에는 처리를 미루고 몇몇씩 모여 수군거리고 술자리조차 피한다. 그 틈을 이용, 민이와 저녁 시간을 같이했다. 그동안 저녁에는 시간을 같이 보내던 엄마가 병원에 입원하는 바람에 거의 공황 상태에 빠져 있는 민이와 함께함으로써 딸을 가진 아빠로서 최고의 행복을 누리고 있다.

"민이, 엄마가 좋아? 아빠가 좋아?"

"당연 엄마지, 아빠는 이제 그런 질문 안 하더니 왜 다시 해?"

"엄마 없는 동안 아빠가 점수를 많이 따지 않았나 싶어서, 그래서 민이가 '아빠가 더 좋아'는 아니더라도, 엄마 아빠 다 같이 좋아할 줄 알았지, 흑흑."

"아빠, 그런 기대는 안 하는 게 좋을걸. 엄마하고 나는 같은 여자로서 끈끈한 뭐가 있어."

석원은 고개를 젖혀 큰 소리를 내어 웃었다.

"뭐 같은 여자로서 끈끈한……? 요 조그마한 게 그런 말은 어디서 배웠어?"

그러면서 오른손을 뻗어 얼굴을 꼬집었다.

"히히, 엄마가 여자들은 여자들끼리 남자들이 모르는 끈끈한 것이 있대. 흥. 약 오르지?"

그러면서 날름 혀를 내민다.

"아니, 그동안 엄마와 민이가 아빠를 왕따 시켰구나?"

"아빠, 그래도 엄마는 아빠가 우리를 지켜주는 수호신이고, 우리 집에서 제일 중요한 사람이라고 했어."

병실에 들어섰을 때는 이미 9시가 지나 있었다. 병원에 들어서자 민이는 낯선지 쭈뼛쭈뼛, 차에서와 다르게 조용해졌다.

"아빠, 엄마가 날 사랑하지 않으면 어떡해?"

여전히 석원이 했던 말이 걸리는 모양이다.

"아니야, 농담했어, 아빠가…… 걱정하지 마, 그리고 엄마가 민이를 사랑하지 않으면, 누굴 사랑하겠어?"

병실 앞에 도착하자, 민이가 노크를 하며 말했다.

"아빠, 무서워!"

"왜?"

"나도 모르겠어!"

엄마와의 며칠간의 이별 후의 만남이 민이를 긴장하게 하는 것 같았다. 병실 문이 열리자 마자 민이는 '엄마' 하면서 뛰어 들어갔다. 순식간이었다.

"어마?"

아줌마가 갑작스런 민이의 돌진에 멈칫 물러선다.

민이는 누워 있는 엄마에게 포개어 넘겨졌다. 그리고 통곡을 했다. 며칠 동안의 그리움이 설움이 되었던 모양이다. 석원은 쓸쓸했다. 아이에게 아빠는 아무것도 아니라는 쓴 고통이 가슴을 통과해 쓰라림이 되었다. 그 통곡은 그동안 엄마 없는 설움에서 오는 마음속 깊은 곳에서 나오는 울음이었다. 통곡 소리에 지영이 눈을 떴다. 지영 역시 민이를 안고 통곡을 했다. 석원은 두 모녀의 상봉을 감격스럽게 지켜보았다. 거기에 석원이 비집고 들어갈 틈이 없었다. 그 모녀의 대성통곡은 인간이 가질 수 있는 온갖 감정, 그러니까 슬픔과 기쁨, 긍지와 수치, 후련함과 서러움, 헛헛함과 충만함 따위가 한꺼번에 밀려드는 그런 통곡이었다.

7

민이 엄마가 병원에 입원한 기간이 일주일밖에 되지 않았음에도 많은 변화가 있었다. 우선 민이 엄마가 1년 간 휴직을 신청한 것이다. 민이 엄마가 퇴원하기 바로 전날, 민이 아빠가 남의 집을 방문하기는 늦은 10시가 넘은 시각에 형은의 집의 벨을 눌렀다. 강아지 다훈이가 큰 소리로 짖으며 달려 나가는 것과 동시에 벨 소리가 울렸다. 바로 직전 퇴근해서 안방으로 막 들어선 남편은 넥타이를 풀다 현관으로 뛰쳐나갔다. 형은도 덩달아 같이 현관으로 갔다. 그 시간에 누가 올 사람이 없었기 때문이다. 민이 아빠였다. 병원에서 오는 길인지, 양복 차림이었다. 형은 부부는 갑작스런 방문이라 어리둥절 어떻게 해야 할지 몰라 들어오라는 말도 못 하고 민이 아빠의 얼굴만 멀뚱히 쳐다보았다.

“좀 들어가도 실례가 안 될지…….”

그제서야,

“아, 네~ 들어오세요.”

하고 남편이 앞장서며 거실로 안내를 했다.

“혹 차나 한잔 준비할까요?”

“네, 민이 때문에 부탁드릴 일이 있어서. 요즈음 저희 검찰에서 비상사태라 내일 새벽 조찬 겸 회의가 있어 일찍 나가야 할 것 같아서 민이를 오늘 이 댁에서 좀 재울까 하고요.”

“여보, 당신이 민이 데리고 와! 그동안 얼마나 힘들었습니까. 그래, 여기서 와인이나 한잔하시고 이야기나 좀 하죠.”

“그러세요. 제가 민이 데려올게요. 혹 아빠 기다릴지도 모르니까 …….”

민이 아빠는 잠시 망설이는 눈치더니,

“네, 그러면 그렇게 해주시겠어요?”

우선 형은은 와인 냉장고에서 와인을 꺼내고 와인잔을 챙겨 거실 테이블에 놓고, 냉장고에서 토마토와 치즈를 꺼내 썰어서 접시에 담고 견과류와 함께 갖다놓았다. 그리고 얼른 옆집으로 갔다. 벨 소리에 아줌마는 그 시간까지 아직도 일이 남았는지 앞치마를 입은 채로 현관문을 열었다. 형은은 아줌마의 앞치마 꼬리를 잡고 뒤에 숨어 있는 민이 손을 잡으며 말했다.

“민이야, 아빠가 우리 집에 계시는데, 너도 아줌마 집에 같이 갈래?”

잠옷 바람인 민이는 하품을 하며 졸리는 목소리로 물었다.

"아빠가 거기서 주무신대요?"

"아니, 잠시 이야기하시고 도로 집으로 오실 거야. 아빠가 내일 새벽에 일찍 나가야 하신다고 해서. 민이만 우리 집에서 자도 괜찮겠어?"

민이는 자기 머리카락을 오른쪽 엄지손가락으로 돌돌 말며, 아줌마를 쳐다봤다.

아줌마가 옆에서 민이를 안아 치켜 올리며 물었다.

"아빠하고 자면, 아침에 아빠를 못 볼 거야. 그래도 괜찮으면 아빠랑 자고, 옆집 아줌마하고 자면, 아침에 일어날 때도 옆에 아줌마가 민이 옆에 지키고 있을 거야. 너 아침에 일어날 때 아무도 없으면 무서워하잖아?"

"그래, 내일 토요일이니까, 아침 먹고 매봉산에 토끼 보러 갈까?"

민이는 머리를 말던 손가락을 내리며 아줌마에게서 내린다. 그리고는 얼른 형은의 바지를 잡았다. 형은은 마음이 짜안했다. 엄마가 병원에 입원해 있는 사이 민이는 심리적으로 불안한지 누군가는 꼭 붙들고 있어야만 안정을 찾는다고 했다. 그리고 잠시 아줌마가 슈퍼라도 다녀오면 짧은 시간에도 불안을 견디지 못해 책상 구멍 속에 숨어 있다고 한다. 시장 갈 때마다 형은의 집에 데려다 놓으며 애처로워 죽겠다고 한다. 요즈음 엄마가 없는 사이, 그렇게 명랑하던 민이는 어린아이의 건강함을 잃고, 아빠마저 자신을 떠날까 봐 초조함으로 다른

데 일체 관심을 잃었다. 그래서 말이 없다. 거기다 형은을 볼 때마다 형은의 옷꼬리를 잡는다. 학교에서도 담임 선생을 교무실까지 따라다녀 집으로 전화까지 왔다고 한다. '집에 무슨 일이 있냐?'고.

형은이 얼른 민이를 안았다. 그리고 볼을 비비며

"이제, 엄마가 곧 온다네, 민이 좋지?"

"정말요?"

그러나 표정은 믿는 표정이 아니다. 아줌마에게 '엄마가 영원히 안 오는 것이 아니냐'고 매일 확인한다고 한다. 또 '병도 없는데 엄마가 왜 이렇게 병원에 오래 있냐'고 묻기도 한단다. 엄마가 그동안 너무 힘들게 살아서 병원에서 쉬는 것이라고 해도, '쉬는 것은 집에서 쉬어야지, 왜 병원에서 쉬느냐'고 반복해서 물었다고 한다. 겨우 10년을 산 민이의 머리로 이해하기에는 삶은 너무나 복잡하단다. 혼자 속삭이면서 형은은 민이의 머리를 쓰다듬었다. 그러자 민이가 형은의 가슴에 폭 안겨온다. 다시 형은이 눈시울이 시큰해진다.

형은이 민이를 안고 들어서자 다훈이 펄쩍 뛰어오른다. 민이는 강아지 때문에 더 형은을 끌어안는다. 그러나 민이는 곧 형은을 밀치고 내려서 늘 하듯이 다훈이 방으로 가서 훈이 간식 봉지에서 간식을 꺼내어 다훈이에게 준다. 다시 다훈이 좋다고 민이에게 펄쩍 뛰어오른다. 민이는 다훈이 자기를 좋아하는지 늘 궁금해한다. 그래서 민이가 올 때마다 간식을 주면 민이를 좋아할 거라 형은이 말했더니, 형은이 집에 들어서면 꼭 다훈이의 간식을 챙긴다.

민이 아빠가 일어서자 얼른 민이는 아빠 가슴으로 가 안긴다.

"민이가 오늘은 뭐하고 놀았나?"

"엄마가 없어 심심했단 말이에요. 힝, 내일은 정말 정말 엄마가 오는 거지?"

아빠에게 볼을 비비며 어리광 부리는 목소리로 콧소리를 낸다. 역시 가족은 만만한가 보다. 형은을 잘 따르지만, 형은에게 어리광을 부리지 않는 것을 보면, 역시 타인이라는 거리감은 어쩔 수 없는가 보다.

"민이가 옆집 아줌마하고 숙제하고 만화 보는 게 좋다고 했잖아?"

"그래도 엄마가 없으면 심심하단 말이야."

학교 담임선생의 전화를 받고, 민이 아빠는 민이를 잠시 집에서 안정을 시켜야 된다고, 일체의 교외 활동을 금지시켰다고 했다. 또 민이 외삼촌이 민이 엄마의 행방을 백방으로 수소문하고 있어, 혹시 민이에게까지 찾아갈 수도 있기 때문에 겨우 학교만 다니고 있을 뿐이다. 학교 갈 때도 아빠가 출근길에 데려가고 올 때는 아줌마가 데려온다. 방학 이후 형은이 저녁 모임이 없을 때는 숙제도 돌봐주고 어린이 영화나 만화를 보여주었다. 형은은 민이의 갑작스런 생활 변화가 오히려 민이를 더 불안하게 할 것 같다는 생각이 들었다. 그러나 민이 머릿 속은 엄마가 다시 과연 올 것인가에 초점이 맞추어져 있다. 민이 엄마의 일을 생각하면 아찔한 순간이었다.

어느 날 형은은 그날 마침 일찍 귀가해 시간적인 여유가 있어 민이와 함께 있었다. 가지고 있던 DVD 중에서 어린이가 나오는 음악 영화 〈호르비츠를 위하여〉라는 영화를 찾아 보여주었다. 형은이도 딱히 바쁜 일이 없어 영화를 같이 보고 있었다. 피아노 선생이 소년을 혼자 기르고 있다는 할머니를 찾아, 소년에게 피아노 레슨을 시키겠다고 말하는 장면이었다. 길가에서 장사를 하며 지내고 있는 소년의 할머니가 먹을 것도 없는데 무슨 피아노냐며 길거리를 쓸고 있던 빗자루를 가지고 피아노 선생과 소년을 때리려고 하자 두 명이 도망을 쳤다. 도망간 둘을 쫓아가 할머니가 둘의 몸을 향해 빗자루를 흔들어대는 장면에 와서 형은이 민이를 쳐다봤다. 민이의 눈에서 눈물이 주루루 흘러내렸다. 형은은 깜짝 놀라

"왜, 엄마 보고 싶어?"

"저도 엄마가 없으면 쟤처럼 되는 거예요?"

형은은 당혹했다. 영화를 잘못 골랐다는 생각이 들었다. 권형진 윤종구 감독의 주연 엄정화가 피아노 레슨 선생으로 나오는 〈호르비츠를 위하여〉는 부모가 없고 할머니가 키우는 소년의 이야기이다. 교통사고를 당한 아이의 엄마가 아들을 살리기 위하여 죽게 된 충격으로 말문을 닫은 초등학교 음악 천재 소년에 관한 영화이다. 피아노 학원에서 레슨을 하고 있는 선생이 우연히 그 아이의 천재성을 발견하고 훌륭한 피아니스트로 만드는 내용이었다. 민이 정도의 나이의 소년이기에 흥미있게 볼 줄 알고 고른 영화였다. 그런데 그 소년의 어머니가 없다는 것이 민이하고 연결될 줄 몰랐다. 전혀 다른 상황인데도

단지 엄마가 없다는 사실에 줄을 그을 줄이야.

"민이야, 네가 엄마가 왜 없어? 너 지난번에 병원에 가서 엄마 만났다며?"

"엄마가 계속 계속 안 오니까 엄마가 안 올 것 같단 말이에요."
하고 통곡을 했다.

형은은 민이를 깊게 포용해주었다. 어린아이에게 엄마가 사라진다는 것은 우주가 사라지는 것 같고 하더니, 민이에게 지금 관심은 오로지 '엄마가 오느냐, 아니냐' 그것뿐이다. 어른들은 상황에 대한 추론으로 이해할 수 있는 일도 어린이들은 눈에 보이고 확인해야만 안심을 할 수 있다. 민이에게는 엄마가 눈에 보이지 않는 이상, 어른들이 아무리 말을 해도 아이에게는 먹혀들지 않는다. 금방 올 것처럼 떠난 엄마가 몇 날 며칠 돌아오지 않는 것을 경험한 아이이다. 겨우 일주일밖에 되지 않았는데도 민이에게는 영원처럼 느껴지는 모양이다.

"민이야, 너 지난번, 엄마 병원에 가서 엄마의 사랑을 확인했다고 그랬잖아?"

"그래도 오늘 학교에서 어떤 친구가 '너네 엄마 너 두고 죽으려고 했다며?' 했단 말이에요."

형은은 너무나 깜짝 놀랐다. 민이 엄마가 자살하려 한 이야기는 민이 아빠와 형은이 부부 외의 모두에게 비밀이었다. 그런데 누가? 그것도 어린아이 입에서 그런 말이 나왔는지 궁금했다. 세상은 무서웠다. 그래서 루머가 무서운 거다. 학부형 중에 아마도 병원에 근무하거나, 민이네를 알고 있는 부모 입에서 무심코 나온 말을 아이가 주워듣고 민이에게 전했나 보다.

"민이야, 엄마가 잠이 안 와 잠을 자려고 약을 먹었을 뿐이야. 근데 엄마가 너무 피곤하고 지쳐서 깨어나지 못……."

형은은 말을 하다가 잘랐다. 그 말도 혹 민이의 상상력을 발동시킬까 봐 순간 겁났다.

"민이야, 사람들은 대부분 정확하지 않으면서도 말하기를 좋아해서 남의 일을 함부로 말해. 그런 말에 신경 쓸 필요 없어. 알았지?"

"그런데 지난번에 병원에 갔을 때 엄마가 나를 끌어안을 때도 나를 쳐다보지 않았단 말이에요."

민이는 엄마가 병원에 가기 전과 달라졌다는 것을 직감으로 알고 있다. 그건 어떤 말로도 설득할 수 없다. 이런 변화된 상황이 민이를 더 불안하게 할지도 모른다.

형은은 다훈을 쓰다듬고 있는 민이에게 물었다.

"민이 이빨 닦았어? 과일 줄까?"

민이는 고개를 살래 살래 흔든다.

"민이 아빠한테로 와봐! 민이 오늘 학교 갔다 와서 뭐했는지 아빠한테 이야기해줄래?"

민이는 아빠의 얼굴을 쳐다보며 엉거주춤한 자세로 아빠에게로 간다.

"그래, 민이 아줌마하고 잘래? 내일 아빠가 회사에 갔다가 엄마를 퇴원시켜 엄마와 함께 집으로 올게. 엄마가 돌아와서 좋지?"

민이는 기운 없이 고개만 끄떡였다.

"민이 졸려? 엄마가 와도 기쁘지 않은가 봐?"

다시 민이는 고개를 살래 살래 흔들었다.

"이제 엄마가 돌아오면, 엄마가 당분간 민이랑 집에 있을 텐데, 안 좋아? 학교도 따라가고, 민이 학원도 데려다주고, 그동안 민이 학원 가는 것 무서워했는데 엄마하고 가면 괜찮지?"

"엄마가 오면, 또 삼촌이 오잖아."

민이 아빠는 허를 찔린 듯한 황당한 표정을 지었다.

"아빠가 삼촌 만났는데, 이제 집에 안 온다고 했어, 민이는 그런 걱정 안 해도 돼. 그리고 엄마한테 삼촌 이야기하면 안 돼! 알겠지? 삼촌 이야기 하면 다시 아플 수도 있어."

"그래도 무섭단 말이야!"

그러면서 민이는 발버둥을 치며 울었다.

형은이 얼른 민이를 안방으로 데려 가 침대에 눕혔다.

"책을 읽을까? 기도하고 잘까?"

민이는 묻는 말에는 대답도 않고 흐느끼면서 물었다.

"아줌마, 엄마가 집에 왔을 때 삼촌이 또 오면 어떡해요?"

"이제 삼촌이 안 온댔잖아, 아빠가 삼촌하고 얘기 잘 했대."

형은은 민이의 머리핀을 뽑으며 말했다.

"아빠가 2억 줬대요?"

"아니, 2억을 안 주고도 해결됐나 봐. 아빠가 말한 대로 민이는 이제 삼촌 걱정 안 해도 돼. 이제는 아빠가 다 알았으니까. 아빠한테 맡기면 돼! 엄마도 너도 걱정하지 않아도 돼! 그리고 이제부터 엄마에게 삼촌 이야기하면 안 돼! 알았지? 삼촌 이야기를 하면 엄마가 다시 아플지도 몰라. 민이 그림 그릴까? 참 내일 엄마가 집에 오는데 기념으로 엄마를 그려볼래?"

형은은 거실에서 민이가 그림을 그리는 스케치북과 색연필을 가져다주었다.

"민이, 그림 그리고 있어. 잠시 아빠 술 좀 더 드리고 올게."

거실에 나가니 두 사람은 더운지 다 같이 윗도리를 소파에 벗어 던지고 와이셔츠까지 걷어 올리고 두 병째 와인을 마시고 있었다. 남편도, 민이 아빠도 전작이 있었는 데다, 다시 와인 한 병을 다 마셔서 그런지 열기를 느낄 정도로 얼굴들이 빨갛다. 형은이 나오는 줄도 모르고 이야기에 열중하고 있었다.

형은이가 배를 깎아 나오자 그제서야 민이 아빠는

"민이는 잡니까? 잠시 여기 좀 앉으시죠. 제가 이 댁 아니었으면, 이번 일을 당하고 어쩔 뻔했나 모르겠어요. 아무튼 이번에 너무 감사했습니다."

민이 아빠는 일어나서 큰절까지 형은에게 했다.

"아니, 무슨 말씀을요. 저희가 한 게 뭐 있다고……. 아무튼 민이 아빠가 마음 고생 많이 하셨어요.”

“아직도 저는 민이 엄마를 이해 못 하겠어요. 우리 가족은 민이, 나, 세 사람밖에 더 있어요? 그런데, 왜 다른 사람들 때문에 상처를 받아 목숨까지 버리려고 한단 말입니까?”

“다른 사람은 아니죠. 민이 엄마에게는 친정 식구도 중요한 가족이죠. 민이 아빠에게 부모님이 소중하듯이요.”

“좋습니다. 친정도 자신의 능력 안에서 친정이지, 민이 엄마는 친정이라는 올가미에 걸려 자신이나 가족은 어떻게 되어도 상관없다는 의식이 이해가 안 돼요. 친정아버지께서 병원비는 대고 있지만, 어머니 간병비는 자신이 보태고 있고, 마이너스 대출받아 몇억이나 오빠 사업비 대어줘. 언제까지 사업비 대줘야 합니까? 더 이상 어쩌겠단 말입니까. 오빠까지 자기가 왜 책임져야만 한다고 생각하는지, 참 답답해서.”

“그렇지 않아요. 민이 엄마도 친정 가족 안에서 자기가 진 십자가가 있다고 생각하고 자신도 경제적 형편 안에서 해결하려고 하다가, 이번 오빠의 요구가 자신의 한계 밖의 일이라 이런 일이 난 거죠. 그리고 주위가 편안해야 민이 엄마도 마음이 편하지요. 오빠 일에 무관심할 수만은 없겠죠.”

“글쎄 그게 말입니다. 그게 목숨을 끊을 일인가요?”

“그렇게 힘든 사법고시까지 공부한 사람이 힘들기 때문이라는 단순한 이유가 아닐 거예요. 참, 지난번에 민이 외삼촌은 뭐라 그래요?”

"네, 참 뻔뻔스런 사람이더군요. 자기네 가족들 희생으로 지금의 민이 엄마가 있다는 거죠. 민이 외삼촌은 민이 외할머니가 쓰러지자 그 후 가출해서 민이 엄마가 사법고시에 합격하고서 나타난 사람입니다. 그리고 그 이후 줄곧 민이 엄마를 파먹고 살아왔거든요. 그런 사람이 자신들의 희생 위에 민이 엄마가 판사가 됐다나요. 아전인수죠. 하하하."

민이 아빠는 놀랄 정도로 큰 소리로 웃었다. 형은은 민이가 있는 안방으로 가야 한다는 생각 때문에 쫓기듯 대화를 이어나갔다.

"또 뭐라는 줄 아십니까? 민이 엄마가 과거 일, 친정에 관해서는 전혀 기억을 못 한다니까, 제가 사건을 조작하고 있답니다. 그리고 자기 동생을 빼돌린다는군요. 참 기가 막혀서."

"그래서 그 문제를 어떻게 해결하실 생각이죠?"

"민이 엄마가 과거를 기억 못 하는 것은 사실이고, 오빠를 만난다고 해도 달라질 것은 없죠. 문제는 사업 자금 2억에 관한 것 때문입니다. 그것은 당연히 줄 수 없고, 사업을 하지 말고 저희 아버님의 운전기사를 하면 매월 3백만 원 이상 받으니까 그것으로 생활비를 충당하고 살라고 했습니다. 선택은 본인이 알아서 하겠지요. 그 이상은 저희가 할 수 있는 길은 없다고. 그리고 동생은 이제 충분히 힘들었으니까, 그냥 내버려두라고……. 그러나 그것으로 끝난 문제가 아닙니다. 민이 엄마가 언젠가 기억이 돌아오면, 친정에 대한 걱정을 계속할 테고, 지금도 저한테는 이야기 안 했지만, 이상한 꿈 때문에 우울해한다고 의사가 말했어요. 의사 말로는 한때의 기억이 사라졌지만, 완전 사라진 것은 아니고 아마 꿈이 계속 상기시키고 있다고. 날 쳐다보는 눈도 낯선 사람 대하듯 해요. 깨어나면 끝인 줄 알았더니, 그게 아니더라고요. 전혀 딴 사람 같아요. 문제를 어떻게 풀어야 할지, 주위 사람에게는 알릴 수도 없고, 두 분의 도움이 절실히 필요해요."

"민이 엄마가 정신적인 쇼크가 심하다 보니, 뇌에 그런 문제가 발생했나 봐요. 어쩌면, 너무 힘들게 살아와서 좀 쉬라고 그런 줄도 모르죠."

"그래서, 부탁드리는 건데요. 의사 말로는 분위기를 바꾸는 여행을 다녀오면 좋다고 하는데, 제가 같이 갈 수 있는 입장도 아니고, 더군다나 저보다는 옆에 친하게 지내는 친구나 가까운 분과 가는 게 좋다고 해서 혹 여름 방학 때 여행 계획 없으신가 하고요."

남편이 멀뚱히 형은을 쳐다봤다.

"제가 그리스 여행 계획이 있는데요."

"아, 그럼, 민이 엄마하고 민이를 같이 데려가줄 수 있는지요?"

"네, 그건 얼마든지 가능하죠. 그런데 민이 엄마가 가려고 할까요?"

"잘됐네요. 그건 걱정 말아요. 다른 데는 몰라도 그리스 여행은 가고 싶어 했어요. 둘이 같이 휴가를 얻으면 처음 여행지로 그리스로 가자고 했어요."

"네, 정말 다행이네요. 제가 그럼 여행사에 이야기해 신청해놓을게요."

몇 마디 나누고 안방으로 들어왔더니, 민이는 스케치북에 그림을 다 그렸는지 침대 위에 누워 있었다.

 형은은 민이를 꼭 껴안고 기도를 하고 자장가를 불러주었다. 민이는 형은이 달아날까 봐 그러는지 품속으로 자꾸자꾸 기어 들어왔다. 형은은 민이를 힘껏 꼭 껴안았다. 민이가 잠이 든 것을 확인하고 침대에서 일어나 민이 얼굴로 쏟아진 머리카락을 치워주다 보니, 민이 눈에 눈물이 묻어 있었다. 갑자기 민이가 한없이 애처로웠다. 눈물을 닦아주고 볼에 몇 번이나 키스를 했다.

 침대 아래 흩어진 크레용을 갑 속에 넣었다. 그리고 스케치북을 보았다. 거기에는 한 그루의 숲이 우거진 대형 나무 아래 다양한 색채의 꽃이 가득한 밝은 화원에 소녀상이 그려져 있었다. 그 소녀상은 몸은 하나인데 두 개의 머리가 그려져 있는 소녀상이었다. 얼굴에는 코와 입은 보이지 않고 눈만 가득하다. 마치 누군가를 뚫어져라 찾고 있는 모습이었다. 이쪽저쪽 휘둥거리는 모습을 두 개의 머리와 커다란 눈망울로 그려놨다. 큰 나무 뒤로 누군가의 그림자만 보인다. 분명 그림자만 보이는 엄마를 찾고 있는 그림이었다. 어린아이인 민이가 엄마의 실체가 아닌 그림자만 보고 있는 이 그림을 그렸다고 생각이 드니 민이가 새롭게 보였다. 민이를 다시 쳐다보았다. 한낱 어린아이에 불과한 민이가 이런 생각을 하게 된 것은 단지 병원에서 엄마가 자신을 똑바로 쳐다보지 않았다고 울더니, 그것 때문일까. 어린아이의 직감이 무섭다.

정말 민이에게는 엄마만이 우주고 생명이다. 민이는 디테일한 그림보다 상징적인 그림을 잘 그렸다. 어릴 때부터 자기 의사를 그림으로 정확하게 표현할 줄 알았다. 주로 엄마와 자신을 소재로 그림을 그렸다. 초등학교 1학년 어느날 형은네 집에서 놀던 날이었다. 우아하게 천천히 걷고 있는 엄마의 모습과 엄마를 쫓아가려고 뛰고 있는 자신의 모습을 그렸었다. 그때 어린아이에 불과한 민이가 자신의 생각을 그림으로 표현해낼 줄 아는 데 형은은 놀랐었다. 그리고 특별히 그림을 배우지도 않고 있다. 그런데 그림을 그릴 때마다 다들 입을 다물지 못했다.

형은은 스케치북을 들고 거실로 나왔다.

"민이는 분명하지 않지만 직감적으로 무언가 엄마에 대해 알고 있는 것 같아요."

민이 아빠가 스케치북을 낚아채듯 스케치북을 펼쳤다. 한참 그림을 쳐다보았다. 그러면서 한숨을 푹 쉬며 말했다.

"어린아이의 직감이 무섭네요. 민이가 제 마음속을 그대로 들여보고 있는 것 같네요. 의사 선생님이 민이 엄마가 자주 꿈속에서 본다는, 폐선에서 꾸역꾸역 내리는 일렬의 행렬에 대해서 들어본 적 있느냐고 물었을 때, 그런 생각이 드는 거예요. 나는 민이 엄마에 대해 무엇을 알고 있는지, 민이 엄마의 실체는 딴 데 있고, 그림자하고만 사는 게 아닌가 하고요. 그런데 민이가 어쩌면 그대로 내 마음을 표현한 것 같네요. 민이한테 한 번도 말한 적도 없는데……"

"상대방의 무의식까지 우리가 지배할 수는 없겠죠. 민이 엄마와 산 세월이 민이 엄마 혼자 산 세월의 반밖에 안 되잖아요? 부부라고 모든 것을 다 알 수는 없겠죠. 특히 민이 엄마의 경우, 민이 아빠와 다른 환경 속에서 혼자 투쟁의 삶을 살았다고 할 수 있죠. 아버지는 겨우 연명하시고, 어머니는 쓰러지셨고, 오빠는 가출하고, 저는 그런 환경 속에서 어떻게 사법고시를 하고 자신을 지켜왔는지, 신기해요. 그런 사람일수록 자기 속을 다 드러내지 않죠. 그건 상대방에게 이해시킬 수도, 이해할 수도 없는 것이니까요. 단지, 민이 엄마가 민이 아빠를 선택했고, 오빠 문제만 해결되면, 다른 문제는 없을 것 같고, 민이 엄마 성격에 성실하게 묵묵히 걸어나갈 사람이에요. 현재의 삶이 중요하니까요."

"저는 사실 민이 엄마가 부분 기억상실했다는 것도, 아직 미증유의 사건이 기다리고 있을 것 같아 불안해요."

"저희도 폐선에서 꾸역꾸역 내리는 일렬의 허름한 차림새의 사람들이 무엇을 의미하는지 듣고 보니 궁금하기도 하네요. 어릴 때 이야기나 친정 쪽 이야기를 들어본 적이 없어서……. 민이 아빠는 혹 들은 것이?"

"네, 아버지가 선장이셨다는 지나가는 이야기로 한 적이 있는데, 어떤 상황 속에서 이야기한 것이 아니라, 마치 딴 사람 이야기하다 나온 말이니까. 본인 아버지 이야기인지, 아니면 딴 사람 이야기인지도 지금 확실하지 않아요. 그동안 그 사실을 잊고 있었는데, 의사한테 꿈 얘기를 들으면서 아버지가 선장이셨다는 이야기를 들은 적이 있다는 생각이 들었어요."

"그게 실마리가 될 수 있겠는데요? 그러나 저희 쪽에서는 예단은 하지 말죠. 민이 엄마가 스스로 풀고 돌아오기를 바라는 수밖에는 요."

"그런데, 그 무의식인지 무언지 모르는 꿈이 해석되면, 다시 의식의 방향이 친정 쪽으로 가지 않을까요?"

"글쎄요. 그것도 저희는 예측할 수 없죠. 다른 이야기는 민이 아빠에게 한 적 없어요?"

민이 아빠는 따라 놓은 와인을 단숨에 다 마셨다. 그리고는 견과류를 씹으면서 한참 뜸을 들였다.

"여자들은 자기 연민이 강한가 봅니다. 처음 저희가 만났을 때, 저를 계속 거부하는 거예요. 그리고 독신으로 살겠다고 하기도 하고, 자신이 좋아하는 사람이 있다고 하기도 하고……. 다른 것은 귓등으로 흘렸지만 다른 남자가 있다는 말은 신경이 쓰이더라고요. 그래서 둘이 좀 친해졌을 때 물었습니다. 그랬더니, 같은 학년에 같이 고시를 공부하던 사람이 있었대요. 그 사람은 시골 출신이었는데, 서울 하숙비나 기숙사비 낼 돈이 없어 주로 서울 외곽 절에서 기거하며 가끔 학교를 오는데, 길거리를 지날 때도 자신과 이야기할 때도 책을 손에 놓지 않을 정도로 책벌레였대요. 커피 한잔을 마시자 해도, 점심을 같이 먹자고 해도 시간과 돈이 없다고 학교 수업 시간 외에는 줄곧 도서관에만 있다가, 바로 버스로 두 시간이나 걸리는 절로 돌아간다는 거예요. 민이 엄마는 전혀 문명의 때가 묻지 않은 그 사람의 그런 모습이 너무 좋았나 봐요. 그래서 민이 엄마도 그 사람이 도서관에 있을 때 줄곧 도서관에 같이 있었나 봐요. 그러다 그 학생이 어느 날부터 학교에 안 나오더래요. 그래서 절까지 찾아갔는데, 못 만나고 스님한테 폐병이 들어서 고향으로 돌아갔다는 이야기만 들었다고요. 첫사랑이었고, 그 사람을 못 잊는 것이 아닌가 하고 처음에는 걱정도 되더라고요. 그래서 한번 그 사람을 다시 만나보지 그러느냐고 물었습니다. 그랬더니, 그 사람이 그 이후 한 번도 자기를 찾지 않는데, 자신이 그럴 이유는 없다고. 그 사람도 지금 변호사로 일하고 있는데, 서로가 외면한다고. 한때 남녀 관계로 지냈지만, 여차하게 이유 없이 헤어져도 세월이 흐르면, 서로 좋고 나쁘고의 문제가 아닌 상황 논리에 따라 삶이 결정될 때가 많다며, 그런 것을 딱히 다 일일이 설명할 필요도 없고, 그래서 만나면 목례만 하고 지난다나 봐요. 그런데 그 사람과의 관계는 계속 신경이 쓰여요. 주위 가족이나 환경을 돌아보지 않고 혼자만 살아온 사람들이 가지는 특유한 정서, 다른 주변적인 것을 무시하고 삶의 본질적인 것만 추구하는, 그래서 신선하게 느껴지거든요. 처음 지영이를 만났을 때 저도 그런 느낌이었어요. 좀 묘한 신선한 충격 같은 것, 그 사람이 바로 지영이와 닮은 사람이 아닌가 하고요. 그런 사람은 자신의 분신같이 느껴져 가슴속에 영원히 남아 있거든요. 저는 어릴 때 읽은 에밀리 브론테의 『폭풍의 언덕』에서 잊지 않는 말이 있어요. 귀족 출신인 캐서린이 고아인 히스클리프를 사랑하게 된 것도 '히스클리프 속에서 자신을 발견했다'는 대사였어요. 두 사람의 관계가 서로를 되비치는 그런 관계일까 봐, 무서워요."

"대단하시네요. 어릴 때 『폭풍의 언덕』에서 감동을 많이 받았나 봐요. 그러니까 운명으로 얽힌 사랑은 캐서린처럼 빠져나올 수 없다고 생각하시는 거죠. 체질적으로 같은 처지에 서로 끌리면서도 또 그런 자신들을 혐오하지 않겠어요? 그 사람과 얽히는 게 싫은…… 그래서 계속 그를 그리워하면서 만나고는 싶지 않은?"

"다르게 이해할 수가 없더라고요."

민이 아빠는 다시 와인잔을 들었다. 남편이 술이 과했는지 졸기 시작했다. 두 사람이 이야기를 나누는 사이사이 눈을 떴다 다시 졸았다.

"글쎄요. 민이 엄마가 그분을 계속 그리워한다면…… 한 번 만날 수 있겠죠. 그런게 아니니까 만나지 않는 것이고. 그렇다고 민이 엄마 말대로 평범하게 지내기는 무언가 껄끄러운 것 아니겠어요? 두 사람 관계는 신경 쓸 필요가 없는 것 같은데요."

"참 좋습니다. 이런 이야기를 할 수 있는 두 분이 계셔서…… 사모님께 부탁하지만, 민이 엄마에게 지금까지 친정 엄마처럼 잘해주셨지만, 앞으로도 잘 부탁합니다. 여자들은 친정 엄마에게 모든 이야기를 다 하고 의논한다는데, 민이 엄마 경우 엄마가 어릴 때부터 쓰러지셨으니, 마음 하나 붙일 데가 없었을 거예요. 민이 엄마를 생각하면 가슴이 쓰라려요. 아무리 제가 잘해준다고 해도 채워지지 않는 부분이 있더라고요. 저는 여자의 정서를 이해 못 하는 부분도 많고요. 아무튼 두 분에게 부탁드립니다."

처음으로 나눈 대화 때문인지, '사모님'이라는 호칭을 쓰며 민이 아빠는 형은에게 호의적인 태도를 보였다. 형은은 그 호칭이 어색해 호두를 집어 입에 넣으며 말했다.

"저희도 민이 엄마에게는 엄연히 타인인데, 한계가 있죠."

"그러나 인척이나 주위 사람들이 아닌 단지 이웃이라는 게 민이 엄마에게는 오히려 심리적 부담이 없는지, 많이 의존을 하더라고요."

"고맙죠. 저희를 그렇게 신뢰해준다는 것이. 저도 민이 엄마를 보면 저 자신을 보는 것 같아 애처로워서 제 마음이 그쪽으로 흘러가니까요. 신경을 쓰지 않으려고 해도 제 마음을 어찌할 수 없을 지경이에요."

민이 아빠가 시계를 봤다.

"어이쿠, 벌써 12시가 되어 가네요. 편하다고 이렇게 늦게까지 실례를…… 죄송합니다."

"저희는 괜찮아요. 내일 새벽에 나가시려면 피곤하시겠어요."

민이 아빠는 벗어놓은 양복 윗도리를 찾아 현관으로 서둘러 나갔다. 그때서야 남편은 잠에서 깨어 벌떡 일어나 민이 아빠를 따라 나가 현관을 열어주었다. 전송한 후 형은의 남편은 그동안 참았던 졸음이 한꺼번에 밀려오는지 하품을 연달아 하며 안방으로 달려가 잠옷을 갈아입고 목욕탕으로 향했다. 형은은 테이블에 있는 와인잔과 안주 접시를 대충 싱크대에 갖다놓았다. 남편을 따라 목욕탕 앞에 앉아 있는 다훈을 불러 잠자는 방으로 넣고 안방으로 갔다. 이불을 모두 젖히고 자고 있는 민이에게 삼베 이불로 다독여주고 자신도 잠옷으로 갈아입었다.

형은이 잠을 깬 것은 6시 조금 선이었다. 화장실로 가 용변을 보고, 몸무게를 재어보았다. 어젯밤에 마신 와인 때문인지 평상시 몸무게보다 1킬로그램이 붙었다. 부엌으로 가 물을 두 컵 마시고 서재로 가서 읽던 책, 니체의 『안티크리스트』를 들고 부엌 식탁 위에 책을 올려놓았다. 창문으로 보이는 매봉산 기슭에서 새벽 정기를 머금은 활기찬 새 소리들이 요란하게 짹짹거린다. 앞의 잣나무 가지 위에 까치들이 몇 마리 앉았다 날고 다시 가라앉듯 낮은 비행을 하며 맑은 새벽 공기를 즐긴다. 형은은 네스카페 기계에 캡슐을 넣고 우유 거품기에 우유를 넣는다. 카푸치노의 향기를 맡으며 냉장고를 열어 초콜릿 하나를 꺼내어 다시 식탁으로 나온다. 형은은 아무도 침범하지 않는 이 시간을 즐긴다. 그리고 자신을 가장 사랑하고 싶은 시간이다.

몇 번 니체 책을 들었지만, 니체의 어려운 개념들, 영원 회귀, 권력 의지, 우연과 필연 등의 확실히 잡히지 않는 추상적 의미 때문에 결국 중도 포기하고 말았다. 그러나 이번에는 니체가 왜 기독교도에 반대했는지를 『안티크리스트』를 읽으며 알게 되었다. 니체는 예수의 가르침을 바울이 왜곡시켰다는 것이다. 많은 기독교 학자들이 기독교를 완성시켰다고 하는 바울을, 니체는 그가 기독교를 노예의 신학으로 변모시켰다는 것이다.

니체는, 예수는 자신뿐 아니라 모든 사람이 하느님의 아들이라고 믿었으며, 하느님의 아들로서 모든 사람이 동등하다고 믿었다는 것이다. '하느님 나라' '천국'이라는 개념은 마음의 한 상태일 뿐이며 지상을 넘어서 존재하는 특정한 공간적인 차원이나 죽은 후에 오는 특정한 시간적인 차원과는 전혀 무관한 것이다라고 생각한다. 또 기쁜 소식을 가져온 자인 예수는 인류를 구원하기 위해서가 아니라, 어떻게 살아야 하는가를 보여주려 했는데 자신들을 구원하러 온 선지자로 오해한 유대인들이 십자가 위에 매달리게 했다는 것이다. 그러나 예수는 자신에 대한 모든 중상과 탄압에 대해서 저항하지 않았고, 분노하지 않았으며, 자신의 권리를 변호하지도 않았고, 오히려 자신을 죽이려는 사람들을 사랑했다. 이것은 예수가 인류에게 남긴 삶의 모습이라는 것이다.

그런데 바울은 예수의 살아 있는 삶에 대한 해석보다는 존재 전체의 중심을 존재의 배후로, 즉 피안의 세계로 옮겨놓았다고 니체는 주장한다. 대중을 마음대로 지배하고 노예화시킬 수 있는 영혼 불멸, 최후의 심판 등의 개념을 도입, 사람들이 최후의 심판에서 지옥에 떨어지지 않기 위해 신의 권력을 위탁받은 사도들에 의지하도록 사도들의 권세만 키워놓았다는 것이다.

니체에 빠져 있다가 아침 준비 시간이 늦었다. 민이에게 가서 다시 이불을 손질하고 부엌으로 나왔다. 손님 목욕탕에서 물소리가 들린다. 아들이 쓰던 방으로 지금은 손님이 오면 사용하는 방에서 잠을 잔 남편이 깨었나 보다. 술 때문인지 오래만의 늦은 기상이다. 남편 아침으로 야채 주스를 만들고 호박죽을 끓인다. 민이 아침을 위해서는 브로콜리를 삶아 쇠고기 불고기와 함께 볶는다. 그리고 계란찜을 만들었다. 거의 아침 준비가 다 되었을 때 민이에게 다시 갔다. 형은은 민이 볼에 뽀뽀를 한다. 열 살인데도 아직 아기 같은 보드라운 살과 어린아이의 냄새가 좋다. 얼굴 위로 흩어진 민이 머리를 가지런히 놓는다. 기척 때문인지 민이가 긴 기지개를 켜며 형은이를 끌어안는다. 형은이도 민이를 깊게 안았다.

"민이 잘 잤어?"

"네, 엄마가 집에 오는 꿈 꿨어요."

민이가 어제와는 달리 기분이 좋다. 어제는 엄마가 돌아올지 의심스러워하더니, 오늘은 꿈 때문인지 상당히 긍정적이다.

"그래, 그럼, 우리 밥 먹고 매봉산 가서 토끼 보자. 민이 오줌 누고 세수하고 식탁으로 와"

"네~"

형은은 민이 기분에 감염된 듯 들뜬 기분이 된다. 아침을 먹고, 매봉산에 다녀오고, 민이 엄마가 돌아오면 모든 것이 제자리로 돌아올 것이다. 그러면 다시 민이의 밝은 모습을 볼 수 있을 것이다. 민이 식사로 우유 한 잔과 불고기와 브로콜리, 계란찜, 구워놓은 갈치 토막, 김을 쟁반에 차려 식탁 위에 올려놓는다. 남편과 자신이 먹을 호박죽과 사과, 토마토, 삶아놓은 브로콜리, 연근, 야채 주스도 식탁에 올린다.

민이가 나오다 말고, 안방 구역을 구분하기 위해 만들어놓은 문 뒤에서 빼꼼히 쳐다보고 있다. 형은이 집을 그렇게 자기네 집 드나들듯이 해도 역시 남의 집은 남의 집이다. 형은이 다가가 민이를 안아 올린다.

"민이 우선 우유 한잔 마실까?"

고개를 끄떡거린다.

"자, 그럼 식탁에 앉자."

형은은 집 안을 두리번거리며 남편을 찾았다. 베란다에서 기르는 화초에 물을 주고 있다.

"아저씨는 화초에 물 주고 식사할 모양이니, 민이 먼저 기도하고 우유부터 마시자. 민이가 기도해볼까?"

민이는 두 손을 모으고 눈을 꼭 감는다.

"하나님 아버지, 맛있는 밥 주셔서 고맙습니다. 어, 그리고 오늘 엄마 퇴원해서 이제 아프지 않게 해주세요. 그리고 삼촌 우리 집에 오지 않게 해주세요. 예수님 이름으로 기도드립니다. 아멘."

형은은 민이를 껴안았다. 민이 머릿속에 각인된 이번 사태는 삼촌의 등장과 엄마의 병원 입원이다. 그래서 삼촌만 오지 않으면, 엄마는 아프지도 않고 아무런 문제가 없는 것이다. 민이가 우유잔을 들어서 한 모금 마신다.

"아줌마, 어제 학교에서 시험 친 것 저 혼자 여섯 과목 시험 올백 받았어요."

"그래? 근데, 어제 아빠하고 같이 있을 때 왜 말 안 했어?"

"어제는 예진이 때문에요."

"예진이?"

"네, 예진이가 너네 엄마가 너하고 아빠 두고, 죽으려고 했다고 하잖아요."

"예진이는 몇 개 틀렸어?"

"세 개요. 예진이는 누구니?"

"엄마 친구 집 딸이래요."

"너하고 친해?"

"저는 싫은데, 맨날 맨날 날 따라다녀요. 영어 학원도 같이 다녀요."

더 이상 예진이 이야기를 하면 안 되겠다는 생각이 들어 화제를 바꿨다.

"응, 근데 민이는 어떻게 시험에 올백 맞았어? 엄마도 없는데……."

"아빠가 시험이니까, 과목마다 배운 것 한 번 같이 읽자고 해서 읽었어요."

"한 번만 읽었는데, 다 외워졌어?"

"네, 저는 한 번 읽으면 다 알아요."

"민이는 좋겠다. 아줌마는 몇 번을 읽어도 못 외우는데."

"근데, 아줌마는 어떻게 교수가 되었어요? 엄마가 교수도 공부를 잘해야 할 수 있다고 했어요. 그리고 아줌마, 전에 엄마가 아줌마보고 교수님이라 불러야 된다고 하던데, 근데 저는 아줌마가 좋아요."

"그래, 나도 아줌마가 좋단다. 민이에게까지 교수님이라고 불리고 싶지 않네."

"엄마는 아줌마라고 부르면, 집에 있는 아줌마랑 헷갈린다고……."

"그건 그래, 그럼, 교수님 말고 다른 호칭을 우리 생각해보자."

"민이 잘 잤어?"

남편이 손을 비비며 식탁에 앉았다. 남편을 따라 다니던 다훈이도 길길이 뛰며 식탁 아래에서 무언가 얻어먹으려고 껄떡거린다.

"네."

민이는 아직 남편에게는 얼굴을 가린다. 갑자기 조용해졌다.

"민이, 밥 먹고 토끼 보러 매봉산 갈 거야?"

"다훈이도 가요?"

"그럼~"

"그런데 아줌마, 매봉산 가면 꽃이 많아요?"

"왜?"

"꿈에서 엄마에게 제가 꽃다발을 줬어요, 그랬더니 엄마가 크게 웃었어요. 그리고 고맙다고 저를 꼭 껴안아주면서, '이제 엄마 절대로 안 아플게' 했어요."

"정말? 민이 좋았겠다. 꿈에서 엄마까지 보고…… 지금 매봉산에
무슨 꽃이 있을까? 진달래나 철쭉은 이미 다 졌고, 아카시아도 졌을
테고, 개망초가 피기 시작하고, 어쨌든 피어 있는 꽃이 있겠지. 그래
빨리 먹고 가자, 아 참, 토끼 먹이와 비둘기 먹이도 준비해야겠네."

형은은 민이와 매봉산 갈 생각으로 마음이 들뜬다. 사과를 입에 집
어넣으며 냉장고를 열어 당근을 꺼낸다. 싱크대에서 과일 칼로 껍질
을 대강 벗기고 씻어 얇게 썰어 비닐 주머니에 넣는다. 그리고 김치
냉장고에서 포장된 볶은 오색 곡물을 한 봉지 꺼낸다. 물 한 병과 당
근, 곡물 봉지, 귤 세 개, 물수건을 챙겨 배낭에 넣는다. 민이는 처음
식사를 시작할 때 속도보다 느려졌다. 먹을 만큼 먹은 것이다. 뼈를
가려놓은 갈치 살코기를 뒤적거린다. 뼈가 있는지 살피고 있다.

"아줌마가 뼈 다 골라냈어. 걱정 말고 먹어, 민이야."

"그래도 우리 할머니도 뼈 다 발라놓았다고 해도 또 뼈가 있어요."

형은은 민이에게는 형은이 할머니처럼 인식되어 있는 것이다. 아
이들 밥을 먹을 때는 인내가 필요하다.

"민이가 먹고 싶은 만큼만 먹어."

"그럼, 이제 안 먹을래요."

"그럼, 불고기와 브로콜리만 다 먹어."

남편은 이빨까지 닦고 신문을 보고 있다. 형은이도 민이 옷을 챙겨
민이가 먹고 있는 사이, 잠옷을 벗기고 아줌마가 아침에 갖다준 외출

복으로 갈아입힌다.

"어, 이 옷은 언제 가져왔어요?"

"아줌마가 민이 잘 때 갖다줬어."

"응, 그렇구나."

이미 9시 가까이 된 시각이라 매봉산에는 산책하는 인파들이 꽤 있었다. 평상시는 등선을 가로질러 30분 이상을 걸어야 도착하는, 운동 기구들을 모아놓은 운동장 쪽으로 난 길로 바로 들어섰다. 빌라촌이 운집해 있는 동네를 지나 매봉산 입구를 들어서면 금방 울창한 숲이 보인다. 숲 속으로 난 길에는 햇빛이 쏟아져 걷는 걸음마다 나무 그림자들이 어른거렸다. 나무뿌리들이 드러난 길 사이로 군집을 이루지는 않았지만, 간간이 피어 있는 꼬리풀, 엉겅퀴, 까치수염 등이 눈에 띄었다. 민이는 다훈이와 달리기 내기하듯 내처 달렸다. 다훈이는 큰 나무만 보이면 영역을 표시하기 위해 오줌을 누느라 멈칫거렸다. 민이는 꽃이 보일 때마다 꽃을 꺾었다. 형은은 한두 송이 이제 막 피어나기 시작하는 꽃을 민이가 꺾는 것을 보니 마음이 불편했다. 형은은 민이에게 꽃 한두 송이 피어 있는 꽃보다 한꺼번에 많이 피어 있는 꽃으로 꺾으라고 일렀다.

"왜요? 아줌마 하나씩 피어 있는 꽃이 더 예쁜데, 흥, 엉~"

"한 송이 피어 있는 꽃을 민이가 꺾으면 다른 사람은 못 보잖아. 민이야, 꽃도 자신이 모든 힘을 모아서 꽃을 피웠는데, 한 사람에게만 보이고 싶겠어? 아니면 많은 사람에게 보이고 싶겠어?"

"그렇지만, 엄마와 같이 읽은 「어린 왕자」에서 많은 꽃은 필요없다고 했잖아요. 자신에게 길든 한 송이 장미만 필요하다고. 지금 다른 사람들에게는 저 꽃이 그냥 꽃일 뿐이잖아요? 그리고 보지도 않고 지나가는 사람도 많잖아요. 저 아저씨 보세요. 그냥 빨리 걷기만 하잖아요. 근데 저는 꽃 중에서도 아름다운 꽃을 고르는 거잖아요. 어떤 꽃이 엄마를 기쁘게 할까 생각하면서 꽃을 바라보거든요."

시간이 바쁜지, 서둘러 걷고 있는 빨간색 등산모를 쓰고 핸드폰 이어폰을 꽂고 지나가는 40대 장년을 가리키며 민이가 말했다. 형은은 민이의 말에 입이 다물어지지 않았다. 초등학교 3학년 어린이의 말이라고 하기에는 너무나 의미심장한 말이었다.

"그래, 민이 말이 맞아, 꽃에 무관심한 사람도 많지. 그러나 이 산에 피는 꽃은 많은 사람에게 보이고 싶을 거야. 그리고 한두 송이만 피어 있는 꽃은 더 많은 꽃을 피우게 하기 위해, 꺾지 않는 게 좋겠지. 만일 정말 더 예쁜 꽃을 엄마에게 드리고 싶다면, 화원에 가면 더 예쁜 꽃이 많을 텐데. 산에 피는 꽃은 야생화라, 꺾어서 집에 가져가면 금방 시들어 보기 싫은데, 그래도 괜찮아?"

"야생화는 다른 꽃과 달라요?"

민이 얼굴이 시들해졌다.

"야생화는 대부분 산이나 들에 피는 꽃으로 줄기, 뿌리, 잎 등이 약해서 오래 견디지를 못해. 산에 피어 있을 때는 오래가지만, 꺾으면 금방 시들어. 어쩌지? 민이가 많이 실망하네……. 일단 토끼를 보고

내려가면서 우리 다시 생각해볼까?'

"네! 이거~"

하며 민이가 꺾은 까치수염을 비롯한 여러 야생화들이 이미 시들어져 고개를 축 늘어뜨리고 있다. 형은은 그것을 받아 휴지로 싸서 배낭에 넣었다.

고개를 갸우뚱하더니 금방 민이는 다훈이를 따라 달렸다.

"민이가 간만에 기분이 좋은데, 기분에 따라 하게 내버려두지, 꼭 그렇게 가르쳐야만 하겠어?'

앞질러 가던 남편이 뒤돌아보며 핀잔을 주었다.

"민이가 아니라 어른이라 해도 살아가면서 힘들고 어려울 때가 있을 때마다 기분에 따라 행동하면 사회가 어떻게 되겠어요?'

"당신은 조그만 일을 너무 멀리까지 생각하는 버릇이 있어. 그리고 무엇이든 가르치려는 직업의식에 항상 사로잡혀 있는 것 같아."

"여보, 저도 민이가 꽃을 꺾는 것을 보면서 많이 생각했어요. 우리 아이가 아니라고 어린이이기 때문에 몰라서 저지르는 잘못을 그냥 내버려둬도 되나 하고요."

"민이가 우리 아이고 아니고의 문제가 아니라, 민이가 힘든 시간을 보냈는데, 그냥 오늘은 봐주면 안 되느냐는 것이지, 내 생각은. 그만합시다. 이러다가 부부 싸움 하겠네."

다훈이 짖는 소리가 들린다. 토끼를 발견한 모양이다. 다훈이 때문에 토끼가 산지 사방으로 흩어진다. 다훈이의 목줄을 잡아당긴다.

그리고 한쪽 구석에 매어두었다. 다훈이의 짖는 소리 때문인지 토끼가 아직도 이 구석 저 구석으로 달아난다. 남편이 얼른 다훈이를 데리고 운동 기구가 있는 위쪽으로 올라간다. 형은은 배낭에서 당근을 꺼내 민이에게 준다.

"아줌마, 어떻게 주면 되나요?"

"토끼를 보면 민이가 직접 주든지, 무서우면 토끼 가까이로 던지면 돼."

시든 하얀 철쭉꽃이 바닥에 깔린 덤불 아래 어미 흰 토끼와 새끼 토끼가 누워 있다.

"민이야, 여기 토끼 있어. 이리로 와봐. 토끼가 이리로 오네."

민이가 가까이 와서 새끼 토끼 입에 당근을 넣어준다. 토끼는 겁도 없이 민이가 주는 당근을 두 개째 받아 입을 오물거리며 씹는다. 큰 토끼는 관심이 없는지 던져줘도 먹지 않는다. 토끼 아래에는 사람들이 던져준 아카시아 나뭇잎들이 깔려 있다. 토요일이라 어린이를 데리고 나온 사람들이 많다. 아이들이 토끼들을 좇아서 이리 뛰고 저리 뛰고 한다. 토끼와 비둘기들이 범벅이 되어 퍼덕거리자, 한 떼의 먼지가 푹 일어났다가 가라앉았다. 민이는 토끼를 주고 남은 당근을 자기가 먹고 있다.

"아줌마, 비둘기 밥은 언제 줘요?"

"지금 줘도 돼."

"근데 지금 비둘기가 안 보이잖아요?"

"비둘기는 네가 모이를 주면 멀리서도 알고 모이를 먹으러 날아와. 여기 이것을 뿌려볼래?"

형은은 비둘기 모이로 가져온 잡곡 봉지를 민이에게 주었다. 민이는 봉지를 뜯더니 길거리에 확 뿌린다. 정말 한 마리의 비둘기가 날아온다. 그러자 두 마리, 세 마리, 비둘기들이 무섭도록 몰려온다. 비둘기들이 날아올 때마다 먼지가 풀썩풀썩 일어난다. 민이가 무서운지 뒤로 물러선다.

"괜찮아, 민이야."

"아줌마, 물 좀."

형은은 얼른 배낭에서 물을 꺼낸다. 목이 말랐는지 숨도 쉬지 않고 꼴깍꼴깍 하고 한참 물을 마신다. 물병을 주며 갑자기 민이가 아래쪽으로 도망간다.

"민이야, 왜 그래? 민이야!"

불러도 계속 아래쪽으로 질주한다. 형은이도 남편에게 말할 틈도 없이 민이를 쫓아 아래쪽으로 내지른다.

"민이야! 넘어져, 왜 그러는 거야?"

결국 민이는 넘어져서야 멈췄다.

형은이 달려가 넘어진 민이를 일으켜 세우고 물수건을 꺼내어 무릎에 묻은 흙먼지를 닦아주었다. 무릎에 약하게 피멍이 맺혔다.

"민이야, 다쳤잖아, 왜 그랬어? 토끼 밥도 다 안 주고……."

다쳤다는 말 때문인지 민이가 울기 시작했다. 민이는 흐느끼면서 말했다.

"예진이가 왔단 말이에요. '너네 엄마가 너하고, 아빠 두고 죽으려고 했잖아' 했던 친구요. 그 엄마와 아빠도 같이 왔단 말이에요."

"……."

형은은 할 말이 없었다. 형은이는 누가 왔는지 보이지도 않았는데, 예진이라는 아이 가족이 민이 눈에 띄었나 보다. 그때 남편에게서 전화가 왔다. 어디에 있는지 물었다. 먼저 갈 테니 천천히 오라고 하고 집으로 향했다.

"민이도 오늘 엄마 퇴원하면, 이제 엄마 아빠랑 매봉산 오면 되잖아."

민이의 흐느낌은 좀체 가라앉지 않았다.

"오늘, 엄마 퇴원하잖아? 정말 민이 꽃 어떡할래? 꺾을 거야? 민이가 하고 싶은 대로 해."

겨우 기분이 좋아졌는데, 예진이라는 아이 때문에 형은은 안타까웠다. 꽃으로 화제를 바꾸었다. 민이는 흐느낌을 멈추고 잠시 생각하는 듯, 가만히 있다 말했다.

"꽃이 많이 피어 있는 곳이 없잖아요?"

민이는 흐느끼면서 말했다.

"그럼 다른 쪽으로 가보자."

형은은 민이를 데리고 산등성이를 가로질렀다. 형은은 민이가 울음을 그칠 기미를 보이자, 가져온 귤을 까서 민이에게 주었다. 그리고 자신도 입에 넣었다. 형은은 열심히 산 주위를 둘러봐도 좀체 꽃이 나오지 않자 조바심이 났다. 예진이 때문에 감정이 흔들린 민이가 새로 기분을 전환하기 위해서는 꽃을 찾아야 하는데. 이제 꽤 높이 솟은 태양으로 나뭇잎들이 은빛으로 찬란하게 나부꼈다.

"민이야, 저 나뭇잎들 좀 봐! 은빛으로 출렁이지?"

민이가 눈을 찡그리며 하늘을 올려 다 보았다.

"햇빛 때문에 눈부셔서 아무것도 안 보여요."

"햇빛 쪽을 보지 말고, 옆으로 봐. 아줌마 손가락 끝을 봐! 보여?"

"네, 멋있어요. 나뭇잎 같지 않고 은종이가 팔딱거리는 것 같아요."

그러다 민이가 나무뿌리에 걸려 넘어졌다. 민이가 일어나다 말고, '아줌마, 저기!' 하며 손가락으로 등성 아래쪽을 가리켰다. 등성 아래에는 하얀색으로 보이는 철쭉꽃처럼 생긴 꽃이 제법 많이 피어 있었다. 민이의 손을 끌고 형은은 아래로 내려갔다. 1년생이 아닌지 제법 작은 덤불을 이루며 꽤 많은 꽃이 피어 있다. 자세히 보니, 하얀 꽃 사이에 분홍 선이 그어져 있어, 분홍 꽃처럼 보인다. 형은은 무슨 꽃인가 궁금해 핸드폰 인터넷으로 6월 꽃을 찾아보았다. 여기저기를 뒤지다 보니 백선이라는 이름의 야생화로 철쭉처럼 여러해살이의 꽃이라는 설명이 있었다. 형은은 이 꽃은 여러 해살이라 금방 시들지도 않을 것이고, 색깔도 아름다워 더 이상 망설일 이유가 없었다.

"민이야, 네가 꿈을 꿨다니, 우리가 이 꽃을 찾으려고 그랬나 보구나. 다섯 송이만 꺾어 가자. 정말 행운이다. 아줌마는 매봉산에 매일 와도 이 꽃을 못 보았는데, 민이가 찾다니,"

민이를 안아주었다.

"정말요? 아, 신난다."

민이가 형은에게서 내리며 깡충깡충 뛰었다. 찾으려고 했던 절실한 목적이 이루어진 그 순간의 행복감에 형은도 도취되었다.

"엄마가 이제 행운의 여신이 되려나 보다. 민이야."

형은은 조심스럽게 가지와 가지가 겹치는 부분을 찢어 꽃송이가 다치지 않게 다루었다. 다섯 송이를 만드는 데도 진땀이 났다. 형은이 하도 조심스럽게 꽃을 다루니까 민이마저 숨을 죽이며 조용히 형은을 따라다녔다. 형은이 다섯 송이를 다 꺾자 배낭에서 꺼낸 휴지에 물을 묻혀 꽃을 쌌다.

"민이가 가져갈래?"

"아니요, 아줌마가 힘들게 꺾은 꽃송이가 다칠까 무서워요."

"그럼 아줌마가 가져갈게……. 민이야, 우리 하이파이브하자! 사실 아줌마는 산에서 야생화 가져가는 것을 포기했었거든."

민이가 오른쪽 손바닥을 쳐들었다. 형은은 민이 손바닥에 맞추어 손바닥을 부딪쳤다.

"아줌마, 저도 아줌마 때문에 속상했단 말이에요. 저는 엄마에게 제가 산에까지 와서 엄마를 생각하고 꽃을 꺾어 왔다는 것을 보여주고 싶었거든요."

"그래, 미안해, 그런 줄 알았어, 그래서 아줌마도 내내 어떻게 하면 좋을까 하고 머릿속으로 생각하고 있었어. 근데 갑자기 네가 달려가는 통에 포기했었거든."

형은은 어린아이와 이렇게 대화가 된다는 것도 신기하게 생각이 되었다. 좀 전에 예진이라는 아이 때문에 울던 모습은 온데간데없다.

8

창문 밖으로 보이는 매봉산이 흔들린다. 초록 나뭇잎들이 세찬 바람에 온몸을 내맡긴 채 흔들린다. 마치 지영도 함께 흔들리는 것 같다. 남편과 민이가 학교로 가자 아침 출근 전의 부산스러움이 사라지고 창문 밖의 풍경이 지영의 눈을 빼앗는다. 바람 소리 때문인가. 지영은 네스카페 기계에서 커피를 뽑으며 창밖으로 다시 눈길을 보낸다. 퇴원 후, 몸에 맞지 않은 한가로움이 오히려 자신 속의 불안을 부추기고 있다. 그동안 자신을 추스르지 못할 정도로 바쁜 일상의 틈바구니에서 자신을 꼭꼭 어딘가 숨겨두었던 것 같다.

퇴원하는 날, 그동안 몸에 익숙했던 병원 생활에서 벗어나 자신의 집으로 향하면서 혹 집이 자신을 거부하지 않을까 하는 불안이 마음 언저리에 차지하고 있었다. 그동안 병원에서 만났던 자상하던 남편이 일상으로 환원했을 때 매너리즘에 빠진 남편의 모습으로 자신을 당혹케 하지 않을까 하는 마음 역시 한자리를 차지하고 있었다. 집에 들어서자 거실은 온통 꽃 천지였다. 식탁 위에는 자주색 수국이 큰 화병에 수북이 꽂혀 있었다. 그리고 거실 탁자에는 100송이가 넘는 빨간 장미 바구니가 놓여 있었다. 탁자 밑에는 나도사프란이라고 꽃 이름이 꽂혀 있는 흰 꽃 화분, 릴리벨리라는 그것도 흰꽃이었다. 아마 남편이 모두 준비한 모양이었다. 민이가 지영의 손을 끌며 안방으로 데리고 갔다. 화장대 위에도 다섯 송이의 꽃이 얌전히 꽂혀 있었다.

뒤따라 들어온 남편이

"이 꽃 민이가 오늘 아침 매봉산 가서 고생하며 꺾은 꽃이래!"

지영은 민이를 끌어안고 볼에 키스를 퍼부었다.

"엄마, 집으로 온 것 환영해!"

민이는 엄마가 아직 어색한지 얌전하게 낮은 목소리로 말한다.

"그래, 나도 집에 너무 오고 싶었어. 그동안 미안했어. 엄마 용서해 줄 거지?"

"뭘, 엄마?"

"엄마가 아픈 것 말이야."

"엄마, 그건 용서의 문제가 아니잖아?"

"그래도 엄마가 민이 옆에 없어서 슬펐다며?"

"아, 그거. 왔으니까 됐어. 엄마가 집에 안 올까 봐 겁났단 말이야."

이제는 이전 민이로 돌아가 있었다. 남편은 양복장에 옷을 걸치며

"둘이 그렇다고 아빠 왕따 시키면 안 돼."

"아빠, 하는 것 봐서요. 매일 늦게 들어오면, 엄마와 내가 왕따 시키지 않아도 스스로 왕따가 되는 거잖아요? 그렇지, 엄마?"

지영도 위에 걸친 여름용 재킷을 벗으며 웃었다. 불과 일주일밖에 비우지 않았는데도 그사이에 민이가 더 성숙한 것 같다. 그래서 민이라는 딸을 보는 것이 아니라, 낯선 예의바른 이웃집 아이를 보는 것 같다. 남편도 무언가 서먹하다. 그리고 집도 내 집인 것 같지 않다. 일주일이라는 시간적 공간이 만들어내는 이 거리감을 어떻게 메워야할지 모르겠다. 어쩌면 그것은 그들이 만들어내는 거리감이 아니라 지영 스스로가 만들어내는 거리감일 수도 있다.

1년간 휴직 신청서를 내면서, 아줌마도 내보내기로 했다. 남편은 그냥 두는 것이 좋다고 했지만, 휴직 기간 동안 남편과 민이에게 아내로서 엄마로서 최선을 다해야겠다는 생각이 들었다. 그동안 일에 자신을 옭아맨 끈을 풀고 가정과 한 치의 거리감도 생기지 않게 돌보고, 하나가 되어야겠다는 생각이 들었다. 그렇지 않으면 자신이 끝까지 살아가기 힘들 것 같다.

남편이 병원에서 퇴원하고 오면서, 민이를 데리고 주말에 부산에 가서 바닷가에서 텐트를 치고 캠핑을 하자고 했다. 민이가 방학마다 우리는 왜 캠핑도 안 가고 디즈니랜드도 안 가느냐고 졸랐었다. 그럴 때마다, '엄마 아빠가 중요한 일을 하고 바쁘잖니?' 민이는 억지

로 수긍하는 체했지만 여름만 되면 불만을 터뜨렸다. 중요한 일이라니? 지영은 픽 웃음이 나왔다. 그동안 자신은 자기가 만든 체면에 걸렸었다. 아니다. 세상 사람들이 자기에게 최면을 걸었다. 사법고시만 합격하면 넌 세상을 다 얻게 될 것이라고. 그래, 그랬었지. 정말 죽어라고 공부했었다. 길거리를 가면서도 법조문을 외우고, 밥을 먹으면서, 심지어 꿈속에서까지 법조문을 외웠다. 그래서 대학도 1등, 사법고시도 1등, 연수원도 1등으로 들어갔다. 사람들은 다 당연한 것이라 생각했다. 친구 경주는 '넌 사람도 아니야, 징그러워. 너와 경쟁하기 싫어 난 판사 안 할 거야' 하고 검사 발령을 받았다. 지영은 학교 다닐 동안 공부 외에는 해본 것이 없다. 단지 꿈속에 찾아드는 악몽 때문에 몸서리를 치는 것 외에는.

그런데 왜? 자신이 자살을 시도했다는 말인가? 자신이 병원에서 의식을 회복했을 때 의사가 말했다. 수면제 과복용이라고. 처음에는 자신이 정말 수면제 과복용이라고 생각했다. 그 직전에 죽을 것 같은 악몽을 꾼 것 같은 느낌은 있다. 그런데 그것이 현실인지, 꿈인지 알 수가 없다. 아니, 자신이 왜? 왜? 섬세하고 관대한 남편과 자신의 분신과 같은 깜찍한 민이를 두고, 왜 자살을 시도했다는 말인가. 남편은 병원에 와도 일체 다른 이야기는 없다. 민이 이야기뿐이다. 민이가 지영이를 얼마나 기다리고 있는지만 이야기할 뿐이다.

막 의식이 돌아온 혼란 상황 속에서 민이가 병원에 왔을 때였다. 그런 상황 속의 자신을 민이에게 보여주는 것도 민망했다. 단지 민이가 안쓰럽고 미안했다. 마냥 흐느낌 속에서 눈물만 쏟아졌다. 아무 말도 할 수 없었다. 남편에게도 할 말이 없었다. 퇴원할 때까지 죄송하고 미안하다는 말밖에 할 말이 없었다.

오직 의사를 통해서 지영의 심리적 상황이 전달되었을 뿐이다. 의사는 지영이 어릴 때 겪은 큰 상처를 가지고 있다, 그것의 치유가 필요하다, 지영이 계속 다른 것에 몰두함으로써 도피하고 억압하고 있었다고 한다. 그래서 꿈속에서 반복해서 나타난다고 했다. 그래서 쫓기는 생활보다 혼자서 조용히 보내며 자신을 정리할 시간이 필요하다고, 1년간 휴직을 권유했다.

지영은 당분간 가족 외에는 누구도 만나고 싶지 않다. 평생 긴장하고 바쁘게 살아온 지영이 한가로움을 견뎌내기도 쉽지 않을 것이다. 남편은 의사한테 지영이에게 갑작스런 이런 변화를 주는 것이 오히려 걱정이 된다고 말했다. 그러나 인간은 누구나 다 혼자서 견뎌낼 수 있고, 지영은 사랑하는 남편과 민이가 있지 않냐고 같이 협력해서 견뎌보라고 했다.

의사는 지영에게 몇 번 말했었다. 의도적인 범행을 저지르는 악행 말고 평범한 인간이 겪는 일 중에 부끄러운 것은 없다, 오직 그 별것 아닌 것에 자신이 올가미를 씌워 괴로워하며 삶을 낭비할 필요가 없다고. 어릴 때의 트라우마는 세계를 이해하기 전의 어린아이의 눈으로는 충격적인 일이지만, 어른이 된 현재의 지영으로서는 충분히 감당할 수 있는 일일 것이라고 했다. 자기 자신을 직시하라고. 지영은 사막에서 선인장꽃을 피운 것처럼 어려운 환경에서도 스스로를 견뎌내고 이겨낸 사람인데, 어떤 것도 다 극복할 수 있는 큰 틀을 지니고 있는 초인의 가능성을 가지고 있다고 말했었다.

　뇌신경학과 함께 프로이트 심리학을 함께 전공했다는 의사는 지영에게 많은 위로가 되었다. 남편에게도 지영 같은 사람은 흔치 않은 인물이기 때문에 자기 상처만 치유되면 아무 문제가 없을 것이라고 했단다. 그리고 현재의 삶 때문에 과거도 있고 미래도 있는 것이지, 과거 때문에 현재의 삶에 발목 잡히지 말아야 한다, 미래를 위해서 현재의 삶을 희생하지도 말라고 했다. 지금, 남편과 민이와 행복하게 사는 것 그것만이 지영이의 삶의 목적이라고. 지영이가 직업을 가지는 것도 자신에게 의미가 되어 행복을 주어야만 직업이 의미가 있는 것이다, 직업 자체가 목적이 되어서는 안 된다고, 그런 말도 했다. 지금까지 판사로 존경받는 그 자체 때문에 판사라는 직업을 좋아한 것은 아니지 않았냐고. 그것이 존재 의미는 아니었냐고. 지영은 지금껏 오직 사법고시만 하면 모든 것이 끝이라는 생각과 판사로 임명만 받으면 더 이상 자신이 할 일이 없는 것처럼 살았던 과거의 시간들이 무위로 사라지고 있었다. 모든 삶의 가치를 다시 세워야 했다.

9

지영이 없는 사이 민이의 불안한 정서를 제자리로 돌리기 위해서
는 지영이 민이와 더욱 밀착해져야겠다는 생각을 했다. 그래서 아줌
마도 1년 동안 쓰지 않기로 했다. 아줌마 없이 가정을 운영하려니, 우
선 시장 가기부터 배우기 시작했다. 마치 어린아이가 걸음마를 배우
는 것 같았다. 새롭게 시작하는 일에서 오는 흥분까지 일어났다. 남
편도 직무일 외에 회식은 피하고 일찍 퇴근했다. 남편과 민이가 같이
식사 준비를 하고, 설거지는 남편이 주로 했다. 시간이 느릿느릿 마
치 멈칫거리며 지나가는 것 같았다. 그리고 여러 가지 생각을 하다
항상 머무는 곳은 자기 자신에게로 향해 있었다. 처음 시작하는 살림
처럼 아침 식사가 끝나고, 남편과 민이가 집을 나서면 휴 하고 한숨
이 나오다, 커피 한 잔 마시고, 이 방 저 방을 정리하면 벌써 점심시

간이 되었다. 점심은 먹는 둥 마는 둥 하고 민이를 데리러 가면 벌써 3시였다. 민이는 매일 학교에 데리러 오는 엄마를 신기한 듯 만나는 친구들마다 자기 엄마라고 소개했다. 그중 지영이 친구 경주 딸 예진이는 민이에게 끈 달린 아이처럼 언제나 붙어 나왔다. 첫날 민이를 데리러 간 날이었다.

"예진이 안녕?"

지영이 먼저 예진이 머리를 쓰다듬어주었다. 예진이가 마치 지영의 얼굴에 뭐가 묻은 것처럼 빤히 쳐다보다가

"민이 엄마, 병원에 입원한 것 아니에요?"

"맞아, 이제 퇴원했어."

"엄마가 퇴원하기 힘들다고 했는데…… 그럼 민이 다시 학원 가요?"

예진이는 혼자 중얼거리다, 민이 손을 잡고 학원 버스 쪽으로 가려고 했다.

"아니야, 당분간 민이는 집에서 공부할 거야!"

"안녕!"

지영이 말도 떨어지기 전에 예진이는 봉고차 쪽으로 달아났다.

지영이 왼손으로 가방을 받고 오른손으로 민이 손을 잡았다.

"엄마? 예진이 엄마가…… 나쁜…… 아니야."

민이는 무언가 말을 하려다 단어가 토막토막 나 이어지지 않았다.

"왜? 예진이 엄마가 나쁜 엄마라고?"

"그게 아니고…… 됐어."

경주는 어떤 루트를 통해서든 눈치를 챘을 것이다. 대형 로펌의 대표이사로 있는 지영이 시아버지와 꽤 큰 조선업을 하고 있는 경주 친정아버지가 서로 집안끼리 친한 사이다. 처음 경주한테 결혼 상대자 이야기를 했을 때, 경악에 가까운 비명 소리를 냈다. 나중에 남편은 몰랐지만 부모들 사이에 은밀히 두 사람을 양쪽에서 다 마음에 두고 있었다고, 그러나 자신은 몰랐는데 경주는 그 내용을 알고 있었다는 것이다. 술자리에서 경주는 울면서 부르짖듯 지영에게 퍼부었다. 너는 나의 모든 꿈을 앗아갔다고. 자신이 사법고시 공부를 한 것도 지영의 남편 때문이었다는 것이다. 어릴 때부터 꾸어온 꿈을 너한테 송두리 빼앗겼다고 경주는 지영 얼굴에 맥주를 퍼부으며 울부짖었다. 남편도 경주에게 특별한 감정은 없었지만, 아마 지영이 나타나지 않았으면 경주와 결혼했을 수도 있다고 했다.

지영은 경주가 이번 일을 어떻게 알고 있는지 마음이 쓰였다. 병원 입원에 이어 휴직, 마음대로 상상할 변수가 얼마든지 있다. 그런데 자살했다는 이야기는 아줌마의 입에서 시댁으로 그리고 경주 부모, 그리고 경주한테로 흘러 들어갔나? 이해가 안 간다. 처음 남편은 1년간 휴직으로 이어질 줄 모르고 시부모에게 출장 갔다고 했단다. 남편은 곧 시부보에게 말씀드린다고 하지만, 아무래도 망설여지는지 아직 못 찾아뵙고 있다. 두 분 모두 다른 사람들 앞에는 '보배 같은 며느리'라고 칭찬하지만, 지영은 두 분이 자신을 차가운 눈으로 보고 계시다는 것을 안다. 지영을 가족으로보다는 마치 손님 대하듯 한다. 그리고 풍족한 장인 장모의 사랑을 못 받는 아들을 못내 안타까워한다. 물론 그건 경주로부터 들은 이야기이다. 그러나 그동안 지영은 직장 생활을 핑계로 두 분을 개의치 않았다.

남편은 여러 가지 캠핑 장소를 물색했다. 처음에는 설악산이나 오대산으로 할까 하다가 민이 때문에 바다로 정했다. 바다도 대천에서부터 해운대까지 갔다가 결국 해운대에서 좀 더 기장 쪽으로 나갔다. 결국 송정이라는 곳에 바닷가와 소나무 숲이 함께 있는 장소로 캠핑 장소를 정했다고 했다. 지영 역시 캠핑 가서 먹을 밑반찬 준비와 바닷가에서 사용할 세 사람의 모자, 선글라스, 선크림, 수영복 준비 등 정말 할 일이 많았다. 지영이는 한편으로 자신은 평생 처음으로 하는 일을, 많은 사람들은 매년 반복하고 살고 있다는 생각을 하니 놀라웠다. 그동안 일상의 자질구레한 일들은 뒤로하고 자신의 할 일만 하면서 살 수 있었다는 것도 큰 축복이었음을 깨달았다. 그런 일 속에 파묻혀서 백화점과 집과 슈퍼를 왔다 갔다 하는 사이, 자신의 직업이 판사였다는 사실조차 까마득해졌다. 그런 일상 속에 매몰되다 보니, 악몽도 사라졌다. 민이도 지영이와 24시간 같이 지내다 보니, 불안했던 정서는 모두 사라져버렸다. 그러나 지영이 조금이라도 안 보이면 불안해했다. 그래서 지영이는 일체의 모든 관계를 끊고 가족과 함께 하는 생활로 돌아갔다.

민이가 영어 학원에서 읽기 시작했다는 미국의 E. B. 화이트라는 작가가 쓴 『샬롯의 거미줄(Charotte's web)』을 같이 읽었다. 그동안 몰랐는데 민이가 초등학교 입학하자 같이 다닌 3년 동안, 영어 학원에서 배운 영어 실력이 대단했다. 문장이 쉬운 어린이 동화로 되어 있기 때문인지, 어려운 생활 영어 단어, 쇠스랑, 헛간, 쓰레기 더미 등 외에는 거의 대부분의 단어를 알고 있었다. 작품의 주인공 펀이라는 여자아이가 민이와 비슷한 연령이라서 그런지 민이는 책에 몰두했다. 펀이라는 아이가 친구들과 같이 놀기보다는 삼촌집 외양간에 와서 동물들에게 관심을 가지는 것을 펀의 엄마는 걱정스러워한다.

처음 이야기의 도입부에 펀의 아버지는 갓 낳은 돼지 새끼 중에 한 마리는 너무 작아 생존하기 힘들다고 판단, 그 새끼 돼지를 도끼로 죽이려 한다. 그때 펀이 아버지에게 제발 죽이지 말라고 빌고, 자기가 키우겠다며 돼지 월버를 안아서 우유를 먹여서 키웠다.

저녁 먹은 후 하루 한 시간 읽기로 민이와 약속했는데도, 민이는 지영과 읽지 않는 시간에도 들고 앉자 혼자서 이틀 만에 다 읽어버렸다. 모르는 단어는 어떻게 했냐고 했더니. 인터넷 사전으로 다 찾았다고 했다. 지영이 저녁을 준비하는 시간에도 치마꼬리를 잡아 당기며

"엄마, 월버가 어떻게 구출되었는 줄 아세요? 거미, 샬롯 알죠? 밤새 고민해서 거미줄에 'SOME PIG'라고 써놓았기 때문에, 동네 사람들이 그 중요한 돼지를 보기 위해 물밀듯이 밀려와서 월버가 유명한 돼지가 되었고, 주인은 월버를 죽일 수가 없었어요."

흔히 돼지는 어느 정도 자라면 햄이나 베이컨 등을 만들기 위해 죽

음을 맞게 된다. 윌버가 죽음을 당하기 전에 주인들이 하는 이야기를 듣고 거미인 샬롯이 윌버를 구출하기 위해 밤새 고민해서 거미줄에 'SOME PIG'라고 써놓았다는 것이다.

"SOME PIG?"

"그게, SOME이 important라는 뜻도 있대요. 그러니까 중요한 돼지이기 때문에 죽이면 안 된다는 거죠."

지영은 마치 민이가 영어 선생 같았다.

"그때 SOME은 important보다는 special이라는 의미겠지? '물밀듯이'라는 단어는 어떻게 알았어?"

"어느 동화에서 읽었는데, 전쟁이 나자 북쪽 사람들이 남쪽으로 물밀듯이 밀려 내려왔다고 했어요."

"민이 대단하다. 엄마하고 같이 안 읽고 혼자 읽어도 되겠다. 그러면 네가 읽다가 모르는 것만 물을래?"

"그런데, 엄마, miracle이라는 것, 기적이 이해가 안 돼요. 거미가 거미줄에 쓴 SOME PIG가 기적이라는 것인지, 사람들이 그 돼지를 보러 물밀듯이 밀려오는 것이 기적인지?"

"그건, 동물들의 입장에서 보면, 거미가 한 짓이지만, 사람들은 그것을 모르니까. 거미줄에 글자가 써 있는 것 자체가 기적으로 생각될 수 있지? 또 윌버가 특별한 돼지라는 메시지를 하나님께서 주신 것이라고 생각한다면, 메시지 자체가 하나님이 만든 기적이라고 생각할 수 있지 않겠니?"

민이는 이해가 되지 않는지 설명을 해주어도 갸우뚱했다. 기적이라는 단어 자체를 이해하기에는 어린 나이다. 그 외는 다 이해가 되었는지, 별 질문도 없이 이틀 만에 다 읽었다. 어린이가 이틀 만에 읽기에는 꽤 두꺼운 책인데. 그리고는 한동안 책에 관한 이야기로 지영이 부엌에 있으면 부엌에, 거실에서 책을 읽으면 거실에, 심지어 잘시간 침대에까지 아빠와 엄마 사이에 누워 책 이야기를 했다.

"민이가 하도 샬롯 거미줄 이야기하니까 아빠까지 다 외웠네, 그게 그렇게 재미있어? 아빠도 한번 읽어야겠네."

"지난번 엄마 퇴원하는 날, 옆집 아줌마랑 매봉산 갔을 때, 아줌마가 한 송이만 있는 꽃은 꺾지 말라고 해서 처음에는 화가 났는데, 아줌마가 꽃의 입장에서 생각해보라고 했어요. 꽃은 겨울에서 여름까지 준비해서 겨우 힘들게 피웠는데, 다른 사람은 못 보게 하고 민이가 꺾으면 꽃이 좋아할까 하고요. 그때 난 엄마를 기쁘게 해드리는 것만 생각했거든요. 그리고 야생화를 꺾어 집에 가져가면 금방 시들어버린다고 했어요. 그러니까 꺾어도 소용없다는 거잖아요. 근데 정말 기적, miracle! 샬롯 거미줄에 나오는 기적 같은 것이 일어났어요. 돌아오다가 제가 넘어졌는데 거기에 꽃이 많이 피어 있었어요. 그것은 다른 야생화와는 다른 꽃이래요. 다른 야생화는 1년 만에 죽는데, 이 꽃은 가지도 두껍고 5, 6년 살 수 있다고 아줌마가 이야기했어요. 그리고 집에 가져가도 빨리 시들지 않는다고요. 엄마, 이제 miracle이 이해가 되었어요. 이런 게 기적이죠?"

지영과 남편은 깜짝 놀랐다. 그동안 지영이 설명해준 기적이라는 말도 잘 이해를 못 하더니, 대화를 하면서 스스로 터득한 것이다. 지영은 너무 예뻐서 민이를 꼭 껴안고 볼에 뽀뽀를 해주었다. 남편까지 겹치기로 양쪽 볼에 뽀뽀했다. 민이는 얼마나 흥분했는지, 볼이 빨갛게 열이 났다.

"민이 너무 흥분하면 잠 못 자니까, 이제 기도하고 자. 샬롯 거미줄도 이제 그만 생각해. 알았지? 여기서 기도하고 침대로 갈까?"

"아빠, 나, 지금 너무 생각이 많아져서 기도 못 하겠어. 아빠가 대신 기도해줘!"

"그래, 하나님 아버지, 건강하게 행복한 하루를 보내게 하여주심을 감사드립니다. 우리 가족이 항상 건강하고 평강 가운데 즐거운 하루하루가 되게 해주십시오. 이렇게 명민한 민이를 우리 딸로 내려주시고, 우리가 민이로 인해 누리는 행복을 주심을 감사드립니다. 예수님 이름으로 기도드립니다. 아멘."

"아빠 엄마, 나도 엄마 아빠 딸로 태어난 것이 좋아. 다른 사람들이 아닌, 엄마 딸. 그치? 아빠도 그치?"

지영은 민이를 다시 껴안았다. 남편도 함께, 세 명은 같이 뒤엉켜 침대 위에 뒹굴었다. 지영은 퇴원 후 아직 혼돈 속에서도 가족이 함께라는 일체감을 서서히 느꼈다. 그리고 자신의 행동이 얼마나 경솔했나 자책했다. 더군다나 자신이 그렇게 한 행동의 동기 자체가 기억이 나지 않는다. 남편은 일체 다른 이야기는 하지 않고, 앞으로의 계획만을 이야기할 뿐이다. 그래서 지영은 심리적으로 어쩡쩡한 가운데 자신이 마치 남의 자리에 서 있는 느낌으로 버텨나가고 있다. 그러다 보면 어느 날 자기 자리가 되겠지라는 생각으로.

10

　지루한 장마가 끝나자 바로 더위가 시작되었다. 해운대를 비롯한 해수욕장의 개장 소식이 신문에 났다. 민이는 캠핑을 언제 가느냐고 매일 성화다. 사실 남편이나 지영 역시 이런 일에 서툴러 준비를 다 해놓고도 미적미적 날짜를 미루고 있었다. 7월 중순이 지나 지영이네 가족은 금요일 아침 차로 부산을 향해 출발하기로 했다. 그런데 그 전날 남해안에 폭풍우가 몰려오고 있다는 기상예보를 듣고는 난감했다. 민이 때문에 더 이상 미루기도 힘들었다. 그런데, 남편이 신문사에 있다 횡성군 쪽에 있는 산속에서 생태보존연구소를 10년째 하고 있는 친구가 있다는 이야기를 기자 친구한테 들었다며, 그쪽으로 가보자고 했다. 지영은 반대할 이유가 없었다. 부산까지 가는 장거리 차 여행보다 횡성 쪽이 오히려 더 나을지도 모른다. 또 민이는 바다

보다 생태계 쪽이 더 흥미가 있을 것 같았다. 민이는 그쪽에서도 텐트를 칠 수 있냐고 했다.

"원래 산에서 텐트를 치고 캠핑을 하는 거야."

남편은 신문사 기자 친구한테 물어서 그쪽 주소를 받아 횡성군 갑천면 하대리로 출발하기로 했다. 남편이 금요일 하루 휴가를 내고 민이 역시, 가족 여행으로 학교를 하루 빠지기로 했다. 지영은 그동안 미적미적거렸지만, 막상 모든 준비물을 차에 싣고 출발하니까 설레면서 알지 못하는 희열이 가슴속에서 느껴졌다. 민이는 전날부터 벌써 흥분 상태였다. 잠도 안 오는지 늦게 자고 새벽같이 일어났다. 예진이를 싫어한다면서 일부러 예진이에게 전화해서 '내일 우리 엄마, 아빠랑 캠핑 간다'며 자랑했다. 민이의 그런 모습을 보고 지영은 퇴근하고 숙제 같이 도와주고 시간을 보내는 것으로 열심히 엄마 노릇을 한다고 생각한 자신이 얼마나 어리석었는지 민이의 변해가는 모습을 통해서 확인했다.

지영은 차 속에서 민이가 지루해할까봐 아이패드로 읽을 만한 동화를 전자책으로 찾아 저장하고, 민이가 좋아할 만한 게임도 찾아 다운로드했다. 아침을 일찍 서둘러 먹었지만, 차에 오르자 8시 30분이 지나 있었다. 남편도 흥분했는지, 차 안에서는 모자가 필요 없는데도 모자를 쓰고 있었다.

"차에서 더울 텐데, 모자는 벌써 왜 쓰고 계세요?"

"어, 그런가, 혹 모자하고 선글라스 빠뜨릴까 봐 밥 먹기 전부터 쓰고 있었는데, 이제 눈에 보이는 모양이네."

"어머, 몰랐어요. 차를 타기 전까지는 제정신이 아니었어요. 캠핑, 여행, 스키 등 교외로 아이들 그렇게 열심히 데리고 다니는 엄마들, 모두 존경하기로 했어요. 저는 이번 한 번에 아주 케이오당할 만큼 힘들고, 왜 그렇게 챙겨야 할 것은 많은지, 거의 한 달을 이것저것 챙겼는데도, 어제 보니 아직도 못 챙긴 게 있더라고요."

"이번에 우리가 생전 처음 하니 그렇게 챙겨야 할 것이 많은 것이고. 익숙해지면 나아지겠지. 민이? 민이 챙길 것은 민이가 다 챙겼지? 민이 선글라스, 모자도 다 넣었어?"

"당연하죠! 저는 이미 캠핑 간다는 것이 정해진 그 다음 날 다 챙겨 두었어요. 읽을 책도 다 가져왔어요."

"읽을 책은 뭘 가져왔어?"

"체험 자연생태여행이라는 책인데요. 어린이 만화예요."

"와, 역시 우리 민이는 천재야. 어떻게 그 책을 가져올 생각을 했니? 엄마, 아빠도 생각 못 한 것을."

"저, 이 책 좋아해요. 그래서 산속에 생태연구소 간다고 했을 때, 이 책 책장에서 꺼내놓았어요. 이미 다 본 책이지만 다시 보려고요. 근데 우리 거기 가서 뭘 봐요?"

"생태연구소를 한다는 분은 식물이나 곤충의 생활사를 연구하는 분이래."

"아빠, 생활사가 뭐예요?"

"민이가 아침에 몇 시에 일어나고, 아침밥으로는 뭘 먹고, 몇 시에 학교 가고, 집에는 몇 시에 오고, 또 몇 시에 잠자리에 들고, 그런 것을 연구해서, 민이의 생활을 통해 한국의 아이들이 보통 어떻게 생활하느냐를 연구하는 것처럼, 나비나 풍뎅이 같은 곤충도 그런 습관이나 먹는 식물이 무엇인지 언제 태어나서 며칠간, 혹은 몇 년간 살다 죽는지 그런 것을 다 연구한대."

"그럼, 나비나 풍뎅이가 태어나서부터 죽을 때까지 따라다녀야 하잖아요? 나비는 날아다니는데 어떻게 따라다녀요?"

"아빠도 조금 이야기 들었을 뿐이니, 민이가 이번에 가서 직접 물어봐."

"아, 정말요? 재미있겠다."

출근 시간인데도 차는 중부고속도로까지 막히지 않고 잘 빠졌다. 중부고속도로에서 만남의 광장을 끼고 나가 팔당대교를 탔다. 민이는 밤새 흥분해서 잠을 못 자더니, 책을 좀 뒤적거리다 금방 잠이 들었다. 팔당대교를 지나 6번 국도를 탈 때 잠시 밀리는 듯하다 금방 풀렸다. FM 93.1에서는 말러 교향곡 6번이 흘러나오고 있었다. 지영은 음악 듣는 것도 새롭게 느껴졌다. 고시 공부할 때 유일한 즐거움은 클래식 음악을 듣는 것이었다. 클래식 음악은 언제나 지영의 자의식을 일깨워주었다. 지금 너는 뭐하고 있느냐고 묻고 있는 것 같았다.

남편이 지영의 허벅지에 손을 얹었다. 그러면서 지영을 새삼스러운 듯 쳐다보았다.

"경주 씨를 지난번 회의에서 만났는데, 퇴원했다고 한번 집으로 찾아오겠다던데, 전화 안 왔어?"

"아니요, 아직……. 문자로만 자기 집에 와인 마시러 오라고 계속 와요."

지영은 간식 가방에서 보온병과 컵을 꺼내 커피를 따라 남편에게 주었다. 그리고 자기도 한 잔 따라 마셨다. 커피향이 차 속에 은은하게 퍼진다.

"지영이 혼자 스스로 정리할 시간이 필요하다고 당분간, 지영이 전화할 때까지 기다리는 게 좋겠다고 했더니, '지영이가 전화를요? 절대 그럴 일은 없을걸요. 지영이는 제가 끌어당겨 겨우 못 이기는 체 따라오는 애예요' 하더라고, 그래서 또 전화했나 했지."

경주는 지영이 친구이기도 하고 예진이 엄마이기도 하다. 지영과는 여고부터 법대, 사법연수원까지 같이 다녔다. 지영과는 너무나 다른 풍족한 환경에서 자라, 생활 감정도 다르고 성격도 다르다. 그러나 경주 쪽에서 무엇이든 같이 하려고 한다. 심지어 집도 지영이네 동네로 이사를 할 정도이다. 또 거리낌 없이 말을 함부로 뱉는 친구라, 지영은 항상 조심하고 있다. 그러나 자기 주도적인 성격이라, 언제나 일을 벌여놓고 지영이를 끌어들여 지영이가 당혹할 때가 한두 번이 아니다. 부딪칠 일이 잦다. 법조계 친구들에게 '지영이는 도대체 도도할 게 없는 애인데, 혼자 도도하다'고 말하고 다닌다고 했다. 지영이 다른 사람에게 관심이 없는 것 자체가 도도하다는 것이다. 경주의 친정과 지영의 시댁이 친한 사이라는 것 때문에도 지영에게는 경주가 부담스러운 존재이다.

"저 물안개 봐! 민이야, 너 물안개 피는 것 보여?"

남편은 자는 애까지 깨우며 물안개를 보라고 차 창문까지 연다.

정말 강물 수면 위로 물안개가 끝없이 피어오르고 있다. 지영도 물안개 이야기만 들었지 한 번도 물안개를 본 적이 없었다.

"엄마는 보여요? 저는 물안개 안 보이는데요?"

"민이야, 강물 수면 위를 봐! 김처럼 안개가 계속 피어오르고 있잖아? 안 보여?"

"아, 지렁이처럼요?"

"맞아, 엄마도 물안개를 처음 봐! 너무 멋있지?"

"엄마, 물안개는 왜 생기는 거예요?"

"글쎄? 밤사이 차가워졌던 강물이 뜨거운 해를 만나면서 강 수면 위의 물이 안개가 되는 것 아닐까?"

"엄마, 너무 신기해요, 그쵸?"

책에서만 배우는 것이 아니구나, 이렇게 쉽게 떠날 수 있는 것을 그동안 왜 그렇게 만날 바쁜 척하고 살았을까? 판사 초년생일 때 부장판사가 지영에게 '판사는 법조문으로 판결하는 것이 아니라, 가슴으로 판결해야 후회가 남지 않는다'며, '다양한 경험과 많은 사람을 만나 훈훈한 가슴을 가져야 합니다. 그리고 자신을 사랑해야 남도 사랑할 줄 압니다'라고 했다. 그 부장판사가 새삼스럽게 생각이 난다.

그분은 바쁜 가운데도 첼로를 연습하고 일요일마다 자녀들을 데리고 야외로 나간다고 했다.

"아빠, 저기 태양이!"

멀리 보이는 동쪽 산 뒤로 해가 눈이 부실 정도로 올라오고 있다.

"그렇구나, 우리가 동쪽으로 가고 있구나, 민이야, 해가 어느 쪽에서 뜨지?"

"금방 아빠가 우리가 동쪽으로 가고 있구나, 하셨잖아요? 아빠도 참~"

"아, 미안, 민이한테 못 당하겠어. 하하."

남편은 머리를 손으로 쳤다.

"엄마, 아빠 귀엽죠?"

"아니, 이 녀석이? 아빠를!"

"정말이에요. 엄마가 병원에 입원해 있을 때, 아빠가 저한테 잘해 주려고 애쓰는 모습을 보고 가엾기도 하고 귀엽기도 했어요. 그래서 엄마가 있을 때보다 아빠가 더 친하게 느껴졌어요. 제 간식도 챙겨주고 옷도 챙겨줘서 그런 모습이 낯설기도 했지만, 좋았어요."

"엄마가 병원에 입원한 게, 민이와 아빠한테 오히려 좋은 기회였네."

"맞아요. 금방 올 것 같은 엄마가 일주일이나 안 오니까, 영원히 안 올 것 같아 불안하고 무서웠지만, 엄마의 소중함을 일깨워준 좋은 기회였어요. 또 아빠와 친해지는 기회이기도 했고요."

"아이쿠, 민이가 아빠 말까지 다 해버리네."

"민이 물 줄까? 아니면 과일?"

지영은 물을 꺼내어 남편에게 한 컵 주고 자신도 마시면서 민이를 쳐다봤다.

"감자칩 먹을래요."

지영은 간식 가방에서 감자칩을 꺼내어 민이에게 주었다.

"아빠, 얼마나 더 가야 해요?"

"아직 한 시간은 더 가야 할걸. 왜 지루해?"

"아니요, 빨리 곤충들을 보고 싶어요."

6번 도로를 타고 거의 30분 이상을 달리고, 횡성에 들어서서도 한참 산으로 난 길을 따라 갔다. 겨우 도착해서 차를 세웠다. 아침의 휘황한 태양이 차츰 구름으로 가리워져 도착했을 때는 날씨가 흐릿했다. 산속에서 느끼는 신선한 공기가 오히려 차갑게 느껴졌다. 산등성이 아래 본관 건물과 간이 건물 합쳐서 대여섯 개의 건물이 여기저기 흩어져 있는, 어마어마한 규모의 연구소였다. 경내가 어디까지인지 구분이 안 되었다. 본관 건물을 찾아 소장을 만나고자 했으나 보이지 않았다. 관리인인지 직원인지 모르는 지나가는 사람에게 물었다. 지금 작업 중이라고 했다. 본관 건물로 안내하면서, 기다리시면 오실 거라고 한다. 본관 안으로 들어가 본관의 연구소 내의 지도를 살펴보았다. 모두 본관 건물을 중심으로 원을 그리며 박물관, 실험실, 방목장 등 둘러싸고 있었다. 잠시 응접실에 앉아 조금 있으니, 소장이 낡은 셔츠에 흙과 땀이 뒤섞인 모습으로 나타났다.

"생각보다 일찍 도착하셨네요."

"차가 전혀 밀리지 않더라고요. 자, 여기 연구소 소장이셔. 우리의 2박 3일을 책임져주신다고 하셨어, 자, 민이도 인사하고."

"안녕하세요?"

"그래, 민이 안녕, 민이 나비나 반딧불이 같은 곤충 좋아해?"

"네~ 근데 책에서만 보았어요."

"그렇지, 여기서 나비 실컷 볼 거야."

"우선 저희 텐트 칠 장소를 안내해주시면, 저희가 텐트 먼저 치고, 짐 정리하고, 점심을 먹고 오후 프로그램을 시작하죠. 소장님 생각은?"

"남해안에 비 오고 폭풍 분다는데, 여기는 괜찮을지? 비가 오면 텐트가 위험하거든요. 저희 본관에 게스트 룸도 있는데, 집만큼 편하지는 않겠지만, 웬만큼 지내실 만할 텐데요."

"그런데 우리 딸애가 하도 텐트 텐트 해서, 텐트 한번 치고 자다가 비가 오면, 걷어서 이쪽으로 올게요."

"캠핑장에서 본관까지 밤에 오시기 쉽지 않을 텐데요. 아무튼, 따라오세요. 점심 드시기 전에 텐트를 쳐놓고 점심 드시죠, 아 참, 점심도 그럼? 텐트에서 해 드실 건가요?"

"네, 죄송합니다. 저녁은 이쪽에 와서 같이 먹을게요."

"네, 그럼, 텐트를 칠 안전한 장소로 이동하죠. 제가 삽이랑, 텐트

칠 기구들을 챙겨올게요."

소장은 다시 본관 안으로 들어갔다. 지영과 남편은 차에서 텐트와 이불, 밥 해 먹을 기구, 음식 가방 등을 챙겨 각자 들 만큼 들었다. 남편은 텐트가 배낭처럼 되어 있어, 등 뒤로 짊어지고 양쪽 손에는 큰 물병을 들었다. 지영은 여름용 얇은 이불과 코펠, 바나 등 밥 해 먹을 기구, 음식 보따리만으로도 손이 모자랐다. 민이는 읽을 책과 옷 가방이 든 가방을 끌었다.

"물은 절 주세요. 무거울 텐데, 제가 가져갈게요. 그리고 여름이라 해도 산속에는 추워서 두꺼운 이불이 필요합니다. 가져오신 여름 이불은 어림도 없어요. 제가 저녁 먹고 가져다드릴게요."

언제 왔는지 등 뒤에서 소장의 목소리가 들렸다. 박물관, 실험실, 방목장을 지나 산 기슭에 아담한 소나무 밭이 있었다.

"와, 아빠, 여기 좋아요."

민이가 가방이 제 힘에 부치는지 낑낑거리며 그동안 아무 말 없이 따라오더니 자신이 가지고 온 가방을 팽개치듯 땅에 내려놓고 펄쩍 펄쩍 뛰었다. 소나무 밭이 둘러싸 바람을 막아주어서 안전성에도 문제가 없을 것 같았다.

"네, 여기가 캠핑하는 곳으로 산이 둘러쳐져 있어, 바람도 막아주고 소나무도 일부러 심어놓아 안전합니다. 제가 텐트 칠 곳에 삽으로 흙을 파드리고 갈 테니, 그럼 가족끼리 텐트 치시고, 식사 끝내고 저한테 전화 주세요. 그때, 저와 같이 실험실, 박물관, 방목장을 둘러봅시다. 그럼 저는 하던 일을 마무리해야 할 것 같아 내려가겠습니다."

소장은 빠른 걸음으로 서둘러 내려갔다. 지영은 가져온 가재도구와 음식들을 한쪽으로 정리해두고, 남편이 텐트를 조립하는 데 함께 거들었다. 다른 도구가 필요 없을 정도로 텐트 조립은 의외로 간단했다. 둘은 텐트 칠 바닥의 파헤쳐진 흙에서 돌멩이를 골라내고 평평하게 다졌다. 두꺼운 천막 천으로 된 바닥 천을 깔았다. 그리고 텐트를 칠 쇠기둥을 네 귀퉁이에 깊게 박고 조립된 텐트를 기둥에 걸었다. 그러자 자동으로 텐트가 펼쳐졌다. 텐트가 완성되어 남편의 얼굴에 희열의 미소가 지나갔다. 지영도 이렇게 간단히 텐트를 칠 수 있다는 것이 감탄스러웠다. 민이가 텐트 안으로 들어갔다.

"아빠, 우리 오늘 이 안에서 자는 거예요? 와, 신난다."

민이는 텐트 안에서 펄쩍펄쩍 뛰었다. 텐트 지붕과 양옆으로 지퍼로 연결된 창문도 있었다. 천장의 창문은 아마 밤에 별을 보기 위해서 만들어놓은 창 같았다. 지영은 날씨가 흐려 오늘은 별 보기가 힘들겠다는 생각을 하며, 남편한테 가져온 버너를 챙겨 불을 피우라고 했다. 아침을 간단히 먹어서인지 11시 30분밖에 안 되었는데, 지영은 배가 고프다. 지영은 가져온 찌개와 재워 온 불고기를 꺼내어 취사를 위해 만들어놓은 듯한 낮고 평평한 돌멩이 위에 올려놓았다. 그리고 채소와 김치도 꺼내놓았다.

지영은 이 모든 과정이 자신과는 낯설게 느껴졌다. 마치 자신의 일이 아닌 남의 일을 대신 해주는 듯, 야외 취사를 해본 적도 없는 지영은 이런 호사를 누린다는 것은 자신과 무관한 삶으로 생각해왔다. 사실 1년간 판사직을 휴직한다는 그 엄청난 일은 자신도 아직 이해할 수 없는 그 수면제 과용 사건이 없었으면 생각조차 못 했을 것이다. 자신의 의식 밖의 어떤 알 수 없는 힘이 휴직까지 하게 하고, 자신의 삶에서 1년을 떼내어 유예시키고 있다. 그런데, 정신분석학을 전공한 의사의 말에 의하면 지금까지의 지영의 삶은 억압된 거짓이었고, 지금 지영의 삶이 진정한 자신을 찾아가는 여행이라고 한다. 그런데 진정한 자신은 도대체 어디에 있는가?

"불 피워놨어. 밥부터 먼저 해야지?"

지영은 채소를 접시에 담고 있다, 남편 말소리에 깜짝 놀란다.

"아니, 왜 그렇게 놀라? 딴 생각 하고 있었구나."

"밥하고, 불고기만 구우면 돼요."

지영은 씻은 쌀을 넣어온 비닐을 찾아 코펠에 세 명이 먹을 수 있는 양의 쌀을 부었다. 그리고 물병을 가져와 물을 따랐다.

"엄마, 밥은 어디서 먹는 거야?"

"여기 텐트 바닥에서……."

남편이 대답했다.

"민이야, 거기 음식 가져온 가방에 식탁보 있어. 그리고 간이용 접이식 식탁도 가져왔어……."

"그런 것도 샀어? 캠핑 오면 당연히 바닥에서 밥 먹고 계곡에 가서 설거지하는 줄 알았더니, 허허. 그런데, 여기는 계곡에 물 흐르는 소리가 안 나네?"

"아빠, 소리 나요. 왼쪽으로 보세요!"

지영도 왼쪽으로 눈을 돌렸다. 그제서야 정말 물 흐르는 소리가 들렸다. 왼쪽 산기슭 밑으로 한 무리의 바위들이 있고 그 밑으로 물 떨어지는 소리가 들린다. 폭포 소리는 아득히 먼 깊은 계곡 속에 들어와 있는 착각을 불러일으켰다. 지영은 서울을 조금만 벗어나도 이런 신천지가 있구나 하고 감탄하며 잠시 도취되어 폭포 떨어지는 것을 바라보고 있었다.

"엄마, 뭐 해?"

민이가 음식 가방을 가져왔다. 지영은 얼른 비닐 속에 넣어 온 야외용 비닐 식탁보를 꺼냈다. 그리고 접이용 식탁을 펼치고 식탁보를 깔았다. 이번 캠프용품을 준비하러 갔더니 정말 없는 것이 없었다. 민이가 재미있는 듯 식탁을 쳐다봤다.

"엄마, 아빠, 저 지금 어떤 기분이 드는 줄 알아요?"

"어떤 기분?"

"제가 지금, 엄마 아빠와 꼭 소꿉장난하는 것 같아요. 어릴 때 친구들에게 너는 엄마하고 나는 아빠하고 그러면서 소꿉장난했는데, 지금 실제로 그 소꿉장난을 하고 있는 것 같아요."

"맞아, 엄마 아빠하고 민이가 캠핑 온 동안 소꿉장난을 진짜로 하면 어떨까?"

"어떻게요?"

민이가 잔뜩 호기심을 가지고 아빠한테 달라붙었다.

"역할을 바꾸는 거야. 엄마 역할을 민이가 하고. 아빠 역할을 엄마가 하고, 아빠는 민이 역할을 하고, 어때? 재미있겠지?"

"와, 정말요? 어떻게요?"

"말 그대로 민이는 지금부터 엄마를 하면 돼, "

"엄마도 소꿉놀이할 거예요?"

접시에 멸치볶음과 양념한 브로콜리를 담고 있는 지영의 코앞에 바싹 다가와 물었다.

"민이가 너무 재미있어하네? 그러면 해야지. 오늘 캠핑 온 것도 민이 때문에 왔는데, 우리 공주님 원대로 해야지!"

"와아, 재미있겠다. 엄마 아직 밥 준비가 안 된 거예요? 배고파요."

"그래, 이제 밥은 다 되었고, 이제 불고기만 굽자. 그러면 다 됐다. 그럼 지금부터 엄마는 아빠가 될 테니까 민이가 엄마 역할 해! 근데 아빠는 민이 역할이라 제일 편하겠네, 놀기만 하면 되잖아, 민이는 엄마 역할 힘들지 않겠어? 좀 전부터 했으면 좋았을걸, 식사 준비 다 끝내니까 억울해. 이잉~"

"엄마, 그럼 뭐부터 해야지?"

"엄마가 그것도 모르면 어떻게? 식탁부터 차려야겠지?"

"그럼, 아빠하고 같이 하자! 아빠가 불고기 구워서 식탁에 놓을 테니 너는 숟가락, 젓가락 챙기고 엄마가 준비해놓은 밑반찬 챙기고, 알았지?"

"엄마는 그럼 밥 풀게. 이렇게 역할 분담을 해서 일을 하니 민이 말대로 진짜 소꿉장난 하는 것 같다. 자, 밥이 잘되었나 보자. 아, 정말 된장찌개 데워야겠네요. 빈 코펠 하나 줘보세요."

남편은 코펠을 지영에게 넘겨주고는 너무 배가 고픈지, 식탁에 앉자 밥에 불고기와 김치를 얹어 먹었다.

"아빠, 뭐 하시는 거예요? 아직, 준비도 다 안 됐는데, 먼저 드시고."

"헤헤, 민이잖아, 어린이니까 좀 봐줘. 한 숟갈 맛본 거야."

"자, 기도부터 하자."

지영이도 배가 고파 손을 모았다.

"그리고 각자 알아서 먹기로, 찌개를 안 먹을 사람은 지금부터 먹어도 돼."

지영은 각자 접시를 하나씩 주었다. 남편이 본인 접시에 불고기, 브로콜리, 멸치, 김치 등을 담아서 텐트 바깥으로 나갔다. 날씨가 흐리다고 해도 여름이라 차츰 텐트 안 공기는 후덥지근해졌다. 거기다 음식 김이 올라오니 더욱 온도가 올라가 견디기 힘들었다.

"텐트 안은 더워서 안 되겠다. 빨리 밥 먹고 본관에 가서 나비들 구경하고 저녁에나 와야겠다."

지영이도, 민이도 접시에 반찬을 담아서 나왔다. 그리고 찌개 코펠이 있는 곳에 모여 서서 밥을 먹었다. 배가 조금 고픈 데다, 산속이라는 심리적 요인이 작용해서인지 밥맛은 정말 꿀맛이었다.

"아빠, 숨 좀 쉬고 잡수세요."

"민이 너도 숨 좀 쉬고 먹어, 응?"

"엄마, 더 먹어도 되지?"

"네가 엄마잖아? 하하."

"그럼 내 마음대로, 세 번 먹을래요."

"천천히 씹으면서 먹어, 자, 30번 씹어."

"30번 씹을 동안 아빠가 다 먹을 것 같은데요."

"엄마, 사람들이 이래서 캠핑을 하나 봐요. 밥도 맛있고, 가족에 대해서 또 새롭게 알게 되잖아요?"

"어떻게?"

"아빠가 이렇게 밥 밝히는 것 처음 봤어요. 그치? 엄마도 그렇죠?"

지영과 남편은 '밥 밝힌다는' 민이의 말에 입속의 밥이 튀어 나올 정도로 웃었다. 민이와 얘기하다 보면, 어린이와 말하는 것이 아니라 친구들과 말하는 것 같았다. 남편의 전화 벨 소리가 울렸다.

"네, 아직요. 식사 끝나는 대로 내려갈게요."

소장님으로부터 전화인가 보다.

"얼른 먹기만 하고 설거지는 나중에 하고 내려가야겠다. 소장님이 엄청 바쁜가 봐. 또 다른 손님이 있대, 그래서 그분들하고 같이 움직여야 한대."

민이네 가족이 본관에 내려갔을 때는 민이 또래의 남자와 두세 살 위 여자아이를 데리고 온 부부가 기다리고 있었다. 소장님이 인사를 시켰다.

"마침, 시간대가 비슷해서 두 팀이 함께 설명을 들어야 할 것 같습니다. 일단 저 건너편에 가서 제가 그동안 어떤 일을 해왔는지, 여러분들이 지금부터 무엇을 볼 것인지 설명드리겠습니다."

건너편에는 학습생들을 위해서 좀 전에는 보지 못했던 스크린과 의자들이 준비되어 있었다. 자리에 모두 착석한 후 소장은 스크린에 컴퓨터 화면을 비추기 시작했다. 온갖 종류의 나비가 날아다니고, 그 아래 다양한 잎에는 알이 마치 이슬방울처럼 맺혀 있었다.

"제가 신문사에서 일하다 여기에 들어온 지 10년째입니다. 저는 여기에서 나비나 나방의 각종 애벌레들이 어떻게 부화하고 그들이 자라서 어떤 생활하는지를 관찰하고 있습니다. 지금 여러분이 보신 나비가 어디다 알을 낳고, 알은 점점 어떤 모습으로 변하며, 부화한 이후 매일매일 어떤 생활을 하는가를 점검해왔습니다. 그렇게 해서 600종이 넘는 종의 생활사를 밝혀냈습니다. 예를 들면 애호랑나비는 족두리풀에만 알을 낳습니다. 애호랑나비 애벌레들이 이 풀만 먹기 때문입니다. 애호랑나비가 알을 낳고는 열흘쯤 삽니다. 이 열흘이 바로 애호랑나비의 생존기간입니다. 바로 이것이 애호랑나비고요. 족두리풀에 맺힌 알이 보이시나요? 바로 여기요."

하고 그는 긴 작대기를 가지고 알을 가리킨다.

"번데기에서 먼저 우화(羽化)해 기다리고 있던 수컷이, 암컷이 우화하면 교미하고 죽습니다. 실험실에는 곤충 약 900종을 키우고 있으며 박물관에는 곤충 4,300종의 표본을 진열 보관 중입니다. 애벌레와 나방 500종의 도감도 있습니다. 간단한 브리핑을 했고요. 실험실에서는 지금부터는 여러분에게 설명드린 곤충의 부화 과정을 눈으로 확인할 수 있을 겁니다. 그리고 박물관에서는 제가 10년 동안 관찰해서 만들어온 표본이나 도감도 함께요. 사육실 안에는 알 800여 종이 분류 보관되어 있고 또 국내 멸종 위기의 물장군, 세계적으로 멸종 상태인 붉은점모시나무나비 애벌레와 나비 500여 마리 등도 있습니다. 방목장에는 소 두 마리를 일부러 키우고 있는데, 재미있는 현상은 풀을 먹던 소가 사료를 먹으면 소똥구리가 사라집니다. 그래서 소똥구리를 번식시키기 위해 소를 방목해 일부러 풀을 먹이고 있습니다. 이 정도로 하고 혹 질문할 게 있으면 질문 받겠습니다."

가족들의 얼굴들을 보며 질문을 해야 할지 망설이는 표정으로 서로 쳐다보고 있는데, 남자애가 손을 들었다.

"아저씨는 나비 잡는 게 그렇게 재미있어요? 저는 한 가지 게임만 오래도록 해도 지루하던데, 어떻게 10년 동안 똑같은 일을 해왔나요?"

소장은 남자아이의 질문이 재미있는지 얼굴에 웃음이 번졌다.

"꼬마 질문이 핵심을 찌르는 질문이네요. 물론 제 인생을 바쳐서 이런 일을 하는 것은 우선 재미있기 때문입니다. 그런데 재미있기 때문에, 여기 연구소 운영비만 한 달에 수천만 원 드는 일을 할 수는 없습니다. 아이들은 아직 이해하기 힘들지만 그것은 저의 연구가 인류의 구원에 한몫할 수 있다는 저의 명분도 한몫을 차지합니다. 가령 곤충의 생활사를 알면 농업에 해를 끼치는 해충을 농약 한 숟갈로 10만 마리를 죽일 수 있지만, 모르면 농약 10킬로그램을 가지고도 한 마리도 죽일 수 없습니다. 또 곤충 생활사를 통해서 곤충 상태를 알면 기후 온난화로 인해 세상이 어떻게 변할지 다 보입니다. 모기 같은 위생 해충은 알에서 어미가 되어 알을 낳고 죽는 사이클이 20일 안에 진행됩니다. 겨울을 빼고 1년에 15번쯤 이루어집니다. 겨울이 따뜻해져 번식 기회가 한 번 더 주어지면 한 마리당 알 2천 개를 낳게 되고, 그다음에는 2천 곱하기 2천 마리로 증가한답니다. 자, 가면서 실제로 곤충을 보고 더 설명하기로 하고 지금부터 박물관으로 출발하겠습니다.”

'와~' 하는 함성 소리가 아이들 사이에서 나왔다. 다들 밖으로 나와 소장을 선두로 산 쪽으로 향했다. 민이는 아빠 손을 잡고 바짝 소장의 뒤를 따르고 있다. 지영도 그 뒤를 따라가며 남자아이의 질문과 소장의 대답을 생각해보았다. 여기 소장은 이 연구를 통해 인류를 구원할 수도 있다고 했다. 설명을 듣고 있으니, 충분히 그럴 수도 있다는 생각이 들었다. 지영은 판사라는 직업이 '재미' 있고 '의미' 있는 직업일까를 다시 생각해보았다. 또 자신은 한 번도 재미를 생각해본 적이 없는 것 같다. 단지 살아남아야 한다는 생각으로 살아온 것 같다. 누군가 지영을 마치 '희미한 그림자', 즉 실체가 없는 그림자라고 했다. 그럼 나의 실체는 어디에 있단 말인가?

한 줄기 바람이 스치는가 했더니, 구름 떼가 몰려왔다. 멀리서 우르르 꽝하는 마른 벼락 소리가 들려왔다. 지영은 하늘을 쳐다보며 밤에 텐트 속에서 잘 수 있을까 걱정이 되었다. 그래서인지 박물관으로 향하는 소장의 발걸음이 빨라졌다.

박물관에는 어마어마한 규모의 곤충 표본이 진열되어 있었다. 설명한 대로 4,300여 종의 표본이라는데 펼쳐 있으니, 엄청나게 많게 보였다. 개체 수로 15만 마리쯤 된다고 한다. 그중에서 애벌레가 자라서 어떤 나방이 되는지를 보여주는 전시는 소장이 이 연구소에 얼마나 열정을 기울이고 있는가를 보여주었다. 소장은 어린아이들에게 조금이라도 재미있게 설명하기 위해 일일이 개체에 따른 특성과 생활사를 연관시켜 설명해주었다. 좀 전에 질문한 남자아이는 소장의 설명을 열심히 듣는 것 같지 않았다. 그러다 중요한 부분에 가서는 꼭 질문을 했다. 곤충 생활사를 이야기하다 보면 곤충 번식 이야기가 나오지 않을 수 없었고, 그러다 보니 교미라는 단어를 어쩔 수 없이 거론해야 했다. 그럴 때 소장은 그것을 쉽게 설명하기 위해서 처음에는 수컷과 암컷이 같이 잠을 자는 것으로 표현했다가, 다시 무심코 교미라는 단어를 뱉었다. 그때 남자아이가 손을 번쩍 들었다.

"아저씨? 교미가 뭐예요?"

하고 질문을 했다. 옆에 서 있는 그 아이 엄마가 얼른 남자아이의 입을 막았지만 이미 질문이 끝난 후였다. 소장은 얼굴을 붉히면서도 아무렇지 않게 질문을 받았다.

"좀 전에 수컷과 암컷이 함께 자는 것이라고 말했지?"

"잠을 자면 저절로 알이 생겨요? 그럼 나도 여자아이랑 잠을 자면 아기가 생겨요?"

다들 '와야' 하고 폭소를 터뜨렸다.

"인마, 결혼해야지."

소장이 남자아이의 뺨을 꼬집으며 말했다. 그러자 남자아이 엄마가 얼른 그 아이를 데리고 나갔다. 질문을 좋아하는 아이인가 보다고 지영은 생각하며 민이의 얼굴을 보았다. 민이는 딴청을 하며 곤충 표본을 열심히 보고 있는 척했다. 지영은 민이가 이미 다 알고 딴청을 떨고 있다고 생각했다. 사육실로 옮겼다. 앞질러 간 민이가 '엄마, 빨리 와봐' 하며 사육실 앞에 설치된 유리 상자를 들여다봤다. 검은 송충이가 활발하게 움직이고 있었다.

"이것은 다 우화(羽化)하고 남은 붉은점모시나무 애벌레입니다. 이것도 곧 우화할 것입니다. 이 나비는 세계적으로 거의 멸종 상태입니다. 그래서 우리나라에도 이 나비를 무단 포획하면 벌금 3천만 원입니다."

아이들 어른 할 것 없이 '와~' 하는 소리가 흘러나왔다. 소장은 갈길이 바쁜지 3천만 원에 놀라는 소리에도 아랑곳 없이 계속 설명을 이어나갔다.

"우리 연구소가 멸종 위기종에 대해 서식지 외 보존기관이라 환경부 허가를 받아 두 쌍을 채집해 키워왔는데, 500여 마리로 늘어났어요. 이놈은 비실비실하더니, 지금 아주 건강해졌어요. 이 나비는 생태적 특징이 아주 특이한 나비입니다. 3년 전 한 겨울에 채집통에서 뭔가 움직이는 게 보였어요. 영하 27도인데 알에서 애벌레가 나온 거예요. 그래서 연구를 거듭했어요. 결론은 이 나비에게 영하 48도에서도 움직이는 내(耐)동결 물질이 있음을 발견했습니다. 내동결 물질이라는 것은 그러니까 우리 자동차의 부동액같이 웬만한 날씨에도 얼지 않는 역할을 하는 물질이죠."

"와우, 대단하네요. 그것은 처음 들어보는 이야기네요. 나비의 몸에 그런 물질이 있다는 것이."

남편이 감탄스럽다는 듯이 말했다.

"맞습니다. 저는 이 연구를 통해 곤충의 생활사를 연구하는 의의를 다시 느꼈어요. 그리고 이제 이 연구 자체에 긍지가 생겼어요."

지영도 소장이 대단하게 느껴지면서, 확실한 결과를 드러내는 연구에 대해 부러움이 생겼다. 지영은 재판이 끝나도 과연 그렇게 판결할 수밖에 없었는가를 생각하며 몇 날 며칠 고민한 적도 많았다. 심지어 꿈까지 꾼 적도 있었다.

아이들은 장시간의 긴장을 견디지 못하고 소장의 설명에도 이제 딴짓들을 한다. 민이는 다른 유리 상자를 들여다보고 있다. 각종 알을 800종이나 분류 보관하고 있다는 간단한 설명 쪽지가 붙어 있는 유리 상자 안을 열심히 쳐다보고 있다. 지영도 민이 옆으로 갔다.

"재미있어?"

"여기 와서 아저씨를 보면서, 직업이라는 것을 새롭게 생각했어요. 직업이라는 것은 자신이 좋아하는 것을 죽을 때까지 해야 되는 것이구나 하고요."

"근데, 이 연구소 소장은 아주 운 좋은 사람이란다. 돈 때문에 직장을 어쩔 수 없이 다니는 사람도 많단다."

"엄마는요?"

"엄마 같은 판사는 즐거움보다는 재판을 통해서 재판을 받는 사람의 억울함이 없도록 법을 통해서 옳고 그름을 따지는 거야, 말하자면 조금이라도 억울한 사람이 생기지 않게 하는 거야. 마음으로나 경제적으로 힘든 사람을 돕고 사회를 좀 더 정의롭게 하는 데는 보람도 많지만, 비슷한 일을 반복하기 때문에 따분하게 생각하는 사람도 많지."

"뭐 하고 있어? 오늘은 여기까지래!"

남편이 다가왔다.

"정말? 민이야, 다들 밖으로 나갔네. 우리도 밖에 나가자."

"좀 쉴까? 아니면, 텐트로 갈까?"

"우선 커피를 한 잔 마셔야겠어요."

지영은 점심을 먹자마자 서둘러 오느라고 이빨도 닦지 못하고 커피까지 못 마셔, 입속에서 냄새가 나지 않을까 신경이 쓰였다. 그리고 밥 먹은 뒤라 입안이 텁텁했다.

"자판기에서 인스턴트 뽑는 것보다 텐트에 가서 캡슐 커피 마시는 게 낫지 않을까?"

남편이 인스턴트 커피가 내키지 않은 듯 말했다.

"텐트 안은 아직 더울 텐데? 민이도 뭘 먹고 싶지 않아? 수박 얼음에 재어 온 것 있는데 가서 먹자."

하며 하늘을 올려다봤다. 한 가닥 찬바람이 휙 지나간다. 옅은 구름이 끼어 있다. 먼 거리에서 천둥 치는 소리가 들려왔다. 그런데도 땅에서부터 올라오는 더운 열기가 여전히 몸을 칙칙하게 감싼다. 가까운 곳에서 '홀딱 벗고'라는 새, 검은등뻐꾸기가 '홀딱 벗고, 홀딱 벗고'라며 지저귀고 있다. 세 사람은 텐트 쪽으로 난 골목길을 따라 걸었다.

"민이야, 저 새가 뭐라고 그러는 것 같애?"

"딴딴 딴따, 딴딴 딴따, 그러는 것 같은데? 아빠는?"

"글쎄? 잘 모르겠는데?"

"아무렇게나 이야기해봐, 아빠."

"호호호 히, 그러는 것 같은데?"

"아빠, 그게 뭐야? 호호호 히? 오오이 하는 것 같아."

민이가 목을 젖히면서까지 웃었다.

"근데 저 새 진짜 이름은?"

"저 새가 검은등뻐꾸기라는 새인데, 어떤 사람에게는 새 울음소리가 홀딱 벗고 홀딱 벗고 그렇게 들린대요. 어떤 스님한테 들은 이야기인데, 불경 읽는 것을 게을리하는 스님들이 죽어 환생하였다는 새래요. 모든 상념을 홀딱 벗고 해탈하라고 우는 소리래요."

지영은 예전 도서관에서 같이 공부했던, 절에서 학교를 다니던 그 남자에게서 들은 이야기를 떠올렸다.

"엄마, 상념이 뭐고 해탈은 또 뭐예요?"

"너 공부할 때, 공부 말고 다른 생각할 때 있지? 공부에 집중하지 않고, 아이스크림이 먹고 싶다든가, 게임하고 싶은 생각을 어려운 말로 상념이라고 해. 그러니까 스님들이 불경을 열심히 공부 안 하고 집에 갈 생각이나 하고 돈을 벌 걱정을 한다든가 하는 것을 상념이라고 해. 해탈은 민이에게는 어려운 단어인데, 모든 세상 걱정, 일테면, 민이가 제일 신경 쓰이는 것이 뭐지?"

"엄마요.."

"엄마? 엄마가 왜 신경 쓰이지?"

지영은 민이 얼굴을 빤히 쳐다봤다.

"엄마가 민이 두고 어디 갈까 봐⋯⋯."

민이가 기어드는 목소리로 말했다. 지영은 남편 얼굴을 쳐다보았다. 남편은 당혹한 듯 민이 옆구리를 찌르려고 옆으로 접근하려다 그만 이미 민이 입에서 말이 쏟아져 나오자 얼굴이 빨개졌다. 지영이 얼른 민이를 끌어안았다.

"민이야, 미안해⋯⋯ 엄마가 너한테 걱정을 끼쳐서."

"아니야, 엄마가 그런 것이 아니고, 엄마가 병원에 입원하고 엄마가 사라질 수도 있다는 생각이 처음으로 들었어. 그러니까 음음, 엄마의 잘못이 아니라 나의 생각이 잘못이지."

민이는 자신의 생각을 정리할 때 버릇처럼 음음을 반복하면서 말을 했다.

"민이야, 그런 생각을 들게 한 사람이 엄마잖아, 미안해."

"새 울음소리 이야기하다, 그렇지 해탈이라는 단어 설명하다가 여기까지 왔네, 쉽게 말하면 민이가 엄마 걱정을 하지 않고 편안해지는 게 해탈이야!"

"근데, 엄마 그런 것은 내가 안 하고 싶다고 되는 게 아니잖아?"

"마음을 바꾸면 되지."

"어떻게?"

텐트에 도착하자 일부러 남편은 다리를 질질 끌며 장난스럽게 걸었다. 남편은 간이 커피 머신을 가져와 텐트 시설과 함께 준비된 전기 소켓을 찾아 꽂고 물을 채웠다. 혹시나 하고 가져온 커피 머신이었다.

"와, 커피 고파, 빨리 커피 마시자. 캡슐 꺼내."

"엄마, 어떻게 마음을 바꿔? 응응?"

민이가 지영의 바짓가랑이를 잡고 놓지 않는다. 그러다 기우뚱하고 하고 몸이 한쪽으로 쏠렸다.

"아, 민이야, 다쳐! 비켜……."

민이가 얼결에 바닥에 둔 스티로폴로 된 음식 냉장고로 넘어졌다. 그래도 음식이 채워진 무게 때문인지 흔들리기만 했다. 남편이 얼른 민이를 일으켜 세웠다.

"괜찮아?"

"네, 아무렇지도 않아요."

하며 손을 털고 일어났다.

"민이야, 그 이야기는 나중에 또 하자, 응?"

남편은 민이를 번쩍 들어 올리며 민이 얼굴에 자신의 볼을 비볐다.

"아빠, 따가워요."

"아, 그렇지 오늘 면도 못 했지. 미안, 미안."

그러면서 민이를 내려놓았다. 지영은 백 속에 챙겨온 캡슐 봉지를 꺼내어 남편에게 건네주었다. 그리고 스티로폴 박스 냉장고를 열어 수박 썰어온 플라스틱 그릇을 꺼냈다. 그리고 컵에 소복이 담아 민이에게 주었다. 그리고 남편에게도 한 컵 담아주었다. 아직도 민이는 무언가 골똘히 생각하고 있는 눈치다. 지영은 민이가 어린애 치고 너무 진지하다는 생각을 한다. 그래서 지영은 민이랑 대화를 할 때 가끔 어린애와 이야기하고 있다는 생각을 잊을 때가 있다.

"엄마, 수박 시원하고 달아요."

"그래 이번 수박은 당도가 높더라. 민이 피곤하지 않아? 저녁 먹을 동안 잠시 잘래?"

"텐트 안에서요?"

"덥겠지? 전기가 될 줄 알았으면 선풍기도 가져왔을 텐데. 나무 밑에 긴 간이의자 깔아줄게."

"엄마, 캠핑은 불편한 것을 참고 견디는 훈련이라고 했잖아요."

"아, 참, 그렇지. 엄마가 미안해. 깜빡했네. 호호"

저녁이 되자 텐트 안도 지낼 만했다. 민이는 저녁 먹기 전에 가지고 온 만화 역사책을 뒤졌다. 피곤한 모양인지 저녁 먹을 때까지 아무 말이 없었다. 아래 본관에 가서 낮의 남자아이 가족과 함께 식사를 하고 어두워지기 전에 텐트로 왔다. 민이는 텐트에 오자마자 지영이 핸드폰으로 몇 판 게임을 하더니 바로 곯아떨어졌다.

두 사람은 조르주 비제의 〈카르멘〉을 낮게 틀어놓고 치즈와 견과류 안주로 칠레산 카베르네 소비뇽 품종 와인을 마셨다. 유튜브에는 오페라의 정경이 화면으로 흘러나오면서 서곡부터 〈투우사의 노래〉 〈하바네라〉 등 중요한 곡은 다 들을 수 있었다. 산에서 낮게 흘러나오는 음악을 배경으로 가끔 나무를 흔들어대는 바람 소리까지 곁들여 와인을 마시니 지영은 이상한 기분이 들었다. 거친 바람 소리 때문인지 어릴 때 기억은 안 나지만 한 가지 이미지는 머릿속에 박혀 있었다. 미친 듯이 부는 바람에 큰 나무 가지들이 미친년 머리 흔들 듯이 천지 사방으로 흔들어대는 장면과 높은 파도에 이리저리 휩쓸리는 작은 조각배의 이미지였다. 거기에 언제나 책상 안 깊숙이 숨어서 안도의 숨을 쉬고 있는 대조적인 자신의 모습이었다. 그 대조적인 모습은 언제부터인지 모르게 어느 순간 자신의 뇌리에 박혀 있는 자신의 모습이었다.

갑자기 코고는 소리가 들려 돌아봤더니, 어느새 남편의 몸이 민이 옆으로 기울어진 채 자고 있었다. 와인 한 병도 채 마시기 전인데, 새벽 일찍 서둘러 오느라고 잠들이 모두 부족하긴 했다. 지영이 와인을 마저 마시고 잠자리를 정리했다. 그리고 민이와 남편을 제대로 눕혔다. 민이도 남편도 이빨도 닦지 않은 채다. 잠시 깨울까 지영은 고민한다. 그러나 두 사람을 깨우기에는 너무 곤하게 잠을 잔다. 잠시 비가 그쳤는지 바람 소리는 조용하다. 칫솔을 챙겨 밖으로 나왔다. 지영은 호흡을 크게 하며 하늘을 올려다보았다. 아직 하늘은 새까맣다. 지영은 이빨을 닦으며 다시 하늘을 올려다본다. 저 먼 곳은 하늘이 밝다. 그러나 금세 구름이 요란스럽게 움직인다.

"비가 그치려나?"

지영은 여름인데도 산속의 찬 기운에 오한이 드는 몸을 웅크리며 다시 텐트 안으로 들어왔다. 텐트 안에는 남편이 품어내는 거친 숨결 때문인지 가벼운 술 냄새가 떠다녔다. 지영은 민이 옆에 누웠다. 민이를 가슴속으로 끌어안았다. 그때 남편의 다리가 지영의 허벅지에서 가슴까지 올라왔다. 순간 숨이 턱 막혔다. 지영은 민이를 가슴에서 밀어내고 일어나 남편의 다리를 제자리로 돌려놓았다. 가슴이 턱 막히는 순간 느꼈던 불안이 사라지지 않는다. 일상에서 이런 비슷한 경우를 몇 번 느낀 적이 있다. 거대한 물체가 자신을 가로막아 자신이 그 물체에게 잡아먹히는 환상을. 지영은 한쪽으로 치워두었던 와인병을 찾는다. 불안을 잠재우기 위해서는 더 술이 필요할 것 같다. 3분의 1 정도 남은 와인을 병째 물 마시듯 꿀꺽꿀꺽 마셨다. 가슴속에서 서서히 열기가 올라온다. 자신은 없어지고 오직 술기운만이 몸을 꽉 채운다. 불안이 사라지고 기분이 좋다. 민이를 꼭 껴안는다.

어린아이 한 명과 몇 명의 사람들이 시체처럼 바다 위 파도를 타고 둥둥 떠다닌다. 조금 떨어진 곳에는 큰 군함과 같은 배와 작은 보트가 엉겨 있고 주위에도 많은 보트에 사람들이 큰 배를 향해 손을 흔들며 울부짖는다. 사람들의 울부짖는 소리와 아이들의 울음소리, 파도 소리가 엉켜 흔들릴 뿐 무슨 소리인지 알 수 없다. 지영도 그 사람들과 같이 울부짖고 있다.

어렴풋한 의식 속에서도 자신의 울부짖는 소리를 들으며 인기척 때문인지 눈을 떴다. 억수같이 쏟아지는 빗소리가 텐트를 쳤다. 텐트가 날아갈 듯 흔들렸다. 남편이 없었다. 바깥에 무슨 소리가 들렸다. 지영은 눈을 뜨고 텐트 바깥으로 나갔다. 남편은 우의를 입었는데도 흠뻑 젖어 옷 사이로 빗물이 줄줄 흘러내렸다. 남편은 미니 삽을 쥐고 텐트 친 가장 자리에 골을 파고 있었다. 바람과 함께 비는 억수같이 쏟아졌다. 지영이도 국자를 가져와 남편을 거들었다. 텐트 주위를 뺑 둘러 가장자리로 골을 파고 다시 주위에 있는 큰 돌멩이들을 가져와 텐트 가장 자리 위에 꼭꼭 눌러두었다. 금방이라도 텐트 같은 것은 우습게 날려버릴 듯한 강한 바람이다. 남편은 땀과 함께 빗물이 옷 사이로 줄줄 흘러내렸다.

"빨리 들어가서 옷을 갈아입고 난로를 피워야겠어요."

"전기도 안 들어올걸!"

"그럼 추워서 어떡해요?"

텐트에 들어와서 남편 갈아입을 옷을 챙겨주고 필요 없을 것 같았던 생태원 소장이 갖다준 이불을 바닥에 다시 깔고 민이에게도 덮어주었다. 지영도 추위로 떨리는 몸을 추스르며 좀 더 두꺼운 옷으로 갈아입었다. 언 몸을 이불 속으로 넣으며 민이에게 밀착했다. 찬 기를 느끼는지 민이가 몸을 웅크렸다. 그래도 민이 몸은 따뜻하다. 지영은 남편이 자리에 눕자 함께 끌어당겼다. 세 명의 몸이 하나로 엉겼다.

"따뜻하죠? 민이가 우리 난로예요. 호호"

지영은 순간 자신이 잠을 깰 때 울부짖었던 생각이 났다. 남편도 들었을까? 전혀 남편은 눈치를 못 챈 것 같다. 꿈속에서만 울부짖은 것인가? 왜 반복해서 비슷한 꿈을 꾸는지 모르겠다. 언 몸이 녹으면서 노곤해지며 지영은 다시 잠의 혼돈 속으로 빠져들었다.

11

그리스 여행이 취소된 것은 7월 말이었다. 여행을 이끌 교수의 부인의 병이 심해져 여행을 떠날 수 없다는 것이다. 다른 그리스 신화 전공자를 대체해, 해설자로 모시겠다고 여행사 측의 양해가 있었지만 일부가 빠져나가자 어쩔 수 없이 취소가 된 것이다. 형은은 옆집 민이 엄마와의 약속을 지킬 수 없어 아쉬웠지만, 어쩔 수 없었다. 그러자 열흘 동안의 시간이 덤처럼 왔다.

그날도 형은은 오전 시간을 느긋하게 보내고 더위가 가시는 시각, 4시경에 다훈이를 데리고 양재천으로 산책을 갔다. 한낮의 뜨거움이 사라진 오후 시간인데도 산책객들이 드문드문 눈에 띄었다. 다훈이는 그동안 장마로 산책을 나오지 못하다 오랜만의 산책이라, 큰 나무는 물론이고 조그만 풀조차 지나치지 못했다. 그저 킁킁거리며 영역

표시를 하느라 형은이 산책의 흐름을 방해했다. 한가한 틈을 타 다훈이 목걸이를 풀어주었다.

그동안 다훈이한테 신경 쓰느라고 들리지 않던 리스트 음악, 〈순례의 해〉가 들리기 시작했다. 도피 2년째 이탈리아를 여행하면서 쓴 〈페트라르카 소네트〉 연작은 쓸쓸함과 괴로움이 묻어난다. 리스트나 바그너 시대의 사람들, 자신의 열정에 충실한 사람들이다. 리스트가 애인 라우라 마리다가 백작부인과 도피 여행을 다니면서 쓴 이 곡은 리스트의 대표곡이다. 애인에게 충실하려고 하지만, 예민했던 리스트는 서로 다름에서 오는 틈 때문에 괴로워했다. 둘이 여행을 다니면서도 더 외로워했던 리스트의 이 곡을 들을 때면 형은은 삶의 아이러니를 느끼게 된다. 리스트의 딸 코지마가 스무 살 이상이나 나이가 많은 바그너와 사랑에 빠졌을 때 리스트가 그렇게 극렬히 반대한 것은 사랑의 정서를 너무 잘 알기 때문이었을까? 리스트는 절친이었던 바그너와 몇 년간 의절까지 했었다. 풀 속에 노루오줌, 벌개미취 등이 눈에 띄었다. 아직도 햇살은 따갑지만 마음은 푸근하다. 형은은 자신은 사라지고 피아노 연주의 쓸쓸한 정서가 자신을 채우는, 음악과의 사심 없는 공감에 가슴이 뿌듯하다. 양재천 주위에 핀 엉겅퀴, 금계국 등, 들꽃들 자체만으로도 아름답다. 얼굴에 열기가 올라온다.

순간 다훈이가 생각났다. 주위에 다훈이가 보이지 않는다. 형은은 당황하여 왔던 길을 되돌아간다. 한참을 달려왔지만 보이지 않는다. 지나가는 사람들에게 다훈이의 인상 착의를 말해도 보지 못했다고 한다. 다시 형은은 반대 방향으로 되돌아 달린다. 역시 보이지 않는다. 잠시였다. 음악에 빠져 있는 동안 그사이 사라져버린 것이다. 마치 형은의 다훈이에 대한 불충실함을 질책하듯이, 목줄을 풀어준 것을 후회했다. 형은은 자연 속에서는 다훈이도 마음대로 자연을 즐기게 하고 싶었다. 그래서 양재천에 산책객들이 많지 않을 때는 풀어주기도 한다. 그러나 한 번도 없어진 적이 없었다. 귀신이 곡할 노릇이다. 누군가가 의도적으로 데려가지 않고는 이렇게 짧은 시간에 없어질 리가 없다.

언젠가 매봉산에 친구와 산책을 간 적이 있었다. 친구네 강아지는 다훈이를 낳은 엄마다. 서로 만나면 모자 관계인데도 으르렁거리면서도 둘이 잘 놀았다. 그때도 친구와 수다에 열중하다 따라오는 줄 알고 한참을 가다 보니, 친구네 강아지는 따라오는데도 다훈이는 보이지 않았다. 친구와 함께 온 산을 헤맸다. 형은이 자주 운동하던 놀이터에 가니 거기에 어떤 아주머니가 다훈이를 데리고 있었다. 그 아주머니는 다훈이가 하도 신통해서 같이 있었다고 한다. 그 자리에서 꼼짝도 않으면서 누구 형은이 닮은 사람이 오면 가까이 갔다 아니면 다시 돌아와 그 자리에서 떠나지 않았다는 것이다. 자신이 아무리 끌어당겨도 꿈쩍도 않더라는 것이다. 그때의 명민함을 기대해도 될까? 그때는 네 살 때였고 지금은 벌써 열 살이 넘은, 사람으로 치면 70세가 넘은 나이이다. 지금도 어디에선가 형은을 기다리고 있을까. 그렇다면 거기가 어디란 말인가? 설마 이 대낮에 양재천에 살고 있는 너구리한테 먹힌 것은 아니겠지. 형은은 혼돈 상태가 되면서 갑자기 멘붕이 된다. 양재천 길은 매봉산과는 달리 단순하다. 그런데도 보이지 않는 것은 분명 변고가 있는 것이다. 다훈이가 형은이 뒤에 오는 줄 알고 가다가 눈에 띄지 않자 당황해서 찾아 헤매다 누구를 따라간 것인가. 아무리 생각을 해보아도 해법이 없다. 양방향으로 양재천 길을 몇 번 왔다 갔다 해도 다훈이는 자취도 없다. 이제 형은의 다리가 다 후들거린다. 세 시간 이상을 헤매었다. 형은을 찾다 집으로 간 것인가. 형은은 지쳐서 긴 의자에 앉아 한참 이 생각 저 생각을 해보았다. 형은은 의자에서 일어나 한 가닥 희망을 걸고 터덜터덜 집으로 향하였다. 고3 때부터 지금까지 다훈이를 자신의 혈족처럼 생각하는 미국에 있는 아들에게 무어라고 할 것이며, 당장 남편에게는 자신의 부주의에 대해 어떻게 변명해야 할지 난감하다. 그 짧은 시간에 자취도 없이 사라져버린 것이 아무리 생각해도 황당하다. 형은은 집으로 가면서 생각을 정리하기로 했다.

형은은 언제나 '괜찮겠지'라는 낙천적 성격이었지만, 험한 세상에서 이렇게 허술하게 살다가는 큰일을 한 번은 당할 것이라는 생각이 든 적이 있었다. 신혼 때 남편이 통행금지가 지나도 집에 들어오지 않아 별의별 망상에 자신을 괴롭히며 불안에 떤 적이 있었다. 그러다 어느 날 문득 '왜 1퍼센트의 가능성에 매달려 인생을 소모할 것인가'라는 생각이 들면서 쓸데없는 망상에 시달리지 않으려고 했다. 그리고 합리적인 사고 구조의 연장선상에서 사고하기로 마음먹었다. 지금도 훈이가 없어질 확률은 1퍼센트밖에 안 된다. 훈이를 풀어준 것은 형은의 잘못이 아니다. 왜? 인간이든 동물이든 자유로울 필요가 있다. 단지 강아지의 동물적이고 공격적인 성격 때문에 지나가는 사람에게 위협이 될 수 있고, 강아지를 무서워하는 사람들을 위해서 편의적으로 강아지를 구속하는 것이다. 산책자가 드문 시간에 강아지를 풀어주는 것이 크게 잘못되었다고 할 수 없다.

형은이 거기까지 생각이 미치자, 문득 한 가닥 생각이 지나갔다. 언젠가 아들이 양재천에 줄을 매달지 않고 다니는 강아지만 데려가는 범죄자가 있다는 이야기를 한 적이 있다. 그래서 유기견 센터에 데려가 찾으러 오는 사람들에게 돈을 요구한다는 것이다. 형은이 음악을 듣는 사이, 줄에 매달리지 않은 다훈이를 보고 납치해 간 것은 아닐까? 형은이 온몸에 힘이 쭉 빠지며, 걸을 수가 없다. 형은은 마침 현금 찾는 은행 기계가 있는 박스 안으로 들어가 설치대에 기대었다. 집으로 돌아가 있을 것이라는 희망마저도 부질없을 것이라는 생각이 든다. 잃어버렸던 곳에서 집까지는 큰 찻길을 몇 번이나 건너야 한다. 아무리 명민한 다훈이라 하더라도 그것은 불가능하다. 현금을 찾으러 오는 손님들이 흘깃흘깃 형은을 한 번씩 쳐다보고 갔다. 빠진 기운이 모아지지 않는다. 저녁 먹을 시간이 지나서 배도 고프고 다리에 힘이 없다. 시계를 보았다. 벌써 느릿느릿 어둠이 기웃거린다. 남편은 지금 회식 중일 것이다. 가능할 때 전화를 달라고 문자를 보내뒀었다. 양재천을 떠나면서 보냈는데, 아직 남편은 보지 못한 모양이다. 형은은 겨우 일어나 천천히 집으로 걷기 시작했다.

다훈이는 얼마나 불안한 마음으로 형은을 찾고 있을까? 다훈이를 찾는 것은 이제 포기해야 하는 것인가. 결국 아들한테도 알려야 할 것이다. 남편과 의논해서 결정해야겠다. 오늘 같은 날 남편이 일찍 들어오면 좋으련만, 목이 탄다. 아파트 앞에도 역시 없다. 경비 아저씨도 도리질을 한다. 집에 들어섰을 때는 의식도 몸도 마비가 된 듯 꼼짝하기가 싫다. 손만 씻고 물 한 컵을 마시고 거실 소파에 누웠다. 양재천을 오르락내리락하며 세 시간을 헤매서인지 다리마저 뻐근하다. 오늘이 다훈이와 마지막인가? 이제 형은도 자포자기한 마음이 생긴다.

어렴풋이 잠이 들었는지 핸드폰 소리에 잠을 깼다. 시계를 보니 9시다. 이제야 문자를 봤다고 무슨 일이 있느냐고 한다. 남편이 반갑고, 오랜 고생 끝에 엄마를 만난 것처럼 눈물이 난다. 긴 이야기를 다 할 수가 없다. 훈이가 없어졌다고 무조건 들어오라고만 했다. 남편은 이제 회식이 끝나 10시까지는 들어간다며 전화를 끊었다. 다시 다훈이를 찾을 궁리를 한다. 남편이 오면 다시 양재천으로 가봐야겠다. 혼자 헤매고 있을 지도 모른다. 그전에 무언가를 먹어야 한다. 형은은 냉장고에 있는, 아침에 요리해놓은 채소와 호박으로 만든 죽을 꺼내어 밥공기에 담아 레인지를 돌린다. 너무나 배가 고프다.

남편이 들어온 것은 10시가 채 안 된 시각이었다. 형은은 아직도 벗지 않은 산책했던 옷 위에 얇은 점퍼를 걸쳤다. 남편은 아무것도 묻지 않는다. 형은에 대한 근본적인 믿음이 있기 때문인지 남편은 어떤 잘못된 일에 대해 원망도 책망도 하지 않는다. 그럼에도 형은은 자신의 잘못에 대한 변명을 늘어놓는다.

"눈 깜짝할 사이였다고요. 잠시 음악에 빠졌을 뿐인데⋯⋯."

"모든 일은 눈 깜짝할 사이에 일어나는 것이지. 잊어버려. 의도적으로 훈이를 버리려는 것이 아닌 이상, 잃어버린 것은 안타깝지만, 그것도 다훈이의 운명이지 뭐⋯⋯."

"근데, 미국에 있는 준모가 알게 되면⋯⋯."

"준모도 헤어지는 훈련을 해야지. 다훈이가 우리 곁을 언젠가는 떠날 것을 미리 경험하는 거지. 다행히 추운 겨울이 아니라서⋯⋯. 가서 찾아보고 안 되면 내일 유기견 센터에 전화해놓지, 뭐."

형은은 남편의 극히 침착하고 이성적인 모습에 한편 마음은 놓였지만 맥이 빠졌다. 너무나 간단하다. 잃어버린 것은 오늘 다훈이의 운명이다. 다훈이 찾는 일에 최선을 다해보고 안 되면 유기견 센터에 신고한다. 이렇게 간단한 것을 몇 시간이나 헤매느라고 형은은 오후에 아무것도 하지 못했다. 그것은 다훈이에 대한 애착 때문이었을까? 남편이나 아들에 대한 미안함 때문이었을까? 형은이 그렇게 하지 않으면 스스로 자신을 용서할 수 없었을 것이다. 남편은 남편대로 형은을 배려한 마음에서 그런 반응이 나온 것이다.

양재천에는 더위를 피해 나온 산책객들이 많았다. 낮의 한가한 산책객들보다 빠른 걸음으로 걷는 산책객들이 많다. 밤에도 이렇게 운동 나온 사람들이 많을 줄 몰랐다. 남편과 형은은 '다훈아!'를 계속 외치며 걸었다. 평상시 걷는 거리보다 좀 더 멀리까지 걸었다. 돌아올 때는 양재천에서 제일 가까운 아랫길을 택했다. 지나가는 사람들이 흘깃거렸다. 남편과 둘이서 하니, 부끄러운 마음도 없어지고 좀 더 용기가 났다. 그러나 낮의 절박한 마음은 이제 없었다. 이것이 무위의 노력이라는 것을 이미 알기 때문이다. 잃어버린 시각에 몇 번씩 돌아다녀도 없던 훈이가 나올 리 없다. 둘이는 터덜터덜 집으로 왔다.

다음 날 몇 군데 유기견 센터 전화번호를 찾아서 전화를 걸어 개의 종류와 색깔, 몸무게 등 기본적인 것을 말하고 전화번호를 남겨두었다. 오전 내내 연락이 없었다. 형은은 여전히 아무것도 할 수 없었다. 신문 기사를 읽으며 시간을 죽이고 있었다. 오후 4시쯤 핸드폰 016으로 시작하는 전화가 걸려왔다. 형은은 얼른 전화를 받았다. 그런데 말투가 조선족 아니면 탈북민 말투다. 형은은 긴장한다.

"누구세요?"

"검은색 강아지 잃었지비?"

서울 말씨처럼 가장하지 않는 것이 탈북민이다.

"어디세요?"

"어디 알 것 없지비. 만날 장소 말하라우."

형은은 겁이 난다, 혼자 나가는 것이. 형은이 대답이 없자,

"기카믄 내가 말하지비. 장소?"

그래도 형은은 대답을 할 수 없다.

"시캬, 강아지 필요 없지비? 기카믄 삶아 먹어버려~"

헉, 삶아 먹다니? 욕에 반말까지.

"7시 매봉역 2번 출구 에스컬레이터 앞에서."

형은은 얼른 말하고 전화를 끊었다. 남편이 퇴근하는 시간에 할 수밖에 없다.

손에 진땀이 난다. 바로 남편에게 전화를 걸었다. 다행히 '강남 쪽에 약속이 있는데, 그럼 먼저 거기 갔다가 가지' 하며 흔쾌히 응낙했다.

잠시 형은이 딴짓하고 있는 동안 다훈이를 납치한 것이 분명해. 그런데 다훈이가 호락호락 따라갈 녀석이 아닌데, 이상해. 험악하게 나오는 투가 보상을 요구할 것 같다. 형은은 다시 머릿속이 복잡해지기 시작했다. 또다시 어떤 것에도 7시까지 집중을 할 수 없을 것 같다. 7시까지 아무 생각도 말아야 한다. 이럴 때 할 수 있는 것은 소설을 한 편 보거나 텔레비전을 보는 것이다. 형은은 텔레비전 리모컨을 잡았다.

형은이 남편과 7시 10분경 매봉역으로 나갔다. 청년을 찾기 전에 다훈이가 길길이 뛰어올랐다. 남편이 다훈이를 얼른 안았다. 형은도 남편이 안고 있는 다훈이를 쓰다듬었다. 다훈이가 어쩔 줄 모른다. 다훈이 옆에 중키 정도의 20대 후반의 검정 작업복을 입은 청년이 모자를 푹 눌러쓰고 다훈이 목줄을 잡고 있었다. 목줄은 노끈으로 묶었다. 형은은 고개를 숙이며 '감사합니다, 정말 감사합니다' 하고 챙겨 온 100만 원이 든 보상금 봉투를 내주었다. 그러나 청년은 그 봉투는 아랑곳 않고 말했다.

"어디 가서 이야기 좀 해야디요!"

"아, 네."

"여기에서 이야기하면 안 될까요?"

훈이를 내려놓고 남편이 나섰다.

"아닙네다. 할 얘기가 많디요. 많이는 안 걸립네다."

"그럼 강아지는 우리 아내가 데리고 들어가고 저하고 이야기하면 안 됩니까?"

"강아지가 있어야 얘기 되디요."

"강아지를 데리고 들어갈 수 있는 장소가 없어요. 커피숍은 강아지를 못 데리고 들어갑니다."

"내래 이틀 동안 정이 들어서 그랍니다."

말투로 보아 남한에 온 지 오래되지 않은 것 같다. 형은은 전화 속에서 하던 욕설과 험악한 말투로 겁을 잔뜩 먹고 있어서인지 계속 몸이 떨렸다. 형은이 다훈이를 안았다.

"여기서 말씀해보세요, 그럼. 원하시는 게 무엇인지?"

"시꺄, 원하는 거 우리 없습네다."

또다시 욕설이 나올까 봐 형은은 남편의 옆구리를 찔렀다. 청년은 절대 훈이를 넘겨줄 생각이 없는지 끈을 꽉 쥐고 있었다.

"그럼 양재천으로 갈까요? 가면서 천천히 이야기하시죠. 강아지는 어떻게 그쪽에서 데리고 있게 되었는지요?"

남편은 먼저 양재천으로 가는 길을 나서면서 물었다. 남자는 대답을 않은 채 그냥 걸었다. 형은이 다훈이를 안고 따라가니 남자가 끄는 끈을 졸졸 따라가는 우스운 꼴이 되었다. 가다가 양재천까지 가기 전에 놀이터가 있는 작은 공원 벤치에 가서 앉았다. 형은이 길 건너편 커피점에서 커피를 두 잔 사 와서 한 사람씩 주었다.

"내래 지나가던 길 아파트, 바로 저기 보이는 한신아파트 주차장 앞에서 이 강아지 새끼를 봤지비. 밤 11시경 사람들이 아무도 지나다니지 않는 곳에 주인도 없이 혼자 계속 그 자리를 떠나지 않고 나를 보고 무섭게 짖지 않겠수? 그래서 내가 먹고 있던 햄버그를 뜯어 던졌더니, 배가 고팠는지 잘 받아먹고는 또다시 나를 향해 짖지라우. 그래서 햄버그 먹던 것을 다 던져주고 가까이 가서 어루만졌더니, 짖지도 않고 얌전히 내 옆으로 꼬리를 흔들며 다가오지 안칸? 그래서 거기서 주인이 찾으러 올까 봐 계속 기다렸지비, 그런데 12시가 지나도, 아무도 찾아오는 이가 없지비. 그래서 거기서 밤을 샜지라우. 처음에 안을 때는 어르렁거리더니 자고 일어나서 아침에는 내가 안아도 얌전히 안긴단 말이여. 그래서 아침에 이 강아지 새끼를 안고 친구 숙소에 가서 한잠 자고 나왔습네다. 친구가 유기견 센터에 전화해서 강아지 잃은 주인 전화번호를 알았다며 쪽지를 주지 않겠습메."

형은은 '정말 고맙습니다'고 인사를 하고 다시 봉투를 꺼냈다.

"이건 얼마 안 되지만, 그동안 보살펴준 것에 보답하고자……."

"그런 건 필요 없습네다. 내래 정부에서 준 정착금 모두 남한 사람에게 사기당해 잘 데도 없는 신셉네다. 다시 북한으로 돌아갈 생각

뿐. 남한 사람 다 죽이고 싶습네다."

형은은 가슴이 철렁 내려앉았다. 그리고 의심이 들기 시작했다. 의도적으로 훈이를 끌고 가지 않았나 하는. 일이 좀 길어질 것 같으니까, 남편이 약속한 곳에 전화를 걸어 미안하다고 급한 사정이 생겨 죄송하다고 약속을 취소한다. 형은은 휴 한숨이 나온다. '그래서 어쩌라고? 우리한테.' 형은은 그 청년의 의도를 헤아려본다.

"강아지 데리고 아내는 들어가게 하고 우리 저녁이나 먹으면서 이야기합시다. 배도 고플 텐데……"

남편이 강아지 줄을 남자에게 뺏어 형은에게 넘겨주면서 남자의 손을 잡고 앞장서서 간다. 형은에게는 먼저 집에 가라며 손짓한다. 남자는 얼떨결에 남편의 손에 잡혀 길을 건너간다. 형은도 갑작스럽게 생긴 일이라 물끄러미 두 사람이 길을 건너는 것을 보고 집으로 향했다. 남편이 그날 저녁 들어온 것은 10시가 넘은 시각이었다. 어떻게 해결되었는지 궁금했다. 남편이 정리해서 들려준 이야기는 다음과 같다.

북한에서 체조 선수를 했던 그 청년이 여기 정착하면서 할 수 있는 일은 공사장 일이었다. 그는 공사장에서 말을 걸기는커녕 눈길조차 주지 않는 남한 인부들 중에서 유독 자신에게 친절하게 집에도 데려가서 밥도 같이 먹고 형, 아우 하며 가족처럼 해주는 인부를 만나 그나마 견딜 수 있었다고 한다. 그런데 어느 날 그 형이 그 청년에게 헬스센터에서 몸 트레이너로서 훈련을 받아서 거기서 일을 하면 수입이 공사장에서 일하는 것보다 몇 배 더 많다며 그곳을 소개시켜주겠다고 했단다. 그는 그래서 자신이 체육학과 출신이라 그것은 자신이 있을 것 같아 소개해달라고 했는데, 말을 해놓고는 한 달 이상 더 이상 말을 않더라는 것이다. 참다 못해 왜 소개시켜주지 않느냐고 했더니, 그게 보증금이 들어가는 일이라 포기하라고 했단다. 얼마나 들어가냐며, 아직 정착금도 그대로 있다고 했더니, 거기 헬스장에 드나드는 사람들이 고급 손님들이 많아서 신분 보장이 필요한데 2천만 원 정도 보증금이 필요하다고 하더란다. 그러니, 그냥 포기하라고, 까다로운 조건으로 꼭 그것을 할 필요가 뭐 있냐고, 오히려 말렸다고 한다. 그래서 정착금 남은 돈과 친구한테 5백만 원 빌려서 2천만 원 갖다주었단다. 가족들과 같이 살다 곧 결혼하게 될 친구한테 돈을 빌리는 대신 자신이 살던 집을 양도하기로 하고 돈을 갚을 때까지 친구가 대신 그 집에 살기로 했단다. 그래서 당장 잘 집도 없어, 우선 그 친구 집에 빌붙어서 살고 있단다.

그런데 돈을 갖다주고 일주일이 지나도 아무 연락이 없고 전화도 안 돼, 집에 찾아갔더니, 그 형이라는 친구가 사라져버렸다고 한다. 전화도 '없는 번호'라고 통화가 안 되고, 집도 가족도 함께 사라져버렸다는 것이다. 주위 사람들한테 물어봐도 도망친 사람을 자기네들이 어떻게 알겠느냐고 했다고 한다. 그때부터 그는 매일 술로 세월을 죽였다는 것이다. 그리고 두 달이 지났다고 한다. 한국 사람들이 자신을 대하는 찬 눈길이 견디기 힘들다는 것이다. 그렇게 냉대를 받고 사기를 당하면서 살 바에는 빨리 돈을 벌어 중국 브로커에게 천만 원 갚고 굶더라도 북한으로 다시 돌아가서 가족들과 함께 살고 싶다고 했단다. 정착금으로 왜 브로커 돈을 갚지 않았냐고 했더니, 앞으로 어떻게 될지 몰라 매월 벌어서 조금씩 갚기로 했단다. 남한에 온 지 오래된 사람들 얘기가 정착금을 다 써버리면 나중에 무슨 일이 생기면 재생이 힘들다고 해서 우선 정착금을 아껴두고 있었단다. 그런데 그 일을 당하니까 남한이 정나미가 떨어져서 조금이라도 더 붙어 있고 싶지 않다는 것이다. 그런데 브로커에게 줄 돈을 갚지 않으면 남한을 떠날 수가 없다고 했다. 그러니까, 브로커에게 줘야 할 돈 천만 원을 자기한테 빌려달라는 요지이다. 그래서 남편은 이것은 금방 결정할 문제가 아니니 일주일 정도 말미를 달라고 준비해 간 봉투를 주며 이것으로 우선 생활을 하며 지내라고 주고 왔다는 것이다. 그리고 일주일 후에 다시 전화하겠다고 했단다. 형은은 전화를 받았을 때 무서웠던 감정이 다시 살아났다.

"그 북한 청년이 의도적으로 우리 다훈이 끌고 간 것 아니에요? 아무래도 수상해요. 다훈이가 멀쩡한 대낮에 왜 없어져요? 아무래도 이상해요. 그래서 돈을 줄 생각이에요?"

"나도 처음에는 그렇게 생각했어. 또 그럴지도 몰라. 그러나 그런 건 차지하고 어려운 사정인 것은 분명한 것 같아, 그래서 어떻게 해야 하나 고민 중이야. 그런데 화가 나는 것은 그 청년한테가 아니고, 사기친 그놈이 괘씸한거야. 사기칠 데가 없어 저런 사람한테 사기를 쳐?"

"사기치는 사람이 그런 것 가리겠어요? 어리숙한 사람이나 당하죠. 탈북했다니까 속일 수 있다고 생각했겠죠."

"글쎄, 통일 통일 부르짖으면서, 여기에 온 북한 사람들을 제대로 사람 대접 안 해주면서 통일은 무슨? 정부에서 아무리 정착금이라고 지원해주면 뭐해? 시장경제나 한국 현실을 모르는 탈북민들한테 사기나 치는 나쁜 사람들, 북한에 돌아가지 않고 여기 정착할 수 있는 방법을 찾아봐야지."

"혹 그 청년이 거짓말을 하는 것은 아니겠죠?"

"그 청년의 이야기가 모두 거짓말이라 해도, 지금 그 청년이 절박한 상황에 있다는 것은 사실이야. 그리고 우리 다훈이를 찾아준 은인이고. 우리가 몰랐으면 몰라도 안 이상, 그 청년을 도와야 하고. 근데 어떤 방식으로 돕는 것이 그 청년에게 도움이 될지 생각해서 도와주어야지."

"그렇다고 일이백도 아니고 천만 원이나? 아들한테도 천만 원씩이나 준 적이 한 번도 없는데? 너무 많지 않아요? 일부는 몰라도……."

"아무튼 좀 더 생각해보자고, 우리도 통일 적금 든다고 생각하면 되지……."

"그러면 그 다음은? 그 청년은 여기서 어떻게 생활하고? 우리 집에서 재울 거예요? 잘 데도 없다잖아요? 당신이 그 청년의 장래를 모두 책임질 수 있으면 모르지만, 함부로 그랬다가 코 꿰면 큰일 나려고?"

"그래도 도와주는 게……. 아무튼 방법을 찾아보자고. 그래, 구체적인 것은 천천히 생각해보자. 피곤하다. 이제 잘까?"

형은이는 이틀 동안의 우연한 사건으로 먼 세계를 여행 갔다 온 기분이 든다. 평상시 겪어보지 못한 새로운 경험 때문일까?

12

형은은 남편이 출근한 후 커피를 들고 식탁에 앉았다. 집 가까이 사는 친구가 준 시집 『시가 나를 만든다』와 또 친구 오빠의 시집 『다시 맺어야 할 사회계약』을 작정하고 차례대로 읽었다. 둘 다 받은 지 꽤 시간이 지났는데 여유가 없어 못 읽다 이제야 손에 잡았다. 조용한 자신만의 시간, 음악과 함께하는 시간, 자연과 함께하는 시간이 마음의 평안을 얻는 것은 그 속에서 본래의 자신을 만날 수 있기 때문이라는 것을 새삼 알게 되었다. 유난히 「리비도 꽃」이라는 시에 마음이 머문다.

금단의 문을 연다

어둠과 악수하고
어둠을 유혹하면서

욕망의 언덕 위
가장 나다운 꽃 하나
머리에 달고 싶어
어둠과 친구하는

나는
아름다운 리비도 꽃

—「리비도 꽃」 전문

가장 나다운 꽃을 피우기 위해서는 어둠에 익숙해야 하고, 그 어둠 속에서 단련되기 위해서는 혼자 보내는 시간이 많을수록 기적처럼 자신을 만나게 된다. 그 행복한 만남은 살아 있다는 존재감을 생생하게 느끼게 해준다. 우리는 그래서 그 많은 시간을 통해 자아 탐구를 하는 것이 아닌가. 이 시집은 다양한 꽃의 이미지를 통해 자아에 이르는 길과 자아와 타자가 화해에 이르는 길을 보여주고 있다. 먼지마저도 햇빛 속에서 자신을 드러내는 먼지꽃이 된다. 먼지가 햇빛을 만났기 때문에 자신의 몸을 드러낼 수 있는 것은, 김춘수의 「꽃」에서 이름을 불러주어야만 존재가 드러나듯 다른 대상을 만났을 때라야 드러낼 수 있는 존재의 원천은 시공간 속에서 바로 다른 대상을 만났을 때이다. 들뢰즈는 이것을 욕망기계로 불렀다.

『다시 맺어야 할 사회계약』은 역사적 상상력을 시적 정서에 결합시켜 한 편의 시를 통해 세계 역사를 들여다볼 수 있다. 그리고 사회 약자에 대한 시적 화자의 애정을 보여주는 시집이다. 평생 직업을 가지지 않고 혼자 무용평론가로 활동하는 작가에 대해 친구는 남자에 기대하는 사회 통념과는 다르게 살아가는 오빠의 모습이 힘들었는데, 이 시집으로 이해가 되었다고. 이렇게 자유로운 영혼들이 많으면 많을수록 우리 사회는 살 만한 사회가 되지 않을까?

우리 사회도 차츰 사회의 통념을 깨고 살아가는 사람들이 차츰 많아지고 있다. 언젠가 10년 아래의 남자 후배를 우연히 학회 발표장에서 만났었다. 그 후배는 그날 형은이 발표한 작가에 대해 관심이 많아서 그곳에 들렀다고 했다. 집으로 돌아갈 때 후배 차를 타고 가면서 많은 이야기를 하게 되었다. 전공도 공학이고, 지금은 전업주부로 살면서 자기가 좋아하고 관심 있는 책을 읽기도 하고, 또 보고 싶은 영화를 보고 듣고 싶은 강연회 등을 찾아다닌다고 했다.

어떻게 전업주부가 되었느냐고 했더니, 아내와 자신이 같이 삼성에 입사했는데, 아이들 두 명을 교육할 시기가 되어서 둘 중 한 명은 직장을 그만두어야 할 것 같아 아내와 의논했더니, 아내는 그만둘 생각이 없다고 해서 자신이 전업주부로 살기로 했단다. 그래서 남자가 전업주부로 사는 것이 힘들지 않냐고 했더니, 자기는 직장 다니면서 할 수 없었던, 하고 싶은 일 하면서 사니까 좋다고 했다. 경제적으로는 힘들지 않냐고 했더니, 절약하고 요령 있게 사니까 풍족하지는 않지만 어려움이 없다고 했다. 가사노동도 직장이라 생각하고 체계적으로 하면 그렇게 힘들지 않다고 했다. 그때도 형은은 '이런 사람들이 많을수록 우리 사회는 아름다운 사회가 되겠구나' 하는 생각을 한 적이 있었다. 자본주의의 경쟁 사회에서 뛰쳐나와 홀로 인간다운 삶을 지향하는 사람들이 많아지면 그만큼 행복지수도 높아질 것이라고.

형은이 시계를 보니 벌써 점심 먹을 시간이다. 오늘 탈북 청년을 만나는 날이다. 점심을 먹고 커피숍에서 만나기로 했다. 남편은 그 청년에게 브로커에게서 빌린 5백만 원을 주고 나머지는 아르바이트를 해서 갚아 나가라고 했다. 아르바이트를 구해 빌린 돈을 다 갚고 난 다음 다시 북한으로 갈 것을 생각해보라고 했다. 그래서 맥도날드 청소부로 일해 매달 50만 원씩 갚기로 했다고 한다. 오후 3시부터 10시까지 맥도날드에서 아르바이트를 하고 오전에는 헬스클럽에서 1년간 보조로 일하면서 훈련을 받으면 몸 트레이너로 취직할 수 있게 해주겠다는 헬스 클럽 몸 트레이너도 소개를 해주었다.

남편은 탈북 사람을 돕는 것은 통일 기금보다 더 중요하다고 생각하고 그것이 오히려 통일의 지름길이라고 생각한다. 그들을 통해서 남한이 살기 좋은 사회라는 것이 북한 사람들에게 전해질 거니까. 아직도 형은은 그 탈북 청년이 전화 속에서 뱉은 욕을 생각하면 만나기가 무섭지만, 남편이 순진한 청년이라는 말에 마음을 놓고 만나기로 했다. 점심을 대강 챙겨 먹고 나가기로 했다.

형은이 커피숍에 나가 둘러보니 처음 만난 날 작업복 입고 모자를 눌러쓴 청년은 보이지 않았다. 그런데 왼쪽 끽연석 가까이서 누가 손을 들었다. 그리로 갔다. 전혀 다른 청년 같았다. 그날 모자를 푹 눌러써 얼굴을 자세히 볼 수 없었지만, 인상을 쓰고 있어 험악하게 생각하고 있었다. 그런데 호남형의 얼굴에 웃는 얼굴이었다. 옷도 짧은 소매의 흰색 남방을 입고 있었다. 선입견이 얼마나 사람을 다르게 보게 하는지를 생각했다.

"안녕하세요?"

형은은 말이 막힌다. 어떻게 말을 시작해야 할지 모르겠다.

'점심 먹었어요? 잘 지냈어요?' 어떤 말도 상처가 될 수 있는 말이다. 그렇다고 본론부터 진입하기는 그렇다. 아, 커피 시켜야지.

"커피 뭐 하시겠어요? 많이 기다렸어요?"

"아닙네다. 이 동네에는 길이 훤해서 제 시간에 왔습네다."

"어떻게 이쪽 동네를 잘 알아요?"

"네, 건너편 햄버거 집에서 청소를 했습네다."

건너편에 햄버거 집이 없는데, 어느 집을 이야기하는 줄 모르겠다.

"아, 네. 지금은 안 하세요?"

"이 동네 사람, 이상합네다. 탈북 사람이라고 무섭다고 그만두랍네다."

"아, 이름을 안 물어봤네요."

"설민식입네다."

"이제부터 설 군이라 부를게요. 참 커피 뭐 하시겠어요?"

"저는 아무거나 좋습네다."

형은은 진땀이 났다. 얼른 일어나 카운터로 가서 자신이 먹는 카푸치노를 두 잔 시켰다. 다른 것을 갖다주면, 차별한다고 할까 봐 겁이 났다. 커피숍에는 창가에 수다를 떨고 있는 중년 여자 네 명과 컴퓨터로 작업을 하고 있는 커플 두 팀밖에 없었다. 케이크가 진열되어 있는 유리 상자를 보고, 치즈 케이크와 고구마 케이크를 시켰다. 혹 점심을 먹지 못하고 왔을까, 하나 사면 이상하게 생각할까 봐 두 개 샀다. 불편한 관계가 편한 관계로 되려면 얼마나 시간이 걸릴까. 진동 벨이 울릴 때까지 그냥 카운트 옆에 서서 기다렸다. 케이크가 먼저 나왔다. 형은은 케이크 접시를 들고 설 군을 바라봤다. 멀리서 바라보니 다리가 길고 멋있게 생겼다. 체조를 하면 키가 작아진다고들 하는데, 전혀 그렇지 않다. 몸 트레이너로 손색이 없는데, 북한 말씨 때문에 걱정이다. 아직 많은 사람들이 옛날 냉전 시대의 억압적 사고 방식에서 벗어나지 못해 공산당에 대한 두려움을 탈북민에게 투사시키고 있다. 형은은 처음 전화 말투에서 몸이 오싹하는 두려움을 느꼈다. 탈북민을 보면 마치 내 것 뺏어 먹으러 온 기분이라고들 한다. 그것도 경쟁 구도에서 산 사람들의 습관적인 반응이다. 또 두려움은 그쪽 사람들을 어떻게 대해야 할지 모르기 때문이기도 하다. 또 북한 정권이 보여주는 무지막지한 인권 탑압으로 인한 공포와 두려움에서 오는 것이기도 하다. 아무튼 우리가 경험해보지 않은 세계에 대해서는 경험하지 않았기 때문에 잘못된 편견과 선입관이 많이 작용한다. 커피를 가지고 갔을 때, 설 군은 식곤증 때문인지 졸고 있다. 기가 막힌다. 죽을 위험을 무릅쓰고 북한으로 돌아가겠다는 사람이 이렇게 태평스럽다니. 하기야 항상 긴장을 할 수는 없지.

"커피 들어요. 카푸치노 시켰어요. 그리고 케이크도."

형은이 커피를 먼저 한 모금 마시고, 치즈 케이크를 한 수저 퍼 입에 넣었다.

"이 집 케이크 맛있어요. 먹어봐요."

"일 없습네다. 내레 밥 많이 먹었시다."

"저도 밥 먹었어요. 밥은 밥이고 이것은 간식으로 한 입 먹어보세요."

마지못한 듯 한 스푼 입에 넣는다.

"맛있죠?"

"내래, 북한에서 간식 같은 것 없습네다. 맛있습네다."

"가족 중에 혼자 탈북했어요?"

"아버지는 병이 들었구마, 내레 엄마 찾으러 중국 헤매다 브로커에게 걸렸지비."

청년은 금세 눈이 벌게진다.

"브로커는 설 군을 도와주는 사람 아니에요?"

"브로커도 사기꾼입네다. 탈북자들 피를 빨아 먹고사는 사람들 많습매."

"그렇지만, 그들도 위험을 무릅쓰고 하는 일이잖아요? 비용도 많이 들 테고……"

"그렇습메. 그래도 천만 원 너무 많습메다. 우리 정착금 다 가져가면 어떻게 살 수 있겠지비?"

"그것도 그렇군요. 어렵네요. 그래도 탈북민을 도와주려는 착한 브로커들도 있지 않을까요?"

"자기네들 사업입메. 착한 사람 없습네다."

"교회 목사들도 단동이나 집안 부근에서 탈북민을 많이 도운다는데, 그런 분들 도움은?"

"쫓기는 신세에 그런 분들을 일일이 찾아 다닐 수 없습네다."

"그렇군요. 참 어렵군요. 남한에 와서 적응하기도 힘들 텐데, 돈 문제까지……. 아버지는 어떻게 되었어요?"

"죽었지비. 큰 병 들었지비. 수술하지 못해 죽었구마. 나중 탈북한 친구한테 들었지비. 내래 엄마 못 만나 돈 구하지 못해 들어갈 수 없었구마."

"그럼 꼭 다시 북한으로 들어갈 필요없잖아요. 이왕 나오신 것 여기서 좀 더 적응해서 성공하다 보면 다시 어머님도 만날 수 있잖아요?"

"이제 엄마 같은 것 필요없음메."

"왜요? 어머님도 아버지 살리려고 중국에서 고생하고 있을지도……"

"내래 다 찾아봤음메……."

"그 넓은 중국땅을 어떻게 다?"

"아닙메다. 탈북자들 갈 데 뻔합메다."

"그래도 어디 숨어 고생하고 있을지도 모르죠. 그리고 이미 남한에 와 있을지도 모르잖아요? 조금 고생이 되더라도 여기서 적응하다 보면 어머님도 만날 수 있을 거예요. 어머님도 아들 행방을 좇고 있을지도 몰라요. 어머님, 언젠가 꼭 만날 거예요. 그래서 우리가 생각해봤는데, 우리에게 브로커의 전화번호를 주세요. 그리고 우리가 은행으로 5백만 원 부쳐줄게요. 그렇게 하기로 했죠? 그리고 나머지는 매달 조금씩 갚기로 했다고. 그리고 헬스센터에 몸 트레이너 되고 싶다고 했죠. 그것 훈련을 받으려면 1년쯤 걸린대요. 오전에 헬스센터에 가서 보조하면서 훈련받고 그리고 오후에 아르바이트하면 딱 좋겠더라고요. 그렇게 견디면서 여기서 적응해보세요. 어렵게 북한에서 넘어와서 돌아간다는 것이 말이 돼요? 더구나 아버지도 안 계시고, 엄마도 중국에 있다면서요?"

"아닙메다. 일없음메. 브로커 돈만 갚고 돌아가서 살고 싶구마. 내래 살 집도 친구한테 주고, 여기서 살 자신 없구마."

"물론 그 큰 돈을 사기당했으니, 남한이 싫겠죠. 탈북했던 사람을 북한에서 온전히 그냥 둘 리도 없고, 위험을 무릅쓰고 여기까지 와서 돌아가겠다니요. 한 번만 더 용기를 가지세요. 사기당한 것은 억울한 일이지만…… 남한 적응하는 데 버린 돈이라 생각하세요."

"그럴 필요 없습네다."

남편 말은 결심이 된 것 같다고 하던데 아직 마음을 굳히지 않는 모양이다. 계속 동어반복이다.

"아무튼 많은 생각이 들겠지요. 다시 오늘 돌아가서 곰곰이 생각해 보고 결정해서 전화 주세요."

설 군은 긍정도 부정도 아닌 그대로 묵묵부답이었다. 깊은 고민에 빠진 것 같았다. 형은은 비로소 설 군의 얼굴을 찬찬히 본다. 전화를 받을 때는 불한당 같은 청년으로 생각되었는데, 이제 보니 이목구비도 뚜렷하고 귀한 상이다. 욕을 할 때는 거리감이 생기더니 얼굴을 보고 대화를 해서 그런지 얌전하다. 얼굴을 대하고 대화를 할 때와 전화를 통해 익명으로 대화를 할 때는 역시 다르다는 것을 절감했다. 형은은 커피잔을 들어 한 모금 마셨다. 설군은 앞에 놓아 준 고구마 케이크을 언제 다 먹었는지 다 먹어버렸다.

"이 케이크 더 먹을래요? 이 케이크도 맛있는데, 아까 먹은 것은 고구마 케이크고 이건 치즈 케이크예요. 한번 먹어봐요."

그리고 반 이상 남은 케이크를 설군의 접시에 올려주었다.

"괜찮습네다."

"고구마 케이크를 먹었으니, 이번엔 치즈 케이크 먹어봐요."

"브로커 돈을 나한테……."

그리고 말에 뜸을 들였다.

"우리 얼굴은 상관 없음메?"

우리 얼굴? 아, 우리 체면을 말하는구나. 자신의 체면을 생각해서 자신이 브로커에게 직접 전해주겠다는 것이구나. 형은도 잠시 침묵을 지켰다. 어떻게 하는 것이 좋을지 판단이 안 선다.

어쨌든 남한에 들어오게 한 조건으로 천만 원을 주기로 했다고 했으니, 반은 현금으로 형은네가 갚아주고 나머지는 자신이 아르바이트로 갚아야 한다. 현실적인 의무가 주어져야지 억지로라도 적응하려고 할 테니까. 또 다른 낭패를 당하면 설군은 진짜 남한을 떠나야 할지 모른다.

"돈을 가지고 있으면 또 누가 유혹할지 몰라서 저희가 은행으로 보내줄게요. 걱정 말아요."

"일 없습메, 내래 이번에는 꼭 갖다주겠음."

"이번에 저희를 믿어요. 매달 아르바이트해서 갚기로 한 돈이나 잘 갚아요. 그리고 북한으로 돌아갈 거예요?"

"아직 마음 못 정했습메."

"그럼, 여기서 우리 말대로 하겠다면, 5백만 원을 송금할게요. 일주일 말미를 줄 테니 생각하고 답변하세요. 그럴 수 있죠?"

"그러겠습메."

"그럼 다음번에 다시 연락하기로 하고 오늘은 그만 일어날게요."

그러자 설 군이 용수철처럼 일어났다.

"화장실이 급해서…… 죄송합니다, 설 군."

"아닙메다."

형은은 설 군에게 악수를 청했다. 얼떨결에 설 군이 형은이의 손을 잡는다. 이야기하고 있는 사이 커피숍에는 언제 사람들이 찼는지 거의 빈자리 없이 사람들이 앉아 있다. 커피숍을 나왔다. '자, 그럼' 형은이 손을 흔들었다. 설 군도 손을 어쩡쩡하게 들었다 놓았다. 마치 동생을 어디 떠나보내듯 마음이 짠하다. 집으로 가서 따뜻한 밥을 해주고 싶다. 설 군에게로 달려가는 마음을 잡았다. 내가 좋다고 남이 다 좋은 것은 아니다. 좋은 뜻이라도 다른 사람에게 상처가 될 수 있는 일은 하지 말아야 한다. 설 군은 지하철역 방향으로 가고 형은은 길을 건너왔다.

13

지영이 시부모께 휴직한 사실을 직접 말씀드리기 위해 청담동 집으로 가서 식사를 하고 온 것은 캠핑을 다녀온 그 다음 주였다. 시어머니는 지영이 식구를 마치 손님 대접하는 것처럼 전복찜에 숯불에 살짝 구운 갈비 등 풍성한 채소를 곁들여 차려놓았었다. 그날 아침 지영이 도우러 일찍 가겠다고 시어머니에게 전화를 했었다.

"나야 입으로만 하지 아줌마가 다 알아서 하잖니? 오히려 네가 오면 아줌마가 부담스러울 테니 그냥 식사 시간에 맞추어서 와."

지영은 시어머니가 준비하는 식사에 시간을 맞추어 간다는 것도 부담이었다. 결혼한 지 10년이 지났음에도 아직 시가와의 관계가 서먹한 것은 시어머니, 시아버지의 태도 때문이었다. 지영이 가까이 갈수 없는 거리를 항상 만들어낸다. 몇 년간은 사랑받는 며느리가 되려고 노력했었다. 그러나 언제나 거절당한 기분 때문에, 시부모와 만나고 오면 기분이 나쁘다. 그래서 차츰 자신 속의 시부모에 대한 관심의 끈을 놓아버렸다. 그 대신 생신, 어버이날 등에 극진한 선물을 보낸다. 그리고는 당신들이 오라고 하면 가서 기분 좋은 낯으로 지내다온다. 평상시 시부모 소식은 남편에게 듣는다. 안부차 지영이 전화를 걸면 시아버지가 받고도 지영이 말이 채 끝내기 전에 시어머니를 바꿔준다. 시어머니 역시 의례적인 인사치레를 하고 '너 바쁜데 끊을게' 하고 전화를 끊는다. 그럴 때마다 전화 건 것을 후회하게 된다. 변호사를 하며 혼자 사는 친구에게 그 이야기를 했더니, '야, 결혼이 불편하다는 게 다 그런 것 때문이잖아. 네가 하고 싶을 때만 전화해, 의무적으로 하지 말고. 너, 시부모한테 꿀릴 것 없다. 재벌집 사모님이 되려는 며느릿감을 데려갔는데, 감지덕지 며느리를 모셔야지, 안 그러냐?'며 친구들에게 동의를 구했다. '너 솔직히 그 집 나온다고 네가 못 사냐? 자기 아들이 매달려서 한 결혼인 줄 모르고, 하여튼 부모들은 고리타분이야.'

그날도 무서울 정도로 지영에게 무관심한 듯 지영이 입원한 것에 관해 한마디도 하지 않았다. 오직 민이에게만 매달려 민이에게 두 분이 서로 다투어가며 전복과 갈비를 올려준다. 민이도 부담스러운지 '할머니 할아버지, 제가 혼자 먹을게요' 한다. 과일과 차를 마실 때도 텔레비전 뉴스에만 눈이 가 있다. 한 번도 지영이와 눈을 맞추지 않는다. 지영이도 손님처럼 차를 마시고 망고 한쪽을 찍어 입에 넣고는 일어나서 정원으로 나왔다. 강한 에어컨 바람 아래 있다가 정원으로 나오니 훅 하고 더위가 몸을 휘감는다. 정원에는 배롱나무의 꽃과 담장의 능소화가 한참이다. 지영이 결혼할 때 작은 묘목에 지나지 않던 배롱나무가 이제는 정원을 덮을 정도로 낮게 퍼져 있다. 6월 말이 지나면서 피기 시작해 거의 8월 말까지 꽃을 피우는데 100일 동안 핀다고 해서 백일홍나무라고도 한다. 지영은 오른쪽으로 눈을 돌리다 저절로 목이 뻣뻣해짐을 느낀다. 오른쪽 귀퉁이에는 정원석 옆에 잘생긴 소나무가 턱 버티고 있다. 시부모의 방 앞이다. 마치 그 소나무는 지영을 이 집의 식구로 받아들이지 않겠다는 시부모의 굳건한 의지처럼 지영이를 거부하는 완강한 몸짓처럼 보인다. 어느 새 민이가 지영의 스커트 자락을 붙잡고 있다.

"언제 나왔어?"

"나도 엄마 언제 나왔는 줄 몰랐어. 부엌에 갔는 줄 알았잖아?"

"그랬어? 과일 다 먹었어?"

"응, 너무 배불러."

"할머니, 할아버지 집에 오니까 좋지?"

"근데, 편안하지가 않아."

"왜?"

"얌전히 있어야 할 것 같은 그런 것, 몰라 하여튼."

하며 난처한 질문을 왜 하느냐는 듯 지영을 밀쳤다. 지영이 그 힘에 밀려 신발이 벗겨졌다. 평상시 집에서와 다른 지영의 분위기에 민이까지 전이된 것인가. 민이에게 미안하다.

"민이 들어가자. 민이가 나오면 할머니, 할아버지, 아빠 심심하잖아?"

"할머니, 할아버지하고 있으면 내가 심심한데? 흥."

지영이 웃음이 나온다. 관계가 가지는 묘한 역학 관계.

안으로 들어서니, 남편이 지영이 백을 들고 신발을 신고 있었다.

"벌써 가게요?"

"응, 월요일 재판 준비할 할 서류가 복잡해. 미리 봐야 할 것이 많아."

"아, 네."

지영도 슬리퍼를 벗고 자신의 구두를 찾아 신었다.

시어머니, 시아버지 역시 신발을 신고 있는 남편 등 뒤에서 지영이 집에 가져갈 음식 가방을 챙겨 들고 어쩡정한 표정으로 서 있다.

"오늘 너무 잘 먹었어요. 민이도 인사해."

지영이 꾸벅 인사를 하며 민이 고개도 손으로 숙였다.

"그래, 민이 많이 먹고 공부 열심히 해."

"네~"

크게 고함을 지른다.

"이 녀석, 집에 가는 게 그렇게 좋아?"

할아버지가 한마디 한다.

"네~"

또 크게 고함을 지른다. 뭔가 모르는 답답한 분위기에서 풀려나니까 기분이 좋은 모양이다. 역시 아이는 아이다. 끝내, 지영은 휴직 이야기도 하지 못했다. 지영이 정원에 나와 있는 사이 서로 이야기들이 오고 갔을 것이다. 지영이 어디서 실컷 취하고 싶다는 생각을 한다.

차를 타자마자 전화벨이 울렸다. 지영은 핸드폰을 열었다. 민이 친구 예진이 엄마, 경주의 전화다. 오늘 자기 남편이 마침 일찍 들어와서 자기네 집에서 와인 한잔 하지 않겠냐고 한다. 두 부부가 오랜만에 한번 뭉치자고 한다. 지영은 전화를 받으면서도 아니 언제부터 자기네랑 친했다고 '뭉치자'라니, 하고 코웃음이 났다. 예진이 어쩌구하는 소리를 듣고 민이가 '예진이 엄마구나' 한다. 썩 마음에 들지는 않았지만, 술을 마시고 싶다는 생각을 한 후라 어쩡쩡하게 '글쎄, 우리 남편이 바빠서' 하고 뜸을 들였다. 남편이

"난 괜찮아~ 술 한잔 하자고? 그래, 간다고 해."

"얘, 너네 남편이 괜찮다고 하잖아? 그러지 않으면 시간 맞추기가 힘들어서 그래."

전화 속에서 남편의 말이 들렸는지, 경주가 되받았다. 그러나 지영은 아직 가야 할지 망설였다. 지영이 뜸을 들이니까, '그럼 준비하고 있을게 바로 와' 하며 전화를 끊는다. 지영은 시계를 보았다. 이제 9시가 조금 지났다.

"예진이 집에 오라는데 민이 안 졸려? 예진이와 괜찮겠어?"

"공부할 때 말고 노는 것은 괜찮아."

"예진이하고 너하고 경쟁 관계야?"

남편이 큰 소리로 웃는다. 민이가 뒷좌석에서 남편의 등을 치면서

"아빠는 알면서, 나는 아니란 말이야."

"그래 알았다. 하하. 그 집이 어느 아파트지?"

"T 펠리스요."

남편은 경주 집 쪽으로 방향을 잡기 시작한다.

"당신 월요일 재판 때문에 봐야 할 서류 많다고 했잖아요?"

"당신이 너무 부모님 앞에서 불편해하는 것 같아서 일찍 나오려고 만든 핑계야."

"미안해요. 아무리 마음을 편안히 가지려고 해도 두 분이 절 받아들이지 않는다는 생각 때문에 이야기를 하고 싶지 않아요. 대화는 소통을 전제로 하는 것인데, 소통을 거부하는 사람들에게 무슨 이야기인들, 죄송해요."

지영은 목이 멘다.

"아니야, 그건 당신이 미안해할 문제가 아니지. 두 분의 무엇이 그렇게 완강하게 하는 것인지 나도 이해가 안 돼. 당신을 만나기 전까지는 우리 엄마 아버지가 훌륭한 분들인 줄 알았어. 그렇게 당신들의 굳건한 성안에 갇혀 있는 줄 몰랐어."

"그래도 당신이 이해해줘서 고마워요."

"아빠? 그 굳건한 성이 뭐야?"

아뿔싸, 민이가 듣고 있다는 것을 순간 잊었다.

"그건 자신들의 생각이 옳다고 믿고 남을 이해하려고 하지 않는 것을 굳건한 성이라고……."

"예를 들면?"

단골 질문을 한다. 민이는 자신이 이해하기 힘들면 그 질문을 반복한다.

"민이야, 아직 너는 이해하기 힘들어. 미안해. 민이가 옆에 있는 것을 깜박 잊었어."

지영은 잠시 당황했다. 민이 앞에서 시부모 이야기를 하다니. 민이가 삐쳤는지 아무 말도 안 했다. 한참의 침묵이 계속되었다. 예진이네 집 앞에 도착했을 때도 민이는 아무 말을 안 했다. 조용해서 민이가 자는 것으로 착각했다.

예진이네 집에 들어서니, 경주는 가슴이 거의 다 드러나는 화려한 연분홍 드레스를 입고 자기 남편과 나란히 현관에 서 있었다. 경주 차림에 민망해서 '초대해주셔서 고맙습니다' 하며 남편을 쳐다보았다. 남편의 시선은 경주 남편 쪽을 향해 있었다. 거실 안쪽으로 들어가자 사업하는 집답게 웅장하게 꾸며놓았다. 이곳으로 이사 온 후 처음 경주 집을 방문한다. 유럽 궁전에나 사용했을 장식이 화려한 수입 가구에 멋진 소파가 집을 압도할 정도로 화려하다. 예진이 달려 나와 '안녕하세요?' 인사를 하고 민이를 끌고 자기 방으로 갔다. 소파 위에 멋진 선박 사진이 금박 장식의 액자 안에 들어 있었다. 배에는 '광명 87호'라는 글귀가 새겨 있었다. 근데 그 순간 지영이 가슴이 쿵 하며 내려앉았다. 자신의 꿈속에서 반복해서 나타난 배였다. 남편과 경주 남편이 서로 인사를 나누고 있었다. '아니 왜 이 배가?' 지영은 경주를 쳐다보았다.

"이 배? 멋있지. 우리 아빠가 선박회사 하시잖아, 선박 열 척 중 가장 멋진 배래. 이 배는 참치 원양어선인데 1년 동안의 조업을 마치고 부산항을 향해 돌아오던 중에 SOS를 알리는 난파선을 구한 배래. 그래서 우리 아빠가 엄청 자랑스러워해. 이 배로 96명의 베트남 보트 피플을 부산항까지 무사히 항해해서 구출했대."

그런데 이 배가 자기하고 무슨 상관이란 말인가? 이 순간을 위해 자신의 꿈속에 나타난 것인가. 지영은 혼란스러워져 머리가 어지러웠다. 넘어지려는 지영을 남편이 붙들었다.

"갑자기 어지럼증이……."

"빨리 앉으세요. 이쪽으로."

"술은 숙녀분들이 있으니 와인으로 하죠. 저는 전작이 있어 지금도 취했지만, 허허."

그리고 보니 경주 남편은 얼굴이 벌겋다. 테이블 위에 와인 안주로 연어와 루콜라 샐러드, 토마토와 모차렐라 치즈, 올리브를 내어놓았다.

"와인은 여성들이 좋아하는 과일향이 풍부한 나파벨리의 가벼운 이니스프리로 시작할까요? 자, 김 검사부터, 아니지. 손 판사부터 시작해야지, 제가 매너가 영 엉망이네. 하하."

그러면서 지영이 앞에 놓인 와인잔에 와인을 따랐다. 제법 취한 모양인지 손이 많이 떨린다. 그러자 경주가 와인병을 빼앗듯이 받아 남편 와인잔에 따라준다. 남편이 와인병을 받아 경주 잔에 따라주고 그 남편 앞에 놓인 와인잔에 따른다.

"우리 두 집이 가깝다면서 너무 그동안 적조했어요. 결혼하고 한번 만나고는 처음이죠? 민이 엄마가 뻐긴다는데, 맞습니까? 허허, 제가 민이 엄마가 당신만큼 뻐길까? 했죠. 허허."

"서로 바쁘다 보니 만나기가 어려웠겠죠. 민이 엄마가 뻐기기는요."

남편이 궁색한 변명을 한다.

"농담이에요. 자, 와인잔을 들고, 내가 '자주' 하면 여러분은 '만나요' 해요."

하며 잔을 들었다. 다른 사람들도 와인잔을 들었다.

"자주."

"만나요."

예이츠의 시에서 따온 이름이 좋아 지영도 이 와인은 안다. 과일향이 은은히 풍겨오는 뒷맛이 깔끔한 와인이다.

"와인 좋은데요. 나이스한 맛을 여자들이 좋아하겠네요."

남편이 한마디 했다.

"우선 레이디 퍼스트니까, 집사람이 이것 좋다고 해서 한 상자나 샀어요. 가실 때 한두 병 가져가세요."

"아니요, 저흰 괜찮아요."

지영은 휴직한 후 경주가 몇 번씩 자기 집에 초대하겠다고 했지만 될 수 있으면 경주와 엮이지 않으려고 거절해왔었다. 그런데 오늘 마치 귀신한테 홀린 듯 경주의 제의를 수락한 것이다. 그리고 금방 후회를 했었다. 거기다 남편까지 동원된 것이다. 경주의 제의를 무조건 거절하는 것이 습관처럼 되어 있던 자신이 어떻게 여기까지 왔는지 모르겠다며 후회를 하고 있었다. 경주 남편이 와인을 주겠다는 말하는 순간, 자동적으로 거절을 한 것이다. 남편이 당황스럽다는 듯이 지영을 쳐다보았다. 경주 남편 역시 지영의 완강한 태도에 의아한 표정이다. 경주든 그 가족이든 친한 척 달라붙는 건 질색이다. 언제나 경주는 물질 공세로 지영에게 접근한다. 그러고는 지영을 아주 단짝처럼 옭아매려고 한다. 경주가 아무렇지 않은 척,

"오늘 가락시장에 갔다가 기가 막힌 일을 당했지 뭐야?"

"허허, 또 그 이야기야? 쯧쯧"

경주 남편은 혀를 차며 몇 번 들은 이야기인지 얼굴까지 찡그리며 말렸다.

"이이는 별것 아닌 것 가지고, 그냥 이야기 삼아 하는 말인데……. 오늘 친정 부모님이랑 점심을 먹고 생선 살 일이 있어서 가락동 시장에 갔지 뭐야. 집에 들러서 옷 갈아입고 가기가 귀찮아서 실크 원피스를 입은 그대로 갔어. 도미를 두 마리 다듬어달라고 기다리고 있는데, 바로 앞집 전복 파는 아줌마가 사람 서 있는 것 분명히 보고도 물을 전복 위에 확확 뿌리는 통에 내 실크 원피스에 물이 많이 튀어서

금방 옷에 비린내가 확 풍기는 거야. 그 장사 아줌마가 너무 괘씸한 거야. 그래서 바로 어떻게 사람 서 있는 것 보고 물을 끼얹을 수 있느냐고 따졌더니, 그 아줌마 왈 '짠물이라 괜찮다'는 거야. 기가 막혀서 옷에 냄새 한번 맡아보라고. 그랬더니, 내가 일부러 그랬겠냐고, 그럴 수도 있지 그 조그마한 일에 그렇게 와서 따지는 거냐고 되레 화를 내는 거야. 그래서 아줌마 이 원피스를 이대로 입고 다니겠느냐, 드라이클리닝을 해야지, 드라이클리닝비 달라고 했더니, '30년 장사해봤지만, 물 몇 방울 튀겼다고 드라이클리닝비 달라는 사람 처음 봤다'고 지나가는 사람들 세워놓고 큰소리를 치는 거야. '피해를 입혔으면 피해 보상을 해야 하는 게 당연한 것 아니냐? 아줌마는 나한테 피해를 입혔으니, 그 보상을 해야 한다. 그렇지 않으면 수사관을 부르겠다'고 했더니, 그 아줌마 내 머리를 확 잡으려고 달려드는 거야. '뭐, 이따위 것이 있어. 가락동 시장에 누가 실크 원피스 입고 오라고 했어? 전복이 마를까 봐 물 뿌리다가 몇 방울 튀긴 것 가지고 이렇게 시비를 걸면 우리 장사꾼들 어떻게 장사하라고?' 하며 괴성을 발하는 거야. 그런데 마침 그 근처를 지나가던 수서경찰서장이 인사를 하는 통에 일이 엉뚱하게 해결이 됐지 뭐야.

'아, 검사님이 여기는 웬일이십니까?'

'저도 시장 보러 왔죠.'

'근데 무슨 일입니까? 조금 전에 큰 소리가 나던데.'

그래서 잘됐다 싶어 자초지종을 이야기했더니, 난처한 표정을 짓

다가

'이분의 말대로 보상을 해주든지, 아니면 경찰서로 가든지 둘 중에 아주머니가 선택하세요.'

그 아줌마 금방 태도가 달라지며,

'얼마를 보상해야?'

그제야 기어들어가는 말로 하지 않겠니?"

"드라이 클리닝비 오만원이에요."

경주가 말하기 무섭게 돈을 앞주머니에서 내어놓았다. 그래서 경주가 그 돈을 '저녁이나 드세요' 하고 서장에게 줬다. 근데 서장은 그 돈을 다시 그 아줌마에게 주며

"앞으로는 지나가는 사람들이 있는지 확인하고 물을 끼얹으라고." 라고 말하며 그 돈을 다시 아줌마에게 주었다.

"마치 코미디처럼 끝났지 뭐야."

"이 남자……."

그러고는 경주는 졸고 있는 자기 남편을 가리켰다.

"비겁하게 말 한마디 않고 남처럼 돌아서서 서 있었어."

자지 않았는지 소파에 바로 앉으며 경주 남편은 젓가락으로 연어를 집어 가며 시큰둥하게 말했다.

"가진 것 없는 그런 사람들, 막나가는 사람들이잖아. 다투어봐야 결국 이쪽이 낭패밖에 더 당하겠어. 마침 수서경찰서장이 지나갔으니까 망정이지, 머리카락이라도 잡혔으면 어떻게 할 뻔했어. 당신은

전 국민을 대상으로 검사 짓을 하려는 것이 문제야."

"검사 짓이라니?"

경주가 발끈했다.

"그 사람들, 하루하루 살아가기 피곤하고 고단해서 남에 대한 배려나 예의 같은 것 모르는 사람들이야. 그런 사람들 대상으로 훈계하려고 하지 말란 말이야. 당신과 같이 다니다 보면 모든 국민이 훈계의 대상이고 야만인이야. 길거리 가다 차창 밖에 담배 꽁초 던지는 사람 보고 고함을 지르지 않나, 같이 다니기가 민망할 정도라니까. 당신 다 옳은 것 안다고, 그러나 사람보고 해야지. 지금 당장 오늘 끼니를 걱정하는 사람에게 아무리 예의 같은 것 이야기해봐야 소용없다고 말해도⋯⋯."

"아니, 그게 뭐가 잘못이에요? 당신은 그럼 그런 사람들 가만히 둬야 한다고 생각해요?"

동문서답이다. 지영과 남편은 두 사람의 이야기에 끼어들 수도 없고, 가만히 있기도 민망하다. 계속 술만 마신다. 지영은 '광명 87호' 생각이 머리에서 떠나질 않는다.

"두 분 그만하시고, 술이나 듭시다. 더 계속하시면 저희 갑니다."

하고 남편이 와인잔을 쳐든다. 지영도 얼떨결에 와인잔을 들었다. 두 사람도 마지못해 술잔을 쳐든다.

"제가 '모두 모두' 하면 '잘했다' 하세요."

"모두 모두."

"잘했다."

"마치 유치원 선생 같아요. 호호, 김 검사가 또 그런 면이, 호호."

경주는 지영이 남편을 흘겨보며 간드러지게 웃었다.

"요즈음, 민이하고 노느라고 초등학생이 되었어요."

"여보, 김 검사 봐요. 김 검사는 딸과 열심히 놀아주느라고 자신이 초등학생이 됐다잖아요."

"또 시작, 당신도 못 말려……, 됐고, 자, 새 와인으로 바꿉시다. 이번에 제가 프랑스에서 사온 샤토 무통 로칠드 1999년산입니다. 새 잔으로 바꿉시다. 아줌마, 잔 새 것으로 네 개 가져오세요."

그러자 전혀 기척이 없던, 앞치마를 입은 아줌마가 쟁반에 입이 넓고 중간이 볼록 잘린 듯한 와인잔을 조심스럽게 들고 온다.

"이 와인은 카베르네 소비뇽, 카베르네 프랑, 메를로가 적당히 섞여 있어, 조화가 된 와인입니다. 성숙한 여인과 같은 와인 맛이라 고기 안주가 잘 어울립니다. 피카소, 살바도르 달리, 후안 미로가 그린 그림이 라벨에 붙어 있죠. 또 우리나라 이우환 화백도 라벨을 그렸죠. 그래서 더 인기가 있는 와인입니다."

"이우환까지, 와, 와인 마니아군요. 엄청 가격이 나가겠군요. 우리 같은 서민은 못 먹겠군요."

그러자 경주 남편은 집이 떠나갈 듯 몸을 흔들며 웃음을 터뜨렸다. 지영은 깜짝 놀랐다. 지금까지 그렇게 호탕한 면을 보지 못했다. 술이 취하긴 취했나 보다.

"민이네가 서민이라 그러면 사람들이 다 믿겠습니까? 변호사를 부모로 둔 검사에 판사 부인을 둔 집을 서민이라 하면 누구 코미디 하냐고 할 거예요. 김 검사, 그 말 함부로 하시면 뺨 맞습니다. 우리 집 검사만 그런 줄 알았는데, 검사들은 모두 국민들을 상대로 코미디하고 있는 것 같군요. 지난번 검찰총장의 숨겨둔 아들 사건이 언론에 공개되어 기자들 인터뷰 보고도 그런 생각했는데, 아래, 위 할 것 없이……."

지영의 남편은 순간 얼굴이 발개졌다. 경주가 발딱 일어났다. 순간 다들 경주를 쳐다보았다. 경주는 자기 남편을 째려보았다. 그러고는 많이 마시지도 않았는데 비틀거리며 부엌으로 간다. 얇게 썬 전복과 양파 썬 것을 가지고 나왔다.

지영의 남편은 아무렇지 않은 표정을 지으며

"해박한 와인에 대한 설명, 고맙습니다. 기대됩니다."

지영은 순간 긴장했던 마음이 풀렸다. 경주 남편은 각자 앞에 놓인 와인잔에 차례로 와인을 따랐다.

"이 와인하고 전복 안주가 제격이에요. 전복 위에 양파 썬 것을 하나씩 모두 올려 드셔보세요. 자, 잔을 들고 다시 건배해야죠. 샤토 무통 로칠드를 위해서, 제가 샤토 무통 로칠드 하면 여러분도 샤토 무통 로칠드 라고 하세요."

"샤토 무통 로칠드."

"샤토 무통 로칠드."

전체가 다 조화롭게 구성된 풍성한 느낌이 주는 맛이다. 특징을 하나로 집어낼 수 없지만, 하나 빠진 것이 없는 완벽한 맛의 조화를 느끼게 한다. 앞의 이니스프리와는 정반대 느낌이다. 이니스프리는 입을 상쾌하게 해주는 기분 좋은 와인이라면 샤토 무통 로칠드는 무게감이 느껴지는 와인이다. 지영은 와인을 한 입 머금고 조용히 음미해본다. 그리고 위에 양파를 얹어 전복을 입에 넣었다. 입에 퍼지는 양파 향과 전복의 씹히는 맛이 좋다. 맛을 음미하려고 눈을 감으니 눈 속에서도 다시 '광명 87호'가 떠오른다.

"경주야, 광명 87호에 대해 이야기해줄래? 저 배가 어떤 멋진 사연이 있는지 네 이야기를 듣고 머리에서 떠나지 않아."

"아니, 너 아직 저 배에 대해 생각하고 있었단 말이야? 나는 자세히는 몰라. 아까 이야기해준 내용이 내가 알고 있는 전부야. 저 배 사진을 액자로 해서 우리 부모님, 오빠, 우리 집 모두 거실에 걸게 했을 정도니까. 대단히 자랑스러워하시는 거지."

"돈으로 환산할 수 없는 자랑스러움이지. 경주 집안을 빛내준 배인데."

경주 남편이 시니컬한 어조로 말했다. 저 시니컬함은 어디서 오는 것인가? 계속 졸면서도 결정적일 때 꼭 놓치지 않고 한마디씩 한다. 경주 남편은 지영이 자주 보지 않았지만, 경주를 통해 S대 법대 출신들을 평가하는 것 같다. 그러기 때문에 부정적이다. 경주는 S대를 나오지 않은 자의 열등감이라고 하지만, 그만큼 경주 역시 부정적인 인물이다. 머리가 좋아 검사까지 되었지만, 사회의식이 전무하다. 사건을 조사할 때 전체적인 맥락 안에서 판단하는 것이 아니라 즉흥적이고 직감적이다. 그러기 때문에 어떤 때는 그 직감에 의해 사건의 핵심에 다가가기도 한다. 자신은 그냥 검사로서 누릴 사회적 지위만 즐길 뿐이라고 말한다. 경주 남편은 건실한 기업가의 2세로 사업을 알차게 운영하는 것으로 정평이 난 인물이다. 그래서인지 언제나 경주에 대해 시니컬하다. 그런데 경주 친정에 관한 '광명 87호'에 대해서도 시니컬한 것을 보고 지영은 놀라웠다. 지영은 '광명 87호'에 대해서 계속 알고 싶어 이야기하고 싶었지만 더 이상 이야기를 했다간 부부 싸움이 될까 봐 그냥 지나가기로 했다. 그리고 대화가 끊어졌다. 경주 남편은 다시 졸고 있다. 지영은 시계를 보았다. 이제 겨우 40분이 지났다. 다음 날이 일요일이라 핑계를 대고 집에 간다고 일어서기도 망설여진다. 지영은 와인을 다시 마셨다. 경주 남편은 거의 마시지 않았는데도 와인 두 병이 거의 다 비었다. 지영이 남편도 다른 날에 비해 오늘 술을 많이 마시는 편이다. 역시 자기 친가에서 지영 못지않게 스트레스를 받은 모양이다.

"와인 두 병이 금방 비네요. 다시 다른 와인으로 바꿀까요? 마셨던 걸로 할까요?"

경주가 일어서며 말한다.

"아까 먹었던 이니스프리로 하죠."

지영 남편이 화장실로 가는지 일어서며 말한다. 다른 날과는 달리

작정을 하고 술을 마실 모양이다.

"이니스프리? 그건 여자들이나 먹으라 하고 우리는 다른 것으로."

경주 남편이 눈을 뜨며 말했다. 와인병을 테이블에 놓으며 경주가 말했다.

"당신은 이제 그만 마셔요. 미리 술을 마시고 들어왔다며. 우리만 이니스프리로 할 테니, 졸리면 들어가서 자든지."

"아니야, 내가 그 정도에, 술도가라는 별명을 가진 내가 술에 취해? 소가 다 웃을 일이지. 허허허, 우리 양주로 할까요?"

"여보, 미쳤어? 술 취할 목적으로 술을 마셔? 당신은 들어가서 자든지, 여기서 졸지 말고."

"검, 판사님들만 놀겠다? 당신들이 얼마나 고상하게 노는지 지켜봐야지, 안 그래요, 김 검사님?"

화장실을 다녀온 지영의 남편에게 구원을 요청했다.

"그럼요, 여자 둘이 수다 떠는데 제가 혼자서 못 당하죠."

"역시 남자끼리는 통하는 데가 있어."

지영은 일어서고 싶은 생각이 간절하지만 오래간만의 요청을 수락해 아무 말도 못 하고 그냥 전복 안주를 집어 먹었다. 저녁을 먹고 왔는데도 오히려 배가 고프다. 배가 고프니까 다시 시부모님이 자신에게 보낸 냉대에 가슴이 아리다. 시어머님은 멀쩡하게 지영에게 생일 선물도 보내고, 민이에게도 잘한다. 그리고 가끔 시댁에 초청, 밥도 열심히 차려준다. 그러나 거기까지이다. 마음을 나누는 일을 하지 않는다. 이번 지영이 병원에 입원한 사실도 경주 가족을 통해 알고 있을 텐데 거기에 대해 한마디 말이 없다. 세 사람은 다들 평상시와는 다른 이상한 분위기가 어색하지 않은 모양인지 다시 경주가 따라준 와인을 마신다. 역시 경주 남편은 술이 과했고, 지영 남편은 시부모의 처사에 대해 분노, 다른 때보다 술이 과하다 할 정도로 술을 열중해서 마신다. 다른 때에는 지영만 느꼈고, 남편은 눈치를 채지 못한 적이 많다. 이번에는 시부모님들이 좀 노골적이었다. 지영의 남편이 그래서 일어서지 못하고 있다. 지영은 그런 남편을 보면 가슴이 아프다. 자신에 대한 냉대가 무엇 때문인지 지영도 모른다. 막연하게 친정 때문이라는 것만 알 뿐이다. 상견례와 결혼식에서 본 것 외에는 부모가 서로 안부도 인사도 없이 지낸다. 시댁에 다녀올 때마다 혼자 살고 싶다고 생각한 적이 많다. 열심히 산 죄밖에 없는 자신이 왜 이런 대우를 받고 살아야 하는지 모르겠다. 남편을 선택한 죄밖에 없다. 그래서 남편이 불쌍하기도 밉기도 하다. 지영은 앞에 놓인 와인을 마치 맥주 마시듯 다 마신다.

"얘, 넌 이걸 맥주로 착각하는 건 아니지?"

"미안, 오늘은 좀 취하고 싶네. 고마워. 초청해줘서."

"살기는 오래 살고 볼 일이다. 너한테 인사도 다 받고. 하하"

경주는 훤히 보이는 큰 가슴을 출렁거리며 웃는다. 지영의 남편이 또 의식적으로 경주를 외면한다.

"이니스프리 한 상자 샀으니, 오늘 실컷 마셔봅시다, 우리. 두 분이 우리 집 오기 전에 무슨 일 있었어요? 두 분이 다 마치 기다렸다는 듯이 술을 마시니."

"술이 빨리 취하는 데는 역시 양주인데…… 와인은 술 같지가 않아, 여자들이나 마시는 거지. 그렇지 않나요? 김 검사?"

경주 남편은 아쉬운 듯 다시 양주를 마시자고 나선다.

"근데 저는 술이 약해서 바꿔서 마시면 감당을 못 해요. 죄송합니다."

"그건 뜻밖이네요. 우리 아내가 걸핏하면 김 검사와 함께 술 마셨다고 해서 술을 잘하는 것으로 생각했는데, 유감이네요."

"김 검사는 당신처럼 술에 먹히는 것이 아니라, 우리는 술을 즐기면서 취한다니까요."

"우와, 사모님, 고상하시네요."

"저이는~"

경주는 자기 남편을 못마땅한 듯 째려본다. 와인병이 이미 네 병이다. 지영이 소극적으로 마시고, 경주 남편은 전작이 있어 술에 취해 말만 할 뿐 거의 못 마신다. 지영이 남편은 오늘 주량보다 더 많이 마셨다. 그리고도 일어날 생각을 안 한다. 운전은 못 할 것 같다. 지영은 이 자리를 떨쳐 일어나고 싶다는 생각을 한다. 술을 먹어도 전혀 마음의 위로가 안 된다. 오히려 '광명 87호'로 마음이 그전보다 더 혼란스럽다.

"고상한 사모님, 안주가 모자라네요."

그러고 보니 연어 안주도 전복 접시도 비어 있다. 경주가 일어나서 부엌으로 갔다. 민이와 예진이가 조용하다. 지영은 일어나 현관 입구에 있는 예진이 방으로 갔다. 둘은 게임을 하는지 열심히 머리를 맞대고 열중해 있다.

"너네 안 지루해?"

"아줌마, 오늘 민이 우리 집에 자면 안 돼요?"

"안 되지, 민이가 남의 집에서 한 번도 안 잤거든."

"흥흥……."

"민이 안 졸려? 재미있어?"

지영은 민이 머리를 쓰다듬으며 물었다.

"응, 예진이가 나 모르는 게임 많이 가르쳐줬어."

"아줌마, 민이가 재미있대잖아요. 흥흥."

조르는 폼이 꼭 경주가 지영에게 조르는 것과 똑같다. 경주와 예진이, 지영과 민이가 모녀끼리 닮은꼴이다. 지영은 방을 나오면서 생각했다. 민이도 지영처럼 혼자 스스로 잘 노는 자족형이라 심심하다고 조른 적이 없다. 그러나 경주는 전화해서 민이를 자기 집에 데려와서 예진이랑 같이 놀리면 안 되느냐고 한 적이 많다. 예진이 너무 심심해한다고.

잠시 예진이 방에 들어간 사이 경주 남편은 소파에 널브러졌고, 경주가 지영이 남편의 입에 토마토와 모차렐라 치즈 슬라이스를 넣어주고 있었다. 지영은 얼른 발걸음을 멈췄다. 지영이 가슴이 벌렁거렸다. 술을 많이 못하는 지영이 남편도 거의 인사불성이다. 지영은 걸음을 내딛지 못하고 그 자리에 멈췄다. 경주도 예진이 방문 닫히는 소리를 들었을 텐데, 술 취한 상태에서 못 들은 모양이다. 다시 남편은 비어 있는 와인잔을 든다. 그러자 경주가 얼른 술잔에 와인을 채운다. 마치 술 마시는 것이 목적인 양 남편은 한꺼번에 다 마신다. 그러고는 남편이 비틀거리며 화장실로 향한다. 경주가 부축한다. 지영이 다시 가슴이 벌렁거린다. 지영은 어떻게 해야 할지 모르겠다. 화장실을 따라갈 수도 없고. 지영이 거실의 소파로 와 다시 앉았다. 경주가 민망해할까 봐 어떻게 해야 할지 모르겠다. 경주 남편이 꾸욱하고 트림을 한다. 그리고 다시 쓰러진다. 지영이 다시 '광명 87호'를 뚫어져라 쳐다본다. 궁금증이 목에 차오른다. 빨리 집에 가서 인터넷으로 찾아봐야겠다. 지영이 한참을 기다려도 오지 않는다.

지영이 일어나 경주가 간 방향으로 화장실로 갔다. 문이 열려 있는데도 바깥쪽 화장실에는 보이지 않는다. 더 깊숙이 안방 쪽으로 간다. 문을 살짝 연다. 그쪽 화장실에서 기척이 난다. 지영은 발걸음 소리를 줄여 그쪽으로 향한다. 지영은 "악" 소리를 삼키며 도로 달려 나왔다. 경주가 쓰러지려는 남편의 두 볼을 움켜잡고 열심히 키스를 하고 있었다. 지영은 정신을 차릴 수가 없었다. 예진이 방 쪽으로 달려 나왔다. 민이를 끌고 그 집을 뛰쳐나왔다. 민이가 "엄마, 왜 그래?" 하는데도 아무 말도 하지 않고 무조건 큰길가로 나와 택시를 타고 집으로 왔다.

지영은 집에 오자마자 민이에게도 세수하고 자라고 하고 자신도 빨리 세수를 하고 잠을 청했다. 민이가 몇 번이나 '아빠는?' 하고 물었지만 아무 말 하지 않자 엄마의 태도가 심상치 않음을 눈치챘는지 가만히 있었다. 지영은 침대에서 일어나 다시 부엌으로 가 양주를 한 잔 따라 마셨다. 경주가 자신의 집에 초대하려는 목적이 지영의 남편을 꼬시려고 그랬나 하는 생각이 들기 시작했다. 가슴까지 드러낸 드레스하며, 순간 구역질이 올라왔다. 지영은 화장실로 달려가 그날 밤 먹은 것을 다 토했다. 토하다 보니 눈물이 주루루 흘러내렸다. 지영은 화장실 바닥에 퍼져 앉았다. 왜 경주가 그 짓을 하는 그 자리에서 뺨따귀를 때리고 남편을 끌고 왔어야 했지 않았나 후회가 됐다. 너무 당황스런 일이라 달려 나왔지만 경주가 무슨 짓을 하고 있을지, 당장 다시 달려가고 싶다. 모든 것을 부수고 싶다. 지금 다시 갈까? 몇 번 일어났다 섰다를 반복한다.

　그날 하루가 파노라마처럼 지나갔다. 그러다 갑자기 '광명 87호' 생각이 났다. 소스라치듯 지영은 일어나 서재로 갔다. 그리고 인터넷을 켜고 인터넷 검색창에 '광명 87호'를 쳤다. 놀랍게도 '광명 87호'를 치니 지영이 아버지 이름 수백 개가 떴다. 아버지는 '광명 87호'의 선장이셨다. 아버지의 이름과 함께 그동안 지영이 생각나지 않던 모든 기억이 떠올랐다. 인터넷은 아버지에 대한 지영이 알지 못하던 사실까지도 채워주고 있었다.

14

    형은은 탈북 청년 설민식에게 전화번호를 받아서 브로커에게 전화로 대충 이야기를 하고 은행 계좌로 이체를 했다. 그리고 헬스 트레이닝 훈련을 받기 위해 동네 헬스센터에서 추천받은 사람을 소개하는 과정에서 설민식 군도 이제 형은과 많이 친해졌다. 처음의 돌발적인 태도가 가시고 형은의 말에 고분고분 따랐다. 그러나 아직 사기를 친 사람에 대한 충격이 가시지 않는지. 한국 사람을 모두 사기 치는 사람들로 우선 생각한다. 그러면서 브로커에게 줄 돈을 다 주어야 하느냐고 물었다.

    "사회가 바로 되기 위해서는 조그마한 약속부터 지키는 훈련이 되어 있어야 해요. 설민식 군의 생명 값인데 그것을 깎으면, 그만큼 설 군의 생명이 가벼워지는 것이니까, 그대로 주는 것이 좋을 것 같아요."

"그럼, 다른 사람은 약속을 지키지 않는데, 약속을 지키는 사람만 손해가 아닙네까?"

"남이 그런다고 다 그렇게 하면 안 되지요. 자신부터 지키면서 그런 사회가 올 것이라는 신념을 가져야겠지요. 그러니까 자신이 지킬 수 없는 약속은 하지 말고, 약속을 했으면 지켜야 되지요. 그래야 국가와 국가 간에도, 개인과 개인 간에도 관계가 이루어집니다. 북한이 다른 나라에 절대 핵 개발 않겠다 해놓고, 몰래 핵 개발 하니까 다른 나라에서 정당한 국가로 인정받지 못 하잖아요?"

한번은 점심을 같이 먹자고 했더니, 설군은 '밥 먹을 여유가 없습네다' 했다.

"다시 일자리를 잡았어요?"

"아닙네다. 돈이 없다는 겝네다."

"아, 돈은 제가 냅니다."

그러자 고개를 갸우뚱거리며,

"저한테 왜 그렇게 친절합네까?"

하고 정색을 했다.

"친구들이 속내가 있을 거라고 합네다."

"속내? 어떤 속내?"

"남한 사람들은 절대 그냥 도우지 않는다고 합네다. 내레 걱정이 마이 됩네다."

"그러면 설 군이 처음, 브로커 비용 달라고 했잖습니까? 그것 주고, 북한에 돌아가면 위험하니까 여기 남아 있으라고 우리가 설득했으니, 최소한 살아갈 방도는 마련해줘야겠기에 몸 트레이너 소개해 줬잖아요? 남한 사람에게 상처를 받았기에 그 대신 여유가 있는 우리가 대신 해주는 것뿐입니다. 우리 다훈이로 인하여 설 군과 인연이 되었으니까, 우리 몫이라 생각하지요. 누구나 그렇게 생각할 수 있지만, 설 군이 제일 어려울 때 우리를 만났고, 다행히 우리에게는 그 정도의 여유는 있으니까요. 그리고 통일은 작은 것으로부터 시작된다고 생각하기 때문에, 설 군을 도와줌으로써 북한 사람들에게 남한에 대한 좋은 인상을 남기고 싶고, 그로 인해 남한 사람과 북한 사람들 사이에 있는 조그마한 벽이 허물어지기를 바라기 때문입니다."

"우리네 그런 것까지 생각할 여유 없습네다."

"그럼요, 살아남는 것이 전부인 사람들이 그런 여유가 어디 있겠어요? 단지 왜 도와주느냐고 하니까 그런 이야기까지 한 것이죠. 그냥 순수히 설 군을 돕고 싶은 마음 때문이라 생각하세요. 아직은 우리가 만난 지 얼마 안 돼 서로 믿기 힘들죠."

"혹 자녀들이?"

하고 설 군이 조심스럽게 물었다.

"우리 아들과 며느리, 그리고 손자가 미국에 있어요. 지금 공부하고 있어요."

"아, 네~"

하고 실망스런 얼굴을 했다.

"누가 아들 삼으려고 그런다고 했어요?"

"아닙네다~"

하며 당황스런 몸짓으로 손까지 휘저으며 부정했다.

"농담이에요. 하하, 설 군은 무슨 음식을 좋아하죠?"

"우리네 아무것이나 다 잘 먹습네다."

"설렁탕 어때요?"

"설렁탕? 곰국 말입네까? 좋습네다."

둘은 파리바게트에서 나와 먹자골목길을 따라 큰길이 나오는 곳까지 가서 왼쪽 신선설렁탕 집으로 들어갔다. 아직 시간이 일러서인지 사람들이 몇 없었다. 자리에 앉자 종업원이 메뉴판을 가져왔다. 형은은 설 군에게 메뉴판을 주었다.

"저는 시켜주는 대로 먹습네다."

하며 메뉴판을 도로 형은에게 내밀었다.

"자신이 먹고 싶은 것 고르세요. 만두국도 있고, 떡국도 있고, 그냥 설렁탕도 있으니, 먹고 싶은 것을 고르세요. 저는 야채 설렁탕으로 할게요."

"그냥 설렁탕으로 하겠습네다."

형은은 종업원을 불러 야채 설렁탕과 그냥 설렁탕을 시켰다. 형은은 김치 단지에서 배추 김치와 무 김치를 꺼내 접시에 썰어놓았다.

"북한에서도 설렁탕 가끔 먹죠?"

"아닙메다. 1년에 한 번, 못 먹을 때도 많습메다. 생각나는 일 있습메다. 아버님이 많이 아프자 이웃 사람들 중에 폐암에는 고깃국이 최고라고 고기국을 들고 온 적이 있습네다. 아바지와 어마니는 감동하여 몇 번씩 '고맙습메다' '고맙습메다' 고개를 수그리고 어마니는 목까지 메어 울먹이면서 받았습니다. 어마니나 나는 맛도 못 보고 아바지만 주는 거야요. 그때 어찌나 어마니가 야속하든지요. 그런데 며칠 안 있다 그 고깃국을 갖다준 사람이 보위부에 끌려갔잖습네까. 그러자 이웃 사람들이 수군대지요. 나중에 들은 이야기는 그 사람이 자기 집 앞으로 지나가는 어린 아해를 삶아 먹었더라는 거야요. 그 사람이 며칠 굶어 하도 배고 고파 음식만 눈앞에 왔다 갔다 하는 환상을 보던 중에 그 집 앞으로 아기 사슴이 한 마리가 걸어 들어오더랍네다. 얼른 잡아 자기 집 가마솥에 넣고 끓였다지 뭡메까. 근데 그게 동네 옆집 어린 아해였더라잖습메까. 하도 배가 고파 아해가 사슴으로 보였다지 뭡메까. 우리 집에 가져온 고깃국이 아해를 삶은 국이었잖습네까. 며칠 동안 어마니는 아바지한테 그 이야길 못 하고 혼자 토를 하잖습네까."

형은은 너무 충격을 받아 밥 먹을 생각을 잃었다. 금방 토할 것 같았다. 밥 먹기 바로 전에 저런 이야기를 하는 설 군이 철이 없기도 했지만, 고깃국이라는 말에 그런 기억밖에 떠오르지 않는 설 군이 딱하기도 하다. 시킨 음식이 바로 나왔다. 앞에 음식이 나오자 형은은 토기를 참을 수 없었다. 꾹 참고 '잠시 화장실 다녀올 테니 먼저 먹어요' 하고 화장실로 갔다. 그리고 찬물로 몇 번 입을 헹구며 토기를 가라앉혔다. 자리로 돌아와 다시 찬물을 몇 컵 마셨다. 그제서야 겨우 토기가 좀 나아졌다. 그래도 음식을 못 먹을 것 같아, 야채만 젓가락으로 몇 개 올려 먹다 김치로 토기를 가라앉혔다.

"점심을 늦게 먹어, 내가 다 못 먹겠으니, 이것 좀 덜어줄게요."

"괜찮습메다."

"제가 다 못 먹어서 그래요."

하고 반 이상을 덜어 설 군의 그릇에 옮겼다.

"맛있습메다."

"식사는 어떻게 해요?"

"대중없습메다. 라면 생기면 라면으로, 밥 있으면 밥하고 김치하고, 지금 먹는 게 중요하디 않습메다."

"그래도 한참 먹을 나이인데……."

"식당에서 아르바이트를 할 때는 식당에서 먹기도 하디요."

"트레이닝 받는 것은 할 만해요?"

"문제 없습메다. 학교 다닐 때 한 것을 응용만 하면 되갔디요."

소개받은 트레이너는 체육대학 출신으로 설 군에 대해 일단 사람들에게 호감형으로 생겨서 말투만 바꾸면 문제가 없다고 했다. 그러나 말투를 짧은 기간에 바꾸기는 어렵고 시간이 갈수록 북한 말투는 조금씩 순화되지 않겠느냐고 했다. 많은 사람들이 탈북한 사람들과 엮이는 것을 무서워한다는 것이다. 그래서 탈북 청년이라 하면 우선 거절부터 한다는 것이다. 어찌하겠는가. 오랫동안 공산당은 뿔 달린

도깨비로 생각한 사람들이 짧은 시간에 호감을 가질 수는 없지. 형은은 한숨이 나왔다. 설 군을 설득해 남한에 남아 있기로 결심하게 했지만, 갈 길이 먼 설 군의 앞날을 자기네들이 어느 정도 책임질 수 있을까 걱정이 되는 것은 어쩔 수 없다. 친한 사람들이 짐승은 거둬도 사람은 거두는 것 아니라고 말렸지만, 남편과 형은은 설 군을 거두다가 힘들고 실망을 하더라도 남한에서 설 군이 제대로 독립할 때까지 최소한의 생존을 할 수 있게 하자고 했다. 설 군도 살아남기 위해 자신이 견디고 박차고 나가는 힘이 필요하기 때문이다. 그러나 만나서 이야기를 듣다 보면, 같은 나이의 아들을 두고 있는 엄마로서 애처로운 것이 한두 가지가 아니다.

15

지영은 인터넷을 뒤지면서 그동안 자신의 기억의 저장고 속에 있
는 토막토막 난, 열 살이 되던 해의 기억이 되살아났다.

그 당시 지영이네는 해저터널의 입구가 있는 당동의 적산가옥에
살고 있었다. 배가 들어왔다는 소문은 돌았지만, 아직 아버지는 돌아
오지 않고 있었다. 부엌이 있는 1층으로 아버지와 함께 배를 타고 간
선원들의 부인들이 몰려왔다. 지영이 사람들의 소리를 듣고 2층에서
아래층으로 내려가는 계단으로 발을 딛자 난민이 어쩌고, 해직, 구속
등 토막 난, 지영이 알지 못하는 단어만 들릴 뿐 무슨 소리인지 알 수
없었다. 그리고 어떤 부인은 엄마를 붙들고 울기까지 했다. 그러자
어머니의 통곡으로 이어지는 울음으로 자기네 가족에게 좋지 않은
일이 일어났다는 것을 직감했다.

그 시각 이후로 지영이네 가족은 모든 것이 정지되었다. 며칠간 돌아오지 않던 아버지는 돌아와서도 집에 있지 않고 매일 밖으로 나갔다. 엄마는 그날 이후 안방에서 나오지 않았다. 오빠는 그 당시 영화관 돌아다니느라 집에는 붙어 있지 않았다. 하루가 가고 이틀, 사흘, 시간이 갈수록 지영이네 집에는 정적만이 흘렀다. 지영이도 엄마의 간간이 들려오는 흐느낌 소리에 배고프다는 말도 못 하고 냉장고에 있던 식빵을 들고 와, 허기가 질 때마다 뜯어 먹었다. 엄마의 손이 가지 않은 집은 조용한 정적 속에서도 폐허처럼 변해갔다. 아버지가 온다고 대청소해서 정리 정돈이 잘 된 깔끔했던 가구에는 먼지가 쌓이기 시작했고 아무렇게나 던져둔 신문들, 벗어놓은 옷가지들, 세탁기를 벗어나 있던 수건들, 여기저기 제멋대로 흩어져 집은 아수라장으로 변해가고 있었다.

집 안은 어머니가 통곡하는 날이 잦아지고 바깥 외출마저 끊어버린 아버지가 피우는 줄담배의 담배 연기만이 자욱했다. 어머니는 통곡하면서 아버지를 붙들고 울며 '우리는 이제 어쩌노 말이야' 하며 물을 마시러 나온 아버지를 흔들었다. 아버지는 멍하니 앉아 한숨만 푹푹 쉬었다. 열흘째 곡기를 끊고 아버지가 끓인 죽조차 먹지 못하던 엄마가 갑자기 쓰러졌다. 119 소방차가 오고 동네 사람들의 웅성거림 속에서 엄마는 병원으로 옮겨졌다. 3일 후 의식은 깨어났지만, 운신이 힘들었다. 평생 병원 신세가 아니면, 간병인을 두고 살아야 한다는 것이다. 당분간 외할머니가 와 계셨지만 워낙 70대 후반에 초기 치매기가 있는 노인이라 끼니만 겨우 이어나갔다. 외할머니가 지영이 집에 와 있자, 미국에 거주하는 이모들이 지영이 집으로 전화를 자주 했다. 지영이 형편을 듣고는 지영이와 지영이 오빠를 미국으로 보내라는 것이다. 자기네들이 공부를 시켜주겠다고. 미국에 있는 이모들이 엄마가 처음 입원했을 때 돈을 모아 보내줬지만, 그것은 잠시였다.

인터넷에 의하면 그때 아버지는 '광명 87호'의 선장으로 난민을 구한 후 회사로부터 해직을 통고받고 다른 해운회사에 구직 운동을 했지만, 공산화된 베트남 난민을 구한 죄로 전두환 정부에 의해 모든 취업이 불가능한 상태였다는 것이다. 아버지는 한동안 여기저기 이력서를 넣었지만, 나중에는 포기하고 엄마가 쓰러진 후 살던 집을 은행에 잡히고 얼마간의 돈을 빌려 작은 배를 사서 멍게 양식업을 하기 시작했다. 그러나 그 돈은 아들 딸 교육비와 어머니 간병비에는 턱없이 부족했다.

이모들이 미국으로 오면 공부시켜주겠다고 지영에게 몇 번 편지를 보냈지만, 어머니를 두고 미국으로 갈 수 없었다. 그러자 아버지는 미국으로 가는 대신 서울에 가서 너라도 공부를 해야 희망이 있다며, 서울로 보냈다.

아버지는 통영에서 태어난 작가 박경리같이 여성들도 얼마든지 남성들과 나란히 자신의 일을 할 때가 온다고 적극적으로 지영의 미래를 걱정해주었다.

지영이 여덟 살 때였다. 박경리의 『토지』가 드라마로 방영되고 있었다. 지영은 드라마에서 별당 아씨가 도망간 이후 서희가 너무 불쌍해 서희 때문에 드라마를 보기 시작하였다. 그 당시 엄마가 열심히 〈토지〉를 보고 있었지만, 지영이는 그 당시 드라마에 관심이 없었다. 드라마를 보는 엄마 옆에서 동화책을 읽거나 숙제를 하고 있었다. 그런데 별당 아씨가 구천이와 도망가는 대목부터 엄마의 감탄사와 한숨이 연발되자 그때마다 장면에 눈이 꽂혔다. 엄마는 마늘을 까면서 드라마를 보고 있었는데 긴장되는 장면이 되면 아예 마늘 소쿠리를 제쳐놓고 '아이구, 서희가 불쌍해서 어쩌누 쯧쯧' 하며 추임새까지 넣으며 드라마를 보고 있었다. 지영이 그럴 때마다 텔레비전에 눈을 꽂았다.

지영이가 처음 본 장면이 구천이가 별당 아씨를 업고 도망가는 장면이었다. 엄마는 지영이보다 어린 딸 서희가 애처로워 서희가 나올 때마다 눈물을 흘리거나 안타까워했다. 서희는 엄마가 떠난 이후에도 전혀 슬픈 기색을 드러내지 않았다. 근데 어느 날 한복을 곱게 차려입은 어린 서희가 별당 우물가에서 엄마 찾아오라고 봉순 엄마에게 패악을 치는 장면을 목격하고 엄마도 지영도 함께 엉엉 울며 드라마를 봤다. 그렇게 보기 시작한 드라마를 끝까지 보게 된 것이다. 드라마를 보는 동안 조준구로부터 모든 재산을 강탈당하고 간도로 쫓겨갈 때는 눈물이 앞을 가려 다 보지 못하고 울기만 한 적도 있었다. 옆에 있던 아버지가

"야 좀 봐라, 지 엄마 죽은 것처럼 우네"

하며 너털웃음을 웃었다.

아버지는 그 당시 여름 장마철이라 잠시 쉬고 출항을 늦추고 있었다. 외출에서 돌아올 때 지영이 드라마를 열중해서 보고 있는 것을 보고 작가가 통영 출신이라며 작가에 대해 이야기해줬다. 지금 현재 우리나라의 최고의 작가로 앞으로 노벨상을 탈 것이라고. 그러면서 박경리의 단편집도 사다 주었다. 단편집은 하나같이 불행한 출생 때문에 외로움과 불안에 떠는 여자들의 이야기였다. 그중에 「옛날 이야기」는 엄마를 기다리는 소녀와 할아버지 이야기로 특히 마음에 들어 몇 번씩 읽었다. 그 소녀보다 자신은 아버지가 생존해 있어서 마음이 든든했다. 문학이라는 것을 공부하기 전에 문학의 힘을 느꼈고 여성도 열심히 하면 최고가 될 수 있다는 것을 알게 되었다. 박경리는 이야기를 가지고 문학작품을 만드는 타고난 재능이 있었고, 너는 기억력이 뛰어나기 때문에 역사학이나 법학을 하는 것이 좋겠다고 아버지는 말씀하셨다. 역사학을 해서 교수가 되거나 법학 쪽을 해서 판검사가 되라고 항상 독려하셨다. 그동안 아버지 말이 귀에 들어오지 않다가 고등학교에 진학하면서 아버지 말을 이해하게 되었다. 친구들이 역사, 지리의 연대와 지명을 외우기 싫다고 다 포기할 때, 지영은 특별히 외우지 않아도 머릿속에 정리가 되었다. 심지어 선생님들이 틀리게 말하는 부분까지 알게 되었다. 지영이 법학 쪽으로 마음이 기울어진 것은 아버지의 사건 이후였다.

아버지는 미국의 이모들이 미국 와서 공부하라고 편지하자, 미국에서 공부시켜줄 돈으로 한국에서 공부할 학비와 생활비를 보태주라고 했다. 지영은 초등학교 6학년 때에 서울로 올라왔다. 아버지 친구 집을 전전하며 중학교를 가고, 고등학교를 다녔다. 다행히 지영은 공부가 재미있었다. 가는 학교마다 1등을 놓치지 않았다. 그래서 아버지 친구 집 아이들을 같은 학년인데도 가르쳐줬다. 하숙비라고 이모들이 부쳐주지만, 지영은 자신도 무언가를 해야겠다고 생각했다.

서울에서 주말에는 어머니를 보러 토요일에는 여섯 시간 동안 고속버스를 타고 가서, 일요일 밤 심야버스를 타고 올라와 바로 세수하고 학교를 가기도 했었다. 그러나 1년이 지나자 아버지는 어머니의 회생을 포기했다. 그리고 지영이에게 희망을 걸었다. 이건 나의 몫이니 우리는 너 없는 셈치고 살 테니 너 갈 길이나 가라며, 더 이상 내려오지 말라고 했다. 그러면서 아버지는 돈 없는 사람이 힘을 가질수 있는 길은 사법고시다, 사법고시에 합격할 때까지 절대 내려올 생각 말라고 하셨다. 다섯 살 터울인 오빠는 지영이에게 돈을 받을 욕심 때문에 지영이 때문에 공부를 못 했다고 했지만, 오빠는 일찍 영화관에 취미를 붙여 공부에는 흥미가 없었다. 아버지가 지영이를 택해 서울로 올려 보낸 것도 결국 오빠에게 희망을 찾을 수가 없었기 때문일 것이다.

인터넷을 볼 때까지만 해도 지영은 아버지를 그렇게 대단한 사람으로 생각하지 않았다. 뭔지 모르지만 누군가에게 잘못 보인 죄인으로 이웃 사람들이 수군거렸었다. 지영은 누군가의 심기를 건드려 통영에서 제일 잘나가는 선박회사의 선장에서 하루아침에 떨려난 실업자 정도로 알고 있었다. 당시 정체성이 없는 군사독재 시절 우리 정부는 미국의 기침 소리에도 벌벌 떨던 시절이었다. 베트남 전쟁의 미국 패전으로 미국의 심기를 건드릴까 봐 무서워 눈치를 살피던 정부가, 난민을 끌고 온 아버지에 대해 근무하던 선박회사에도 해직을 강요, 재취업조차 하지 못하도록 해운회사들에 통고해놓았던 상태였다. 그러나 아이러니하게도 인터넷에 의하면 부산 난민수용소에서 생활하던 난민들이 1년 후 미국에 정착하고 안정적인 생활을 했다는 것이다.

그 이후 생존을 위해 어쩔 수 없이 선택한 멍게 양식업은 그야말로 어머니의 병 수발과 생존밖에 되지 않았다. 생활의 여유라곤 없었다. 아버지가 새롭게 조명된 것은 19년이 지난 10년 전 2004년 베트남 난민으로 그때 보트피플의 한 사람이었던 피터 누엔이라는 사람이 미국으로 건너가 생활이 안정되자 그들이 그 당시 선장이셨던 아버지를 찾기 시작하면서부터였다. 미국의 눈치를 볼 필요가 없는 자존감을 가진 정부가 얼마나 소중한가를 알려주는 대목이다. 그 당시 그 선박회사가 경주네 아버지 회사였고, 2004년 아버지가 유엔의 난센상에 추천되면서 아버지는 물론 '광명 87호'가 알려지게 되었다. 피터 누엔의 말에 의하면 1987년 11월 14일 그 당시 사흘을 굶은 채 엉겨붙어 있던 보트피플 96명은 지나가는 배들에게 SOS를 쳤지만 25척의 배가 외면하고 사라져버렸다는 것이다.

'광명 87호'는 참치잡이 배로 1년 동안 조업을 하고 돌아오다 중국 남해에서 베트남 보트피플의 SOS 소리를 들었다. 그러나 이미 선박 회사로부터 '관여치 말라'는 통고를 받은 후라 그 배도 역시 외면하고 돌아가고 있었다. 그러나 아버지는 그 사람들을 내버려둘 수는 없다고 판단, 자신의 미래를 포기해야 함에도 불구하고 배를 돌려 보트피플에게 다가가 96명 전원을 구조했다.

경주네는 '광명 87호'를 소유한 선주이면서, 보트피플의 SOS에 '관여치 말라'고 지시하여 인간 생명의 존엄성을 외면한 기업가이다. 거기다 선장인 아버지를 해고, 한 가정을 파멸로 몰아넣은 장본인이다. 그럼에도 그 가족들의 고통에는 아랑곳 없고, 자신의 기업에 유리한 이미지, 자랑스런 '광명 87호'만 취해 자신들의 기업이 마치 보트피플을 구한 장본인인 양 버젓이 응접실에 '광명 87호'를 걸어놓고 오는 사람들마다 자랑을 하고 있는 것이다. 지영은 세상의 가증스런 논리 앞에 치가 떨렸다.

어릴 때 읽었던 박경리의 단편 중에 「옛날 이야기」가 다시 생각이 났다. 엄마를 기다리는 소녀에게 할아버지가 해준 이야기 중에 할아버지가 일제 시대 때 여학교 소사를 할 때, 일본의 천황이 내린 글을 모셔두는 봉안전에 똥을 눴는데, 해방이 되자 그 할아버지와 같이 근무하던 젊은 소사가 자신이 봉안전에 똥을 쌌다고 큰소리치며 영웅으로 대접받았다는 이야기를 듣고 안타까웠던 생각이 났다. 아버지

223

가 그렇게 크게 결단하고 가족을 희생시키며 난민을 구제했는데, 아버지의 공을 무시하고 '광명 87호'만 내세우는 경주 집안의 파렴치함에 몸서리쳐진다. 그 할아버지처럼, '광명 87호' 액자가 걸려 있는 거실에 가서 똥을 싸질러놓고 싶다.

지영의 남편은 새벽 3시가 지났는데도 돌아오지 않았다. 마치 지영은 자기와 남편이 경주가 놓은 덫에 걸린 것 같았다. 시부모의 냉대는 예전에도 알고 있었지만 그날 노골적으로 드러내놓고 그러는 데는 견디기 힘들었다. 그로 인해 경주의 술 먹자는 초대에 선뜻 응하게 되었다. 그동안 판사로 근무할 때는 중한 업무에 시달리는 지영이 부부를 위해서 될 수 있으면 시댁에서 부르지 않았다. 근데 어제 저녁 시댁에서의 식사에는 그동안 무언가 이상하지만 꼭 집어서 얘길할 수 없는, 그동안 지영이 받았던 암묵적인 냉대를 실감나게 했다. 며느리가 병원에 입원까지 하고 휴직서를 낼 만큼 신상에 큰 변화가 있었음에도 침묵으로 일관한다는 것은, 공식적으로 며느리로 인정은 해도 지영이와는 최소한의 인간적인 정도 나누고 싶지 않다는 태도이다. 새삼 시부모에 대한 반발이 일어났다. 그로 인해 술을 마시고 싶었고, 그동안 경주의 끈질긴 초대에도 응하지 않다가 선뜻 응한 것이다. 결국 자신이 호랑이 굴로 간 것이다.

어제 목격한 장면이 다시 생각나면서 지영은 남편과 경주의 사이가 어디까지인가 궁금해졌다. 남편은 그냥 집안끼리 아는 사이라고 시큰둥하게 이야기했지만, 경주는 결혼 이야기까지 오간 사이라고 했다. 남편이 경주의 첫사랑? 끈질기게 지영이 가족을 따라다니는 것도 경주의 첫사랑에 대한 미련 때문일까? 그동안 사법연수원 동기들 중에 검사 발령받은 친구들이 두 사람의 이상한 관계에 대해 이야기했지만, 그냥 집안끼리 서로 친한 사이라고 그 말들을 남편은 일축해왔다. 친구들에 의하면 검사들 중에는 두 사람 사이를 친오누이처럼 생각하는 사람이 많다는 것이다. 그동안 경주가 끈질기게 지영을 끌어당긴 것도 자신 때문이 아니라 남편 때문이었을까. 경주는 첫사랑을 실현해보겠다는 것인가? 만일 남편과 경주의 사랑이 상대편을 서로 끌고 당기는 사이라면, 두 사람이 비밀리에 만나면 되지 않는가? 자신까지 끌어들일 이유는 없다. 그렇다면 남편은 경주에게 이성적 감정이 작동하지 않는 것이다.

지영은 어젯밤의 그 장면을 다시 회상한다. 남편의 두 팔은 아래로 축 처져 있고 경주는 고개가 쓰러질 듯 오른쪽으로 기울여지는 남편의 두 볼을 잡고 입을 맞추고 있었다. 이것은 엄격한 의미에서 성추행이다. 그때 자기는 왜 남편을 끌고 나오지 못하고 도망 나왔는가, 우선 그 장면을 목격하자 당황스러웠다. 두 사람의 관계에 자신이 끼어들면 안 된다고 생각했다. 모르겠다. 부인이라는 법적 지위를 이용, 억지로 떼어내 남편을 끌고 나왔어야 하는가? 거기에 지영이 뛰어들었으면, 경주는? 그리고 남편은? 아무리 술이 많이 취했다 하더라도 여성이 성추행하는 행위조차 전혀 감이 없다면? 그것을 어떻게 판단해야 할지 모르겠다. 우선 황당하고 당황스러워 달려 나올 수밖에 없었다.

　남편이 술이 약한 것은 알았지만, 그 정도로 약한 것은 아니다. 그런데 어제 와인 여섯 잔 정도에 그렇게 많이 취한 모습은 뜻밖이다. 당분간 모른 척할 수밖에. 눈을 감고 한참 앉아 있었다. 순간이 영원이 될 수 있다는 것이 바로 어제를 두고 하는 말이다. 지영은 시댁과 경주의 집에서 겪은 일을 생각하니 지옥의 터널을 지나온 것 같다. 경주 아버지는 지영이 가족을 파멸로 몰아넣고 경주는 남편을 유혹하고 왜 이런 식으로 삶이 꼬이는 것일까. 지영은 경주가 그동안 뱀처럼 유혹하고 끈질기게 따라다닌 것을 생각하니 몸서리가 쳐졌다. 한참을 앉아 있었다. 그리고 머리를 흔들었다. 그리고 다시 아버지 사건에 대해 인터넷을 뒤지기 시작한다.

　'광명 87호'가 멀어져가는 것을 보고 이제 죽음을 받아들일 수밖에 없었다. 베트남의 공산화를 피해 보트로 도망 나온 난민 96명은 사흘 동안 물 한 모금 마시지 못하고 굶어 서로 엉겨붙어 있었다. 25척의 배로부터 외면당하고 인접 국가로부터 입국 거부를 당해온 난민은 이제 고스란히 바다에서 죽음을 맞이해야 했다. 그런데 '광명 87호'가 배를 돌려 자기네들에게로 오고 있는 것이 아닌가. 아버지는 회사 측에 '모든 것은 내가 책임지겠다'고 통보하고 그들을 구출했다. 그들을 배에 태우고 우선 임산부와 어린아이들을 선원들 방에 배치하고 선원 25명이 먹을 양식을 다 같이 나누어 먹었다. 식량이 다 떨어져도 '우리가 잡은 참치가 배에 가득하니 걱정 말라'며 그들을 위로하고 부산까지 열흘 동안의 항해를 계속했다. 그때는 산더미처럼 밀려오는 파도도 배를 삼킬 것 같은 거센 물결도 무서운 게 없었다. 아버지는 그것이 자신이 선택한 최선의 길이라고 생각했다. 무사히 부산항에 도착, 난민수용소로 그들을 안전하게 보내고 한숨을 쉬는 순간, 아버지는 해직 통고를 받았다. 회사 측의 '관여치 말라'는 지시를 거부하고 배를 돌렸을 때는 자신의 경력과 미래까지도 포기해야 함을 이미 각오한 것이었다. 그러나 그것은 의외로 여파가 컸다. 가족이었다. 아내가 자신의 실직에 너무 큰 충격을 받은 것이다. 결국 아내는 그 길로 쓰러진 것이다. 그 이후 아들 역시 가출했다.

지영은 자신의 가족에 대해 정리되지 않고 꿈을 통하여 머릿속을 떠돌던 것들이 걷히며 선명해졌다. 언제나 다른 사람들의 소문으로만 듣고 호흡했던 세월이었다. 아버지 역시 자신의 정당함을 입증하려 하지 않았다. 자신이 언제나 죄인이라고만 했다. 그것은 가족에 대한 책임을 외면한 죄책감이었을까? 불쌍한 아버지. 지영 역시 언제나 어머니의 통곡을 잊을 수가 없었다. 항상 화목했던 집안에 어느 날 구름이 드리워진 것은 아버지의 실직 때문임은 알고 있었다. 학교에서 집에 돌아오면 언제나 다정했던 엄마는 보이지 않고, 안방에 문을 잠그고 흐느낌 소리만 들려왔다. 그것은 엄마가 쓰러지기까지 계속되었다. 평생 아버지만 믿고 살아온 엄마에게는 아버지의 실직은 세상의 무너짐이었을 것이다. 그 당시 지영이 동네는 직장 없어 무수히 떠도는 사람들 천지였다. 자신이 바로 그 사람들과 같은 처지가 되었다는 것을 인정하고 그들과 같이 살아가야 한다는 것을 받아들이고 이때껏 살아온 방식의 삶을 포기하기에는 엄마의 자존심이 너무 강했다.

그 당시 부산에서 일류 여학교를 나온 엄마는 가장이 직업 없이 살아가는 하루살이 노동자들의 비참함을 너무나 잘 알고 있었다. 주위 사람들이 배가 들어올 때마다 출하하기 위해 상자에 싣다 떨어지는 생선들을 주워 끼니를 잇고, 시장에서 버리는 배추를 주워와 국을 끓이는 거지 같은 신세로 살아가는 것을 너무나 잘 알고 있었다. 엄마는 그 이후 한마디 말을 못 했다. 엄마에게 아버지의 직장은 자신의 생명줄 같은 것이었다. 아버지가 기를 쓰고 지영을 서울로 보낸 것도 남편만을 바라보고 있는 엄마 같은 사람이 되는 것이 싫어서였을까. 그 순간 지영이 자살을 시도하기 전 오빠의 행패가 떠오른다. 결혼 후 지영은 오빠의 시달림 때문에 아버지에 대한 생각은 거의 못 하고 있었다. 가끔 전화로 안부만 묻는 것으로 효도를 다 했다고 생각했다. 그래서 인터넷으로 보면 2004년에 미국에 거주하고 있는 난민 출신 베트남 단체의 추천으로 유엔의 난센상 후보로 올랐다는 것도 지영은 까맣게 모르고 있었다. 그것조차 가족의 희생의 대가로 이루어진 것이라고 생각한 때문일까. 지영은 눈물이 저절로 볼을 타고 흐른다. 오빠나 엄마의 모든 것이 서서히 자기의 짐으로 현실화될 때 아빠가 원망스럽기조차 했었다. 아빠도 얼마나 외로웠을까. 가족에게조차 이해받지 못하는 자신의 의로운 행위에 죄의식으로 평생을 견디어오신 그 외로움을. 엄마만 쓰러지지 않았으면, 가난은 했지만 오순도순 화목하게 살았을 것이다. 지영의 몸이 마치 눈물통처럼 눈물이 줄줄 흘러내린다. 친정 가족이 없는 것처럼 아버지가 시댁과의 관계 자체를 거부했었다. 민이 돌 때도 서울에 몇 번 올라오시라고 했지만 결국 올라오시지 않았다. 지영도 포기했다. 돌이 지나고 주말에 민이를 데리고 남편과 통영에 간 적이 있었다. 아버지는 일부러 여행을 떠나고 없었다. 그다음부터 지영은 아버지를 잊으려고 했다.

오빠만 지영을 괴롭혔다. 처음에는 오빠를 자신의 십자가로 생각하고 자신이 할 수 있는 범위 내에서 도와주려고 했다. 정확히 무슨 일을 하는지 모르지만 외국 영화 보급 사업을 한다고 들었다. 그쪽은 지영이 워낙 문외한이라 들어도 건성으로만 들었다. 자살을 시도하기 전날, 다시 좋은 아이템이 떠올랐다고 사업 자금으로 2억을 보태달라고 했다. 그리고 이제는 마지막이라고 했다. 오빠는 돈을 가져갈 때마다 '이번이 마지막이다'라는 말을 반복적으로 했다. 그때 지영은 자신이 살아 있는 한 오빠의 성화에서 벗어날 수 없다고 생각했다. 지영이 정상으로 의식이 회복되었다고 하면 또 오빠의 성화를 받아야 할 텐데, 지영은 다시 공포감이 밀려온다. 시부모의 이번 유독 심한 냉대가 바로 오빠 때문이다. 입원한 사이 아줌마에게 시어머니가 꼬치꼬치 물었다고 했다. 오빠가 자신들의 아들을 파멸시킬지도 모른다는 위기감에서 오는 지영에 대한 경고라고 생각된다.

그동안의 외로움과 슬픔과 불안 속에서 흔들리며 살았던 불쌍하고 외롭던 자신이 항상 멀리서 자신을 지켜보던 또 하나의 자신을 응시한다. 눈물은 쉴 새 없이 볼을 타고 가슴으로 흘러내린다. 인터넷을 끄고 침대에 누웠다. 벌써 5시다. 침대에 누우니 남편이 아직 안 들어왔다는 것이 실감난다. 그때 현관에서 전자키 번호 누르는 소리가 난다. 지영은 눈물을 닦고 자는 척한다. 눈물은 그쳤는데 흐느낌이 그치지 않는다. 다행히 남편은 바로 침대 방으로 들어오지 않고 서재로 가는 모양이다. 지영은 이 순간을 모면하기 위해 빨리 잠이 들었으면 좋겠다. 지영은 얼른 일어나 의사가 처방한 신경안정제를 가져와 물도 없이 삼킨다. 경주와의 일이 없었던 전처럼 네 시간 정도 푹 자고 일어나 남편을 대면했으면 좋겠다. 다행히 오늘은 일요일이다. 9시까지 자도 상관이 없다.

남편은 서재에서 안방으로 들어오지 않았다. 일요일 아침 10시경이 되어서야 지영도 눈을 떴다. 민이가 일어나 만화영화를 보고 있었다. 남편도 아직 일어나지 않았는지 기척이 없다.

"민이 배 안 고파?"

"우유 한잔 먹었어."

그러고는 다시 만화영화로 눈을 돌린다.

"민이 뭐 먹고 싶어?"

"아무거나, 엄마가 해주고 싶은 것 줘."

민이조차 기운이 없다. 어제 11시가 넘은 시간에 돌아왔기 때문에 민이도 피곤한 모양이다. 지영은 냉동실에 있는 전복을 두 개 꺼내

다지듯이 썰어 참기름에 살짝 볶아 브로콜리, 양파, 버섯, 양배추, 마늘 등 냉장고에 남아 있는 채소를 다 꺼내 잘게 썰어 넣고 물을 넣어 야채죽을 만들었다.

지영이 머릿속에는 그동안 여러 가지 사건 때문에 엄마를 까맣게 잊고 있었다는 게 마음이 아프다. 오빠도 마음에 걸린다. 그 이후 오빠는 어떻게 되었을까? 지영이 근무할 때는 상주하는 아줌마가 중간 역할을 잘 해주어 전달이 되었는데, 아줌마가 오지 않으니 지영이 의식을 잃은 이후의 빈 공간을 채워줄 아무도 없다. 내일 남편이 출근하면 어머니부터 찾아뵈어야겠다. 지영이는 야채죽을 끓이는 동안에도 눈물이 계속 흐른다. 지영이 병원 퇴원 후 심리학 책을 뒤져 기억의 부분 상실이 일어나는 원인을 뒤졌더니 자신이 기억하고 싶지 않은 무의식이 작용해서 일어나는 것이라고 나왔다. 그렇다면 자신은 친정 식구를 자신의 삶에서 지우고 싶었단 말인가? 어머니 아버지를 지우고 싶었단 말인가. 눈물이 쏟아지듯 흘러내렸다.

오빠는 어머니가 쓰러지신 후 마음을 잡지 못했다. 지영이 아버지와 잘 통했다면, 엄마는 오빠가 무슨 짓을 해도 다 용서가 되는 오빠의 후원자였다. 사춘기 시절 공부보다는 친구들과 어울리기를 더 좋아하는 그래서 학교 공부는 뒷전인 오빠였지만, '남자가 꽁생이처럼 집에만 뱅뱅 도는 게 뭐 좋노? 자는 마 나중에 크게 될 꺼다. 걱정 마라' 지영이 오빠를 핀잔하면 항상 말막음을 하는 엄마였다. 그러나 엄마가 쓰러지자 엄마의 중간 역할이 없이 그대로 드러난 오빠의 행동은 망나니 그대로였다. 오빠는 끌고 다니는 친구들에게 환심을 사기 위해서 돈이 필요하고, 그 돈 때문에 집의 물건을 하나씩 가져나가기 시작했다. 처음에는 어머니가 쓰러지자 엄마 손에 낀 반지로 시작해서, 엄마 지갑까지 뒤져서 가지고 나갔다. 지영이도 아버지도 그것을 알 리가 없었다. 그러다 차츰 카메라를 들고 나가고, 어머니가 오빠와 지영이 돌 때 들어온 반지를 모아놓은 상자까지 가지고 나갔다. 좁은 동네에서 소문이 다 돌고, 나중에 아버지 귀로 들어왔다. 아버지는 그때야 오빠를 불러 야단을 쳤지만, 소용없었다. 어머니로 인한 심리적 충격으로 마음을 붙일 수 없자, 몰고 다니는 친구들에게 더 집착하게 되고 그것을 물질적인 것으로 친구들에게 보상해주려 했었다. 아버지는 설득과 매질로 다스렸지만 행동은 달라지지 않았고, 결국 가출로 이어졌다. 그때 이미 지영은 서울로 온 이후였다. 오빠가 지영에게 다시 나타난 것은 결혼 이후였다. 공백 동안 오빠가 무엇을 했는지 지영은 전혀 모른다.

16

9월이 들자 아침 저녁으로 선선해 이제 얇은 홑이불이 필요했다. 형은은 그날도 느긋하게 점심을 먹고 설 군을 커피숍에서 만났다. 설 군은 형은이 만날 때마다 입은 흰 티셔츠를 그날도 입고 나왔다. 형은은 잠시 이야기를 나누다 설 군을 데리고 근처 백화점으로 갔다. 따라 나오던 설 군이 저녁 먹을 시간이 아닌데 일찍 일어나니 궁금한지 물었다.

"어디 갑네까?"

"잠시 뭘 살 게 있어서. 따라올래요?"

"내래, 관계 없습메다. 저녁 7시까지만 가면 됩네다."

"잘됐네요."

형은은 택시를 잡았다.

"멀리 갑네까?"

"아닙메다, 가깝습네다."

말투에 운전수 아저씨가 돌아본다.

"두 분 중국 교포예요?"

"아닙네다."

형은이 설 군을 흉내내며 말했다.

"맞는 것 같은데요. 연변 사람은 왜 자꾸 숨기려는지 모르겠어요. 떳떳하게 중국에서 왔다면 되는 거지. 아마도 보이스 피싱 때문에 그러죠?"

"보이시 피싱?"

설 군이 반복한다.

"아, 그것 중국 교포들이 전화를 걸어 금융 사기 치는 수법이에요."

"금융 사기?"

"그것 복잡해요. 나중에 차츰 설명해줄게요."

형은과 설 군은 택시에서 내렸다.

남성용 의복 코너에 가서 설 군이 가을에 입을 점퍼와 긴소매 티셔츠를 몇 개 고르라고 했다.

"아닙네다. 관계 없습네다. 나 입을 옷 있습네다."

"선물하는 것이니까. 고르세요. 사주고 싶어요."

그러자 설 군은 가만히 있었다.

"뭐 찾는 게 있으세요?"

종업원이 가까이 와서 설 군에게 물었다.

"아닙메다. 없습네다."

"가을에 가볍게 입을 잠바하고, 티셔츠 두 개 정도 골라주세요."

종업원이 우선 카키색 점퍼와 바바리 감으로 된 미색 점퍼를 들고 왔다.

"이것 두 개 다 멋지네요. 한번 입어보세요."

"아니, 관계 없습니다. 그냥 이것으로."

설 군이 카키색 점퍼를 잡았다.

"그래도 입어보세요."

"너무 잘생겨 무엇을 입어도 멋져 보일 것 같아요. 연변에서 왔어요?"

종업원 아가씨가 카키색 점퍼를 설 군 가까이에 대며 말했다.

"얼굴색과도 잘 어울리는데요. 한번 입어 멋진 모습 보여드려요."

그러면서 점퍼를 설 군의 어깨에 걸치며 왼쪽 팔을 잡아당겨 점퍼 소매에 넣는다. 설 군은 당황한 듯 팔을 얼른 점퍼 소매 속으로 넣는다.

"거 봐요? 이렇게 멋진데~"

"정말, 신수가 훤해 보이네. 티셔츠도 골라줘 보세요."

"이 청년은 너무 멋지게 생겼네. 검은 티를 한번 입어보세요. 패션에서 제일 멋진 옷이 검은색과 카키색이거든요. 괜찮죠?"

"검은색은 너무 튀지 않을까?"

"이 청년, 직업이 뭐예요?"

"몸 트레이너."

"어머, 멋져라, 어쩐지~"

종업원은 호들갑스런 웃음을 웃으면서 수다를 떤다 .

"카키색 잠바 안에 입을 것으로 좀 옅은 색이 좋지 않을까."

"아, 그럼 노란색 멋진 티가 있어요."

그러면서 매장 안으로 얼른 뛰어 들어간다. 들고 나온 티는 배꼽티 정도로 허리가 짧은 티다.

"이 청년은 아직 그런 패션에 익숙하지 않아, 무난한 패션이 좋아요."

이번에는 무난한 옅은 블루를 들고 나왔다. 그건 괜찮을 것 같다.

"설 군, 이 색 마음에 들어요?"

"관계 없습네다."

"그럼 이것으로 한 장하고 가을이니까 진한 색으로 또 하나."

"빨간색은 어때요? 이 청년은 검은색과 빨간색이 제일 잘 어울릴 것 같은데요. 몸 트레이너라며요? 튀지 않으려면, 회색도 괜찮을 것 같네요. 청바지에 회색이 잘 어울리거든요."

"설 군은 검은색, 빨간색, 회색 어느 쪽?"

"회색임다."

종업원이 묘한 미소를 띠고 매정으로 들어가 회색 티셔츠를 들고 나왔다. 그리고 설 군의 얼굴에 갖다 대었다. 지금 입고 있는 청바지와 잘 어울렸다. 형은은 포장을 지시하고 설 군과 함께 잠시 옆에 있는 의자에 앉았다. 다행히 설 군이 거절을 하지 않고 따라주어 고맙다. 호의를 베푸는 것도 상대방이 어떻게 생각하느냐에 따라 달라져 형은은 몇 번 망설였다. 상품을 쇼핑백에 담아 설 군에게 주고 먼저 보냈다.

형은은 백화점에 온 김에 찬거리를 사러 슈퍼에 가려고 에스컬레이터를 향해 걸었다. 아직 이른 시간이라 백화점 안은 한산할 정도로 조용하다. 지하 1층 슈퍼에 도착, 캐리어를 찾아 과일 가게부터 향했다. 벌써 홍시가 출시되어 쌓여 있었다. 형은은 여섯 개가 든 홍시 박스를 캐리어에 제일 먼저 담았다. 다시 큰 거봉 포도가 먹음직스럽다. 바나나. 토마토 등을 사고, 야채 가게로 가서 브로콜리, 가지, 파프리카, 마늘, 양파 등을 사고 두부와 우유를 담아 카운터로 왔다. 카운터에 오자 민이 엄마가 서 있었다.

"민이 엄마!"

민이 엄마가 돌아보았다. 얼굴이 더 핼쑥해졌다. 형은은 자기도 모르게 가슴이 철렁 내려앉았다. '무슨 일이 또 있는 건가?' 그동안 설 군 문제로 좀 바쁜 사이 통 민이네를 만나지 못했다.

"쇼핑 오셨군요. 저도 민이 옷 살 게 있어 왔다가, 여기에……."

웃는 데 볼이 패었다. 다시 형은이 가슴이 아린다.

"차 가져오셨어요?"

"아니요. 밖에서 오느라고."

"그럼, 잘됐네요. 제가 가져왔어요. 같이 가시죠."

민이 엄마가 계산을 다 하고 형은을 기다렸다. 둘 다 캐리어를 끌고 주차장으로 가기 위해 엘리베이터를 탔다.

"민이도 잘 있죠? 엄마가 옆에 있으니 아줌마 존재가 아무 의미가 없네. 민이 얼굴조차 까먹겠네. 호호."

"죄송합니다. 너무 여러 가지 일이 많아, 제가 좀 바빴어요."

"그랬군요. 저도 저 나름대로 바쁜 일이 있어서. 피장파장이네요. 사람 사는 일이라는 게 항상 그렇지요."

형은은 지영이 너무 처져 있는 것 같아 일부러 너스레를 떤다.

4층 주차장에서 폭스바겐 차를 타고 오는 사이에도 형은은 지영에게 무슨 일이 있었을까 궁금했다. 일이라는 게, 지영의 친정 오빠 일 아니면 시댁과의 일이다. 아직 완전 기억이 회복되지 않았다면 오빠 일은 지영의 의식 밖의 일이다.

"얼마 전에 저희 다훈이를 잃었어요."

"어머, 그래서 어떻게 되었어요?"

의외로 민이 엄마가 무척 놀라워 한다.

"아, 다음 날 찾았지만, 그 일로 여러 가지 바빴어요. 하하."

"그랬군요, 아무리 가까이 살아도 내왕을 안 하면 옆집에서 죽어 나가도 모르겠어요."

그러면서 운전하는 옆얼굴에 비치는 쓸쓸한 표정, 형은은 다시 한 번 민이 엄마 신상에 큰일이 있었음을 직감한다.

"우리 만난 김에 저녁에 술이나 한 잔 할까요? 저는 남편이 오늘 늦는다고 해서 괜찮은데? 김 검사는?"

"저희 남편은 항상 늦죠, 뭐."

"저녁까지 저희 집에서 할까요?"

"아닙니다. 번거롭게, 민이 밥까지 신경 쓰려면…… 오히려 저희 집에서 민이 밥 챙겨 같이 먹고 그쪽으로 옮겨도 되고요."

"아니요, 저는 저녁은 주로 다이어트를 하기 때문에 간단히 집에서 먹을게요. 그럼 식사 끝나는 대로 아무 때나 오세요. 민이도 데리고."

"네, 그럴게요."

형은은 아침에 끓여놓은 전복 야채 죽을 데워 먹고 식탁에 와인과 안주로 올리브와 치즈를, 그리고 배와 방울토마토를 준비했다, 민이 엄마와 헤어져서도 민이 엄마의 쓸쓸한 표정이 각인되어 머릿속에서 떠나지 않는다.

민이를 데리고 지영이 나타났을 때는 백화점에서 입었던 바바리를 벗고 간단한 티셔츠와 바지를 입어서 그런지 놀랍도록 말라 있었다. 입고 있는 옷들이 마치 남의 옷처럼 헐렁해 보였다. 형은은 모른 척 민이를 안았다.

"민이, 너무 오랜만! 아줌마, 안 보고 싶었어? 엄마가 옆에 있으니, 아줌마는 잊었지, 그치?"

민이는 그동안 못 봤다고 서먹하게 형은이 품에 안긴 채 그대로 있었다. 민이조차 그전의 민이가 아니다. 형은은 자신이 너무 예민한 건가 하며 민이를 내려놓는다.

"민이 홍시 좋아해? 아줌마가 오늘 홍시 사 왔는데, 먹어볼래?"

"네."

하며 빨리 반응한다. 형은은 씻어놓은 홍시를 작은 공기에 넣어 커피 스푼과 함께 줬다.

"민이 엄마도 홍시?"

"아니요, 전 변비라서……."

"아, 네. 민이는 만화영화 틀어줄까?"

"네, 〈겨울 왕국〉요, 영어로 틀어주세요."

"쟤네 영어 학원에서 그 대사를 전부 영어로 외워 오라고 했대요. 그래서 요즈음 민이는 집에만 오면 영어로 〈겨울 왕국〉을 봐요."

"그 많은 대사를 어떻게?"

"글쎄요? 자꾸 보다 보면 외워지는 것도 있고, 못 외우는 것도 있겠죠. 저도 어떻게 아이들을 테스트할지 궁금해요."

백화점에서 만날 때보다 훨씬 민이 엄마는 표정이 나아 보였다. 형은은 텔레비전을 틀어주고 식탁에 와 디캔팅해놓은 와인을 가져왔다.

"자, 잔 받으세요. 오늘은 무난한 몬테스 알파로 준비했어요. 여자들이 먹기는 나이스한 맛이 덜하지만."

형은은 민이 엄마의 와인잔에 따랐다. 민이 엄마가 와인병을 받아 형은에게도 따라주었다.

"와인은 나이스한 맛보다 좀 무게감이 느껴지는 와인이 좋아요."

지영은 지극히 나이스한 그날 경주네 집에서 먹은 이니스프리를 생각하니, 생각하는 것만으로도 역겹다.

"자, 건배합시다. 우리의 열정적인 삶을 위해!"

지영은 묵묵히 잔만 부딪쳤다.

"딱 좋은데요. 너무 무겁지도 가볍지도 않은 과일의 향기가 어우러진 기분 좋은 맛인데요."

"다행이네요."

"정말 다훈이 어떻게 찾았는지 한 번 말씀해주세요."

"아, 그 다음 날 유기견 센터를 통해서 찾았는데, 그게 탈북 청년이 보호하고 있지 뭐예요."

"그래서요?"

"다훈이 덕분에 우리가 탈북 청년의 후원자가 되었어요. 그 청년이 브로커에게 줄 정착금을 한국 사람에게 사기당해 다시 월북하려는 시기에 다훈이를 만나게 된 것이라, 다훈이를 통해 하나님이 우리에게 보내준 사람이라 생각하고 남편과 저는 아무 생각하지 않고 청년을 남한에 정착하도록 도움을 주기로 했어요. 그 청년이 자신에게 형제처럼 친절하게 하다 자신의 모든 돈을 사기 친 남한 사람 때문에 상처가 깊어서, 자신에게 잘하는 사람에 대한 알레르기가 있었어요. 그래서 만나 설득하고 저희들을 믿게 하는 데 공을 들였어요."

"어떤 일도 쉬운 일이 없네요."

하며 민이 엄마가 한숨을 쉰다.

"저는 봄부터는 직장에 다시 복귀하려고 해요."

"네? 그럼 기억이 다 회복된 거예요?"

"네, 충격적인 경험을 하니, 아니 정확하게는 조각난 기억이 다시 돌아온 것이 아니고 인터넷 검색을 통해서 제 기억을 채워 넣었죠."

"무슨 말인지?"

"제 열 살 때부터 거슬러 올라가는 이야기예요. 제 아버지가 30년 전에 대단한 일을 해놓고도 죄인처럼 살고 있었다는 것을 이번에야 알게 되었어요. 그리고 최근 유엔에서 제정한 난민 문제에 대해 귀감이 되는 행동을 한 개인 또는 단체에 수여하는 난센상 후보에 미국에 있는 베트남 커뮤니티에서 저의 아버지를 추천, 많은 매스컴에서 새로운 관심의 초점이 되기도 했죠. 그럼에도 아버지는 인터뷰에서 '당연한 것을 했을 뿐입니다. 다만, 그로 인해 피해를 준 가족들에게는 본의 아니게 가장으로서의 역할을 제대로 못했기 때문에 죄인일 뿐입니다'라고 말했습니다. 아버지로서는 당연한 일을 했음에도 국가나 사회에서 범죄자 취급하는 분위기 때문에 죄인처럼 살 수밖에 없었고, 자신이 행동한 결과로 인해 가족의 생계를 돌볼 수 없는 가장으로서의 죄책감이기도 했죠. 그런 사회 분위기에 의해서 저희 가정은 박살이 났고, 저도 평생 피해의식 속에 살았고요. 그래서 법의 정당성을 믿는 제가 누구를 상대로 이 억울함을 풀어야 할지, 무엇부터 풀어야 할지 혼란스러워요."

"남편도 아세요?"

"아니요, 아직……."

"아니, 남편이 검사이신데?"

"그건 남편의 문제가 아니고 제 문제니까요. 겁나는 것은 남편 입에서 '이미 시효 지난 것 조용히 지나가지, 뭘 새삼?' 그런 말이 나올까 봐 두려워요."

사실 지영은 경주네 집에 다녀온 이후 남편과 대화다운 대화를 하지 않았다. 서로 피하고 있다. 지영은 경주의 일을 입밖에 낼 수 없고 남편 역시 마찬가지일 것이다. 그 문제도 지영이 어떻게 풀어야 할지 모르겠다. 단지 경주와는 더 이상 친구가 아니라는 생각만이 굳어져 갔다. 그 이후 몇 번의 핸드폰 전화가 왔지만 받지 않고 있다.

"근데, 그것을 어떻게 다 알아냈어요?"

"인터넷에 저의 아버지 이름을 치면 수십 개의 기사가 있는데도 저만 몰랐더라고요. 저는 다른 세상에서 온 괴물 같았어요. 얼마나 비참한지요."

"그동안 너무 바쁘게 살다 보니까 그럴 수도 있죠. 근데 아버지께서 그런 상의 후보로 추천받고도 이야기를 안 해요? 가족 이야기는 전혀 안 했나 보죠? 어떻게 지영 씨 이름이 안 나왔을까요? 나왔으면 누군가 귀띔이라도 해줬을 텐데……."

"아버지는 아들이 그렇게 방황하게 된 것도 자신 때문이라 생각하기 때문에, 누구 이름도 내뱉을 수가 없었을 거예요."

"충격적인 사건이네요, 정말."

"이런 사회 속에서 살아가는 것이 무슨 의미가 있는가 하는 생각으로 자꾸 우울해지는 것 같아요."

"100년 전 일인데도 친일파 자손들이 자신들의 조상 땅을 도로 찾겠다고 소송하는데, 용기를 가지세요."

"문제는 아버지를 해직시키고, 다른 선박회사에 취업을 막은 정부의 공문 등 자료가 남아 있을지, 그게 문제예요. 어디까지나 법정에서는 증거와 자료 싸움이거든요. 그리고 아버지의 묵은 상처를 다시 건드릴까 봐……"

"그래도 지영 씨도 고생을 했지만, 어머니와 오빠, 지영 씨네 가족이 그렇게 풍비박산 난 것이 다 그 사건 이후 그렇게 되었잖아요? 지영 씨는 아직도 그 고통에서 빠져나오지 못하고."

"아, 그리고, 아버지를 해직시킨 선박회사의 회장네 가족들이 아버지가 베트남 난민을 구출한 그 선박 사진을 자기 가문의 영광처럼 떡하니 거실에 걸어놓은 것 있죠?"

"어마나, 그럼 그 선박회사 주인을 안단 말이에요?"

"네, 그동안 몰랐는데 아주 가까운 친구의 친정아버지 회사더군요. 저희 시댁과도 막역한 사이고. 그 선박 사진 덕분에 전 제 기억을 되찾았고요."

형은은 입이 다물어지지 않았다. 왜 저렇게 지영이 신중한지 이제야 이해가 되었다.

형은은 다시 지영의 잔에 와인을 따랐다.

"그럼, 선박회사를 대상으로 소송하면 되잖아요?"

"그게, 당사자인 아버지의 의사가 어떨지……. 또 선박회사도 그 당시의 독재정권하에서 정부의 강권 아래 수행된 해직 통보라면 회사 책임이라고 할 수도 없고. 하여튼 그동안 억울하게 살았고, 지금도 고통 속에 있지만, 고통을 주는 대상이 분명하지 않다는 것이죠. 정부를 대상으로 한다 해도 정부가 보낸 공문 같은 자료를 찾아야 하는데 그런 공문들을 선박회사에서 내어놓겠어요? 더군다나 몇십 년 전 공문을 보관하고 있을지도 모르겠고. 유독 우리나라 사람들에게만 한이 많다고 하는데, 대상이 뚜렷하지 않는 알 수 없는 분노와 고통이 일상을 지배하기 때문이라는 생각이 들어요. 그러니까 가슴에 화병이 생기는 것이죠."

"어휴, 그동안 많은 생각을 했네요. 대단히 신중하고요. 그럴 수밖에 없겠지만. 시댁하고도 친한 집이고 지영 씨하고도 잘 알고."

형은은 올리브를 포크로 집어 올리며 말했다. 와인 때문인지 지영이 이야기 때문인지 얼굴에 열이 난다.

"아버지하고는 통화해봤어요?"

"제가 아버지한테 내려갈까 봐 철저히 따돌리려고 일체 전화를 받지 않으세요. 가끔 문자 드려도 답변도 없고. 자신을 사물화시키려고 해요. 비인간적일 정도로."

"대단하신 분이네요. 그런 훌륭한 분이? 세상에 이해가 안 되네요.

지영 씨가 하늘에서 떨어진 것이 아니네요."

"한번 아버지를 뵈러 가야지요. 가서 일단 아버지의 말씀을 들어봐야 할 것 같아요. 어디까지나 아버지에 관한 문제니까요. 그리고 이 문제를 어떻게 접근해야 할지 생각해봐야겠어요."

"어머님은 뵈러 가지 않아요?"

"한 달에 두세 번 다녀가시나 봐요. 그쪽에 병원이 많이 없다 보니, 장기 입원 환자를 수용할 병원이 없어 서울에 계시지만. 아버지가 간병인 두고 통영에서 모시겠다는 것을 제가 반대했죠. 아버지가 당하는 고통을 그냥 두고 볼 수 없었어요. 어차피 식물인간인데, 시설이 좋은 서울에 모시는 게 나을 것 같아서요."

"가족 전체가 힘들지 않은 사람이 없으니, 죄의식을 느낄 만도 하네요. 정당함이 정당함 그 자체로 인정받지 못하고, 그 외부 요인에 의해서 왜곡되고 변질되고, 그 주위 사람들이 이렇게 큰 피해를 받는 것은, 그동안 우리 사회가 얼마나 건강하지 못했는가를 보여주는 것이죠. 그나마 다른 사람들에 의해서 그 정당함을 인정받고 그것이 우리 사회에서 재조명되고 확산되었다는 것은 그만큼 우리 사회가 건강해지고 있다는 증좌죠."

"어머, 민이가 자네요."

하며 지영이 거실 쪽으로 뛰어간다. 두 사람이 열중해서 이야기하느라고 민이에게 신경을 못 썼더니, 잠이 들었다. 피곤했는지 아직 영화도 안 끝났는데 긴 소파에 누워서 자고 있다. 민이 엄마는 얼른 민

이를 안으며,

"죄송해요. 민이 때문에 가야겠네요."

"안방 침대에서 재워도 되는데……."

"아니에요, 10시가 다 되어가네요. 다음에 또."

그러면서 현관으로 갔다. 형은은 얼른 현관문을 열어주고, 민이 신발을 챙겨서 들고 민이 엄마를 따라 나갔다. 지영이 현관 전자번호를 눌러 문을 열자, 형은이는 민이의 신발을 현관에 두고 인사를 하고 나왔다. 그리고 형은이 집으로 돌아와 현관을 열자 그동안 어디에 있었는지 기척이 없던 다훈이 달려 나왔다.

"이 녀석, 어디 있었어? 말썽이나 피우지 않았나?"

하고 주위를 살핀다. 그동안 다훈이를 잊고 있을 정도로 잠잠한 것을 보면 무언가 수상하다. 가끔 쓰레기 봉지를 찢어놓기도 하고, 늙어가면서 응가를 실수해 주눅 든 표정을 보면 걱정이 된다. 집 안 여기저기를 살폈다. 별 이상은 없는 것 같다. 집에 놀러 오는 아이들이 다훈이를 귀찮게 따라다니며 짓궂게 굴어 아이들이 오면 숨어버린다. 민이는 잘 따랐는데 오래간만이라 잊었나? 형은은 거실에 민이가 먹은 홍시를 담았던 공기와 식탁에 놓인 와인잔을 들어다 싱크대에 놓고 수돗물을 따라놓는다. 그리고 어질러놓은 와인병과 안줏거리를 담은 접시를 치운다. 둘이 이야기하는 사이 와인 한 병을 다 비웠다.

17

　지영이 민이를 안고 집 안에 들어서니, 양복도 벗지 않은 채 남편이 식탁에 앉아 코냑을 마시고 있었다. 술안주도 없이. 지영의 가슴에 쿵 하는 소리가 났다. 민이를 민이 방에 데리고 가, 옷을 벗기고 잠옷으로 갈아입히고 침대에 눕히고도 민이 방을 나가기가 무섭다. 경주와의 사건 이후에 일상적인 대화는 했지만, 남편이 왜 자기 혼자 그 집에 두고 갔느냐 등의 일체의 그날 이후의 일은 말을 꺼내지 않았기 때문에 지영도 아무 말을 할 수가 없었다. 지영의 머릿속에서만 그 이후 생겼을 변수들이 여러 가지 버전으로 떠올랐다 사라지곤 했다. 그날 남편의 상황으로 경주가 어떻게 해도 목적은 이룰 수가 없었을 것이다. 그동안의 관계로 보아 그것만은 지영이 확신한다. 그런데 그 이후 두 사람의 관계는 어떻게 발전했을까. 남편이 샤워를 할 때나 화장실에 머무를 때, 일찍 먼저 일어났을 때, 남편의 휴대폰을 뒤져보고 싶은 마음이 불쑥불쑥 일어난다. 그러나 자신이 이혼 소송을 하고 있는 부부를 조정할 때 부부에게 항상 말했다. 휴대폰을 뒤지는 것은 이혼을 각오한 이후에나 할 수 있는 일이라고. 남편을 신뢰하지 않으면 이혼해야 한다. 서로가 불신 속에서 살 수는 없다. 마음을 정리할 때까지 기다려주어야 한다. 그러면서 아버지 사건에 집중하자고 마음을 돌리지만, 시시각각 마음이 그 일로 인해 엉켰다. 아버지를 찾아뵈어야 하는데 남편과의 불편한 관계 때문에 말을 꺼낼 수가 없다. 남편과 자신이 왜 서먹한 관계가 되었는지도 모르겠다.

지영이 그날 그 장면을 보고, 자신이 어떻게 했어야 현명한 행동이었을까 확신이 안 선다. 놀라서 뛰어나왔고, 민이를 데리고 집으로 왔을 뿐이다. 남편의 잘못이 아니기 때문에 남편을 원망할 수도 없다. 그날 경주네 집에 가게 된 것은 지영은 운명적인 것이라 생각한다. 그렇지 않으면 빅뱅처럼 모든 일이 동시다발적으로 일어날 수가 없다. 남편도 그 일을 지영이 알고 있다는 것을 알기 때문에 서먹한 관계가 된 것이다. 그렇다고 해도 지영이 할 말은 없다. 두 사람이 불륜 관계를 맺었다고 한들 지영이 어떻게 할 것인가? 그로 인해 촉발된 감정으로 서로 관계를 지속할 것인가, 관계를 정리할 것인가는 두 사람이 해결해야 할 문제이다. 지영이 어떻게 해 줄 수 있는 부분이 없다. 그렇다고 해도 남편과의 이런 관계가 견디기 불편하다.

똑 똑.

지영이 이런저런 상념으로 민이 침대 옆에서 깜빡 졸았나 보다. 노크 소리에 놀라 잠을 깼다.

"왜 여기서 잘 거야?"

"아니요, 깜빡⋯⋯."

지영이 남편의 얼굴을 올려다보았다. 남편의 얼굴이 불콰하다.

"이리 와서 한잔하지⋯⋯."

지영은 마지못한 듯 식탁으로 가 남편 앞에 앉았다. 남편이 코냑잔에 술을 따라주면서, 냉장고에서 땅콩과 배를 가져온다. 그리고 칼을 찾는다. 지영이 서랍에서 칼을 찾아 접시에 썰어놓았다.

"자."

지영이 잔을 들 때까지 기다리다 잔을 부딪친다.

"그날 경주 씨 집에 갔을 때 상황을 설명해봐."

"어떤 상황요?"

"왜 내가 그 집 안방 침대에 누워 있고, 그 집 남편은 어디 가고, 경주는 예진이 방에서 잤는지?"

"네에?"

지영은 너무 깜짝 놀라 터져 나오는 고함을 막기 위해 손으로 입을 막았다.

'남편이 경주 안방 침대에? 거기다 그 남편은 어디에? 지영은 말을 속으로 삼키며 놀란 표정을 감출 수가 없었다.

"저는 모르는 일인데요."

"근데, 왜 당신과 민이만 왔냐고."

"그것은…… 당신이 술이 너무 취해……."

그날 일을 입으로 뱉을 수는 없다. 남편은 그날 상황을 전혀 기억하지 못한다. 남편은 지금도 불쾌한 표정을 감추지 못한다. 지영도 이해가 안 된다. 남편이 그 집 안방에, 그리고 경주 남편은 어디에 간 것이란 말이야? 아무리 반복해서 생각해도 그때 상황을 이해할 수가 없다.

"근데 새벽에 어떻게 왔어요?"

"눈을 깨보니, 남의 집 안방이라, 놀라서 당신과 민이를 찾아 이 방 저 방 문을 열었더니, 민이와 당신은 없고 경주가 예진이 방에서 자고 있던데, 그래서 얼른 그 집을 빠져나왔지. 기가 막혀서."

"제가 떠나올 때만 해도 경주 남편이 거실에서 자고 있었는데."

"그때 나는 어디에 있었냐고."

"아, 그건……."

남편이 지영이를 쳐다보는 눈에 광기가 서린다.

"아, 그건…… 제가 예진이 방에서 나오니, 당신이 술에 취해 경주의 부축을 받고 화장실로……."

"근데, 남의 여자가 자기 남편을 부축해 화장실로 가는데 가만히 있었어?"

"그럴 수가 없었어요. 경주가 무안할까 봐."

"무안? 당신 남편이 어찌 되는 것은 상관없고?"

"그렇게 술에 취한 줄을 몰랐어요."

"그런데, 경주가 문자로 기억나는 게 없나요? 계속 묻던데 그건 뭐야?"

지영은 얼굴이 빨개졌다. 순간 경주에 대한 분노가 치솟았다.

"제가 그걸 어떻게 알겠어요? 두 사람 사이에 일어난 일을……."

지영은 자신도 모르게 나오는 큰 소리에 당황했다. '이건 뭐지? 자기 속에 두 사람에 대한 분노가 숨어 있나' 하는 생각이 들었다.

"두 사람 사이에? 당신 그 말은 무슨 의미야? 마치 두 사람 사이에 무슨 썸싱이라도 있는 것처럼 말하네?"

"그럼, 아니에요?"

"아니, 당신이……."

"어릴 때부터 친했다면서요? 그러니 두 사람의 관계를 제가 어떻게 알겠어요?"

"그럼, 지금까지 경주와 나 사이에 무언가 있다고 생각하고 있었어?"

"아니요, 그날 경주의 태도를 보고 그런 생각이 들었어요."

"그날 어떤 태도?"

"남편 때문에 가슴이 드러난 화려한 드레스를 입었다고 생각해요? 경주가 평상시에 당신을 대할 때 이상한 점이 없었어요? 검사들 간에도 경주와 당신 두 사람 사이에 소문이 이상하다고 하던데?"

"경주는 어릴 때부터 나한테 그렇게 친오빠처럼 대했어."

"당신은 지금까지 경주의 태도가 친동생이 오빠한테 하는 것처럼 보여요? 그렇다면 저도 할 말이 없네요. 새삼스러울 것도 없겠네요."

지영은 더 이상 그 얘기를 끌고 가고 싶지 않았다.

"그런데, 경주가 그날 이후 보낸 문자가 이상해서. 지영이는 아무렇지 않았느냐? 그리고 기억은 전혀 안 나느냐고 묻고 있잖아?"

"그럼, 경주한테 물어보세요. 저는 그것 말고도 골치 아픈 일이 한두 가지가 아니에요."

"왜?"

"그날 경주 집 거실에 걸려 있었던 '광명 87호'라는 선박 사진 기억나세요?"

"그럼, 그게 어때서?"

"그 배 때문에, 아버지가 실직을 했고, 저희 어머니가 쓰러졌고, 오빠가 평생 방황을 한 거예요. 그렇게 우리 집을 망하게 해놓고 경주 집은 마치 그것이 자기네 집에 영광을 가져다주었다고 버젓이 자랑하고 있었잖아요? 저는 피해의식 속에서 평생을 살아왔고. 당신의 어머니, 아버지는 아무것도 볼 것도 가진 것도 없는 집안의 출신이라고 저를 냉대하시고. 이제는 세상이 가증스럽다는 생각이 들어요."

남편은 지영이 지금까지와는 다른 모습에 지영을 낯선 사람 쳐다보듯 뚫어져라 쳐다본다. 그러면서 떨리는 목소리로 말했다.

"당신, 충격을 많이 받았나 봐. 그동안의 당신과는 전혀 다른 모습이야. 그리고, 이제 당신의 기억이 온전히 돌아온 거야? 그게 다 무슨 말인지 속 시원히 이야기해봐.”

“나도 너무 충격을 많이 받아 제정신이 아니에요. 사람들이 남대문에 불을 지르고, 지하철에 휘발유를 뿌리는 것을 보고 이상한 사람이라 생각했는데, 저도 인터넷을 뒤지다 모든 진실을 알고 나니, 손에닥치는 대로 때려부수고 불태우고 싶다는 생각까지 들었어요. 당신이 알고 싶으면 찾아봐요. 그 선박 이름을 인터넷에 쳤더니 우리 가족사가 훤히 보이더군요.”

남편이 다시 코냑을 지영이 잔에 따라주었다. 지영은 코냑을 한입에 털어 넣었다. 남편이 지영이 옆으로 와서 지영을 팔로 감싸 안았다.

“당신의 고통에 동참할 테니, 원하는 것이 있으면 나에게 도움을 청해.”

“아니요. 당신 집안과 경주 집안이 쌍생아처럼 묶여 있는데, 당신의 부모를 배반하면서까지 절 도울 수는 없을 거예요.”

“평생 법조인으로 살아온 아버지시잖아? 그 정도의 균형 감각은있다고 생각해. 지금까지 당신 일 말고는 나를 실망시킨 적이 없던분들이셔.”

“그렇겠죠. 당신의 존엄한 인격이 손상되지 않는 범위에서는 그렇게 하시겠죠.”

“아무튼, 내가 인터넷으로 찾아보고, 내가 당신을 도울 일이 뭔지나도 생각해볼게. 경주와 나의 관계는 정말 어릴 때부터 오빠 오빠하며 따랐던, 그 이상도, 이하도 아니야."

"그렇지만, 경주는 생각이 다르다면요."

"그날 이후, 나도 경주에게 거리를 두어야겠다는 생각을 했어. 그날도 그냥 우리집에서 둘이서 한잔할 것을, 그냥 전화 오는 통에 당신이나 내가 무엇에 홀렸나 봐. 더 이상 경주와 나 사이에 대해 오해하지 말아줘. 그리고 검사들 사이의 소문은 그냥 어릴 때 동생처럼 경주가 친하게 대해도 아무렇지 않게 받아준 내게 잘못이 있어. 그것도 앞으로 조심할게."

그러면서 남편은 자신의 볼을 지영의 얼굴에 비비며 힘차게 껴안았다. 지영은 남편의 그런 포옹에도 전혀 몸이 반응하지 않았다.

18

지영이 민이를 학교에 보내고 건국대학교 중환자실을 찾았을 때는 점심시간 전이었다. 지영이 전날 저녁에 끓인 흑임자죽을 넣은 보온병 가방을 들고 병실에 들어섰을 때는 마침 간병인이 어머니를 목욕시킨 후였다. 아랫도리에 펑퍼짐한 면바지를 입고 침대에 엎드려 있는 어머니 등에 바디로션을 간병인이 발라주고 있었다. 지영이 문을 열었을 때 간병인은 깜짝 놀랐다.

"어머, 이게 누구예요? 아파서 당분간 못 오신다더니 어떻게?"

지영이 나타난 것이 의외인 듯 놀랐다.

"오빠 말은 몇 달 병원에 입원하셨다더니? 멀쩡하시네."

"몇 달은요? 다행히 빨리 나았어요."

"역시 아직 젊으시니까 그렇게 빨리 완치되셨나 봐요?"

"심각하지 않았나 보죠?"

"요즈음 어머님이 밤마다 몸이 가려운지 몸이 벌겋게 부어 올라요. 오래 침대에 누워 있으면 욕창 때문에 고생한다는데 다행히 어머님은 욕창은 없는데 피부가 부드러운지 오래 한 자세로 가만 두면 그쪽 피부가 벌겋게 부풀어 올라요. 의사 말로는 순환이 안 돼 염증이 생긴 것이래요. 혈액순환을 위해 샤워라도 한번 시키려면 무거워서 혼자서는 너무 힘들어 오빠를 기다려도 요즈음은 통 나타나질 않네요. 그래서 큰 맘 먹고 옆 병실에 가족이 온 틈을 타 간병인을 잠시 불러 샤워를 시켰어요. 싫다고 괴성을 지르고 한바탕 난리를 쳤어요."

어머니의 몸을 바로 하고 간병인이 로션 바르는 것을 다시 시작했다. 지영이 로션을 받아 자신의 어머니의 얼굴과 목, 손 등에 바르고 위에 면 잠옷을 입혔다. 그리고 바로 눕히며 어머니의 볼에 얼굴을 갖다 대었다. 얼굴 근육이 움칠한다. 그러면서 눈물이 쏟아지듯 흘러내린다.

"엄마, 미안해요. 그동안."

말을 하는 순간 울컥 설움이 올라왔다. 지영은 설움을 삼키고 다시 엄마의 볼을 자기의 볼에 비볐다. 지영의 입으로 엄마의 눈물이 흘러내린다. 지영이의 눈물과 어머니의 눈물이 한 줄기가 되어 땅으로 떨어진다.

"엄마!"

지영은 엄마를 다시 부둥켜안는다. 설움은 다른 설움을 불러온다.

눈물이 그칠 줄 모른다.

"전혀 차도는? 흑흑……."

흐느낌으로 말이 되어 나오지 않는다.

지영은 눈물을 삼키며 물었다. 간병인이 어머니께 물을 주기 위해
대롱이 달려 있는 물병에 물을 채우면서 말했다.

"글쎄요. 아직 이러고 계시기에는 아까운 나이인데. 지난번 아버님
보니까, 아이고, 아직도 청년 같으시던데, 아버지도 그 나이에 어머
님이 이러고 계시니 재혼도 하기 힘들고. 아버님도 딱하시고 내가 다
안타까워요. 몸은 차도가 없는데, 오빠나 아버님이 오시면 계속 눈물
이 흐르는 것을 보면 모든 것을 다 알고 있는 것 같고요. 지금도 그동
안 따님을 오랫동안 못 보았다 싶었는지 눈물바람하는 것 보셔요. 다
른 사람은 의식이 돌아오기도 한다던데, 따님이 뭐라 뭐라 해도 엄마
가 제일 아쉽죠. 왜 안 서럽겠어요. 출산하고 친정 엄마 산바라지를
받아봤나, 손녀가 귀엽다고 안아줄 수가 있나. 애 기를 때는 친정 엄
마 생각이 제일 나는데, 쯧쯧……. 그동안 잘 참으시더니 아프고 나
니까 친정 엄마 생각이 더 나겠지요. 쯧쯧, 안쓰러워서, 쯧쯧."

정말 안스러운지 말끝마다 혀를 찬다.

"근데 어머님도 이러고 계셔도 서럽고 외로우신가 봐요. 주무시면
서도 강아지 울음처럼 계속 끙끙 앓는 것처럼 울어요. 저는 버릇이
되어 그러려니 하는데 어떤 때는 옆 병실까지 들리는지, 옆 병실 간
병인이 기분 나쁜 울음소리라고 그쪽 보호자들이 질색을 한다고 병

실을 바꿔달란다고 그래요. 그렇다고 전들 어떻게 하겠어요? 의사들이 어떻게 할 수 있겠어요? 그래서 다른 병실로 그 사람들은 옮겨 갔는데, 또 다른 암 환자가 들어와 불면에 시달리는데 이상한 울음소리가 들린다고 잠을 한숨도 못 잤다고 그래요. 그렇지 않아도, 의사 선생님들이 이번에 아버님 오시면 집으로 모시든지 해야겠다고, 의논드린다고 해요. 참 딱해요. 가족과 떨어져서 얼마나 외로우면 자신이 대놓고 울지 못하니 밤마다 그런 울음을 우는지……. 참 애처로워서 못 보겠어요. 신기하게도 아버님이나 오빠가 다녀가신 후 며칠간은 덜해요. 본인도 마음이 편하신가 봐요. 가족이라는 것이 무언지……. 하여튼 아무리 제가 옆에서 지키고 있어도 소용이 없다니까요."

간병인은 자신이 말을 하면서 자신의 서러움처럼 흐느껴 운다. 지영이 역시 그 이야기를 들으면서 눈물이 흘러나오고 꺽꺽 흐느끼는 소리를 내지 않으려고 대답도 못 한 채 울음을 삼키고 있었다. 그러다 간병인이 자기 설움 때문인지 지영을 끌어안고 통곡을 하기 시작했다. 지영 역시 참고 있던 울음이 밖으로 터져 나오며 엉엉 큰 소리로 간병인을 부둥켜안고 울었다.

"우리 엄마, 어떻게 해요? 이제 어떻게 해요?"

간병인이 지영이를 일으켜 세우며,

"이제 울음 그치세요. 안 그래도 울음소리 듣기 싫다고 옆 병실에서 난리인데."

하며 자신도 눈물을 휴지로 닦으며 지영에게 물 한 컵을 갖다주었다.

지영은 물을 마시며 흐느낌을 멈추려고 물을 벌컥벌컥 마셨다. 차가운 물이 목을 타고 내려가며 흐느낌도 가라앉았다. 지영은 보온병을 꺼내 냉장고 위에 있는 종지에 흑임자죽을 담았다.

"흑임자죽 가져왔는데요. 흑흑…… 충분히 가져왔으니, 같이 드세요."

지영이 흐느끼면서 간병인을 보고 말했다.

"요즈음은 죽도 건더기 있는 것은 토하는 경우가 많아요. 그래서 병원에서도 주로 유동식으로 끓인 곡물이나, 건데기를 갈아서 가져와요. 아무리 근육 운동을 누워서 한다 해도 유산소 운동을 못 하니 장이 쪼그라드는 모양이에요."

간병인이 침대 아래 있는 버튼을 눌러 침대를 밥 먹기 좋은 자세로 올렸다. 거기에 식탁 대용으로 침대에 붙어 있는 조그만 테이블을 편친다. 12시가 이미 지나 있다. 똑바로 앉을 줄을 모르니 침대를 고정시켜놓아도 자꾸 옆으로 쓰러진다. 지영이 한 손으로 목을 받치고 숟가락으로 한 숟갈 입으로 넣어주었다. 입도 빨리 움직이지를 못하니 죽이 혀에 그대로 있다. 혀가 조금씩 어둔하게 오물거린다. 한 숟갈을 먹이는 데도 다 먹을 때까지 시간이 걸린다.

"식사 한번 시키려면 얼마나 힘드는지 진땀이 나요."

"혼자서 그러시겠어요."

지영이는 그동안 바쁘다는 핑계로, 또 병원을 다녀가면 자신이 너무 심리적으로 힘이 들어 될 수 있으면 모든 핑계를 만들어 피하려고 했다. 실제 병원을 왔다 가면 더 심하게 악몽을 꾸었다. 꿈속에서는 언제나 어머니가 죽어 있었다. 그러면서 찬 목욕탕에서 춥다고 지영이에게 이불을 가져오라고 했다. 그런 꿈을 꾸고 나면 며칠씩 힘들었다.

19

민이와 민이 엄마가 다녀간 이후, 다훈이 이상해졌다. 전에는 형은 이나 남편이 외출에서 돌아오면 반갑게 현관으로 달려 나왔는데, 불러야 겨우 슬금슬금 기어 나온다. 형은은 혹 병이 들지 않나 주의 깊게 살폈다. 낮에도 계속 잠을 잔다. 민이네가 다녀간 다음날이었다. 형은이 텔레비전 뉴스를 보고 있었다. 그런데 다훈이 누워서 뒹굴며 발작을 시작했다. 거의 숨이 넘어갈 정도로 10분가량 지속되었다. 남편이 아직 귀가를 안 한 상태라 혼자서 혹 저러다 숨이 넘어갈까 봐 무서웠다. 형은은 발만 동동 구를 뿐 무얼 어떻게 해야 할지 당황스럽기만 하다. 그러다 10분이 지나 발작이 끝나자 비실비실 걸어서 거실 양탄자 위에 몇 번 쓰러지며 일어났다. 형은은 다훈이 물그릇을 다훈이 방에서 가지고 나와 양탄자 위에 올려주었다. 목이 말랐는지 물을 벌컥벌컥 마셨다. 5분 정도 지나자 멀쩡했다. 지영은 휴 한숨을 쉬었다. 그 이후 30분가량 지나자 남편이 들어왔다. 형은은 남편의 방으로 가서 옷을 갈아입는 동안 옆에서 다훈이 때문에 놀란 이야기를 계속 했다. 남편이 거실로 와 다훈이 머리를 쓰다듬는다.

"훈이, 괜찮아?"

그러자 아무렇지 않다는 듯 꼬리를 살래살래 흔든다.

"그러다가 죽을 수도 있겠더라고요. 발작이 심해지니 혀까지 내밀며 까부러지는데, 어찌나 무서운지. 어휴……."

"글쎄, 왜 그러지?"

남편이 연합뉴스를 보면서 건성으로 답한다. 직접 보지 않았으니 실감이 안 나는 모양이다. 형은은 그때 떨린 가슴이 아직도 떨린다. 형은은 세수를 하고 잠옷으로 갈아입는다. 벌써 11시가 지났다. 얼굴에 크림을 바르고 자리에 누우려니까 남편의 황급한 목소리가 들려왔다.

"여보, 훈이가……."

형은은 거실로 달려 나갔다. 두 시간 전의 그 발작을 다시 시작했다.

"여보, 애 밤새 이러면 어떻게 해요? 빨리 병원에 데려가야겠어요."

발작은 두 시간 전보다 더 심하게 한다. 남편도 쩔쩔맬 뿐 어떻게 해야 할지 모른다. 둘은 그냥 지켜볼 뿐이다. '저러다가 죽지 않을까' 하는 공포가 다시 몰려온다.

"여보, 빨리 옷 갈아입고 병원에 가요."

남편은 핸드폰을 찾아 24시간 영업하는 동물병원에 전화를 건다. 데려오라는지, 남편도 전화를 끊고 옷을 외출복으로 갈아입는다. 형은도 다시 안방으로 들어가 대충 외출복으로 챙겨 입고 다훈이 발작이 끝나기만을 기다린다. 이제 겨우 진정되어 비틀거리며 걷다 다시 쓰러지고 걷기를 반복한다. 형은은 핸드폰을 꺼내 동영상으로 다훈이 비틀거리는 모습을 찍는다. 훈이 옷을 챙기고 외출할 때 쓰는 목걸이를 챙겼다. 남편이 다훈이를 안았다. 다훈이는 남편의 품에서도 계속 떨고 있다.

이제 태어난 지 15년째다. 인간의 나이로 하면 100살이 넘는다. 그동안 건강하게 말썽 없이 잘 살았다. 지난번 다훈이가 없어진 것도 이미 노쇠하여 이성을 잃었기 때문일 것이다. 지금까지 그런 적이 없었다. 어떤 경우가 생겨도 잘 따라왔다. 그리고 남편과 형은이 같이 산책을 할 때도 남편을 따라가면서도 뒤에 자꾸 처지는 형은을 기다리느라 걸음을 멈추고 서 있다. 그럴 때마다 훈이 마음 씀씀이가 인간 같다는 생각이 들었다. 눈치가 어떻게 빠른지 형은이 따라오는 것을 싫어하면 집에서도 어디 있는지 자신의 존재를 숨겨버린다. 지난번 민이가 왔을 때처럼. 기분이 좋아서 자신과 놀아줄 만하면 언제든 따라다니고 옆에 앉는다. 남편과 형은의 심리를 읽을 줄 안다. 남편과 형은이 둘이 붙어서 다정한 체를 하면 불안한 듯 몇 바퀴씩 거실을 돌며 마음을 잡지 못한다.

집에서 10분 거리의 병원에 도착했다. 동물병원인데도 꽤 컸다. 현관을 열고 안으로 깊숙이 들어가니 당직 수의사만 있었다. 언제부터 그랬냐, 발작 증세가 어떠냐며, 몇 가지 참고 사항을 물어본 다음, 이런 증상의 대부분은 뇌에 문제가 있는데, 확실한 것은 MRI를 찍어보아야 안다며 입원시키고 가라고 한다. 형은과 남편은 다시 따라 나오려는 훈이를 쓰다듬어주고 병원을 나왔다. 혼자 아픈 애를 두고 가려니 마음이 아렸다. 형은과 남편은 한참 머리를 쓰다듬어주고 일어섰다.

"밤새 아무 일이 없겠죠?"

형은이 수의사에게 물었다.

"그럼요. 제가 열심히 지켜볼 테니, 걱정 마세요."

형은은 20년 전에 중국산 치와와를 친구가 분양해줘 데려온 적이 있었다. 그런데 데려온 지 한 달도 안 되어 감기에 걸렸는지 콧물을 흘리기 시작했다. 그러다 밤새 끙끙 앓았다. 그 다음 날 병원에 데려가야지 했는데 병원이 문을 열기도 전에 이미 몸이 뻣뻣해졌다. 살아 있다는 것이 순간이라는 것을 경험했다. 다훈이도 그동안 너무나 멀쩡했었다. 지금까지 그렇게 멀쩡하던 애가 갑자기 왜 그런지 형은은 이해가 안 되었다. 혹시 남편과 형은이 외출한 사이에도 그런 일은 없었을까, 발작을 일으키다니 그러면 훈이가 얼마나 무서웠을까. 형은의 머릿속에 별 그림이 다 그려진다. 집에 와서도 거의 잠을 못 잤다. 다음 날 아침 8시쯤 동물병원에 전화를 했다. 밤새 두 시간 간격으로 발작을 일으켰다는 것이다. MRI 검사를 하고 연락해주겠다고 한다.

"그사이에 어떻게 되는 것은 아니죠?"

남편이 전화로 묻자, 그렇게 금방 어떻게 되지는 않을 것이라고 했다고 한다. 그런데 뇌에 이상이 있어도 나이가 너무 많아 수술은 곤란하다고 한다.

남편은 출근 준비를 한다. 형은이도 부엌으로 가 아침 준비를 위해 돼지호박, 양파, 브로콜리, 마늘, 버섯 등을 썰어 우유와 치즈를 넣고 끓이며, 황당한 일을 당하기 전에 아들에게 알려야겠다고 생각한다.

형은은 남편이 출근하자 아들네에게 다훈이 비틀거리는 동영상을 카카오톡으로 보냈다. 지금은 그쪽 시간으로 저녁이니 금방 볼 것 같다. 그리고 수의사가 한 말을 그대로 전하며, 마음 준비를 하라고 했다. 한 시간가량이 지나자 아들에게 답변이 왔다. 모든 방법을 동원해서 다훈이를 살려야 한다. 우린들 그러고 싶지 않겠냐고, 그러나 워낙이 나이가 차서 수술도 안 되고 지속적으로 발작이 계속된다면 안락사를 시켜야 하지 않겠냐고 한다고, 마음의 준비를 해야 한다고 했다. 아직 죽지 않았는데 왜 안락사를 시키느냐고 한다. 24시간 지킬 수가 없으니, 발작이 계속되어 고통 속에서 사는 것보다 안락사를 시키는 것이 덜 고통스럽다고 의사가 권한다고 했다. 그랬더니, 의사에게 욕을 하며 자신이나 자기 처가 귀국해서 지키고 있겠다고 했다. 그렇지 않으면 학기가 끝날 때까지 장기 입원을 시키면 안 되느냐고 했다. 아직 결정된 것이 아니니, 검사 결과가 나오면 보자고 했다. 단지 마음의 준비만 하라고 했다.

그 다음 날 남편이 퇴근 후에 병원을 들러 다훈이를 퇴원시켰다. 역시 검사 결과는 뇌에 큰 종양이 있다고 한다. 수술은 할 수 없고 약물 치료만 가능하다고. 병원에서 검사하는 동안 약을 계속 먹였더니 발작을 멈췄다고 한다. 퇴원해서 하루에 두 번 약을 먹이면 발작은 멈출 것 같다고 한다. 그런데 다훈이 집에 데려오자 발작은 일으키지 않았지만 여기저기 정신없이 오줌을 싸댄다. 형은은 가슴이 덜컥 내려앉는다. 병원에서 돌아온 날 내내 응가와 오줌을 번갈아 여기저기 싸놓았다. 가만히 서 있어도 뒷다리가 계속 떨리는 모양이다. 다음 날도 아직 어려운 검사 뒤끝이라 그런지 다훈이가 제정신을 못 차린다. 계속 오줌을 여기저기 싼다. 애처로워 야단칠 수도 없고, 외출할 때 할 수 없이 다훈이를 베란다에 내어놓았다. 밥과 물, 침대까지 내어놓았다. 상황이 괜찮을 때까지 베란다 신세를 져야 할 것 같다.

20

　남편도 인터넷으로 '광명성 87호'를 찾아봤는지 매듭을 어떻게 풀어야 할지 모르겠다며, 일단 아버지를 찾아뵙자고 했다. 지영도 아버지를 한번 찾아뵙자고 생각했지만, 틈을 못 내고 있다, 마침 남편까지 동참해준다고 해서 지영도 고마웠다. 지영과 남편은 민이까지 데리고 토요일 아침 일찍 터미널에서 통영 가는 버스를 탔다. 지영은 통영을 다녀온 지 10년이 넘었다. 사법고시 합격하고 아버지를 뵈러 간 적이 있었다. 그때는 엄마도 통영에 계셨다. 차츰 어머니의 병세가 악화되자 작은 시설의 병원에서 감당하기 힘들고, 그 당시 통영에서 간병인 구하기도 힘들었다. 그래서 지영이 결혼하고 얼마 안 있다 지영이 있는 서울로 옮기는 것이 좋겠다고 지영이 고집을 피웠다. 아버지는 너에게 짐이 되어서는 안 된다고 힘들더라도 통영에서 어머니를 곁에 두겠다고 했다. 그러나 어머니는 이제 아버지도 지영이도 알아보지 못하는, 거의 의식이 없는 상태에서 의료 장비에 의지해 살고 계셨다. 그러니, 서울이나 통영이나 전혀 상관이 없다. 그러나 병원 규정상 한 병원에서 장기간 입원할 수가 없으니 시설이 좋고 병원이 많은 서울이 편리해 옮겼다.

민이는 오랜만에 고속버스를 타고 가는 나들이라 흥분 속에서 계속 질문을 하더니, 버스가 출발하자 책을 꺼내어 읽었다. 지영도 오래간만에 아버지를 만난다고 생각하니 마음이 설레었다. 어릴 때 아버지는 출항을 하지 않는 날은 거의 어머니와 나들이를 하거나 지영이 학교에서 돌아오면 지영이 공부를 도왔다. 아버지는 출항을 하고 돌아올 때는 영어로 된 동화책이나 머물렀던 나라의 지도를 가져오셔서 그 나라의 역사, 위치, 특징 등을 가르쳐주었다. 네덜란드에 다녀와서는 네덜란드의 화가 렘브란트와 고흐의 화집을 사왔다. 네덜란드는 육지가 바다보다 낮아 풍차를 사용한다는 것과 튤립이 많은 아름다운 나라라고 가르쳐주었다. 지영은 아버지가 어디 다녀올 때마다 어떤 이야기 보따리를 가져올까 손꼽아 기다렸다.

지영의 가족에 대한 기억은 10년 전 기억으로 멈추었다. 반복적으로 떠오르는 영상은 그해 아버지가 돌아온 이후 집의 을씨년스러운 풍경과 아버지의 그전과는 다른 모습이었다. 그 기억은 순간적 기분에 따라서 이렇게 저렇게 이미지화되어 지영의 기억 속으로 떠올랐다 사라졌다. 그해 손꼽아 기다리던 아버지는 돌아오지 않고 흉흉한 소문이 돌던 것이, 아버지가 감옥으로 갔다는 말과 검사에게 끌려갔다는 둥, 경찰서에 있다는 둥, 밑도 끝도 없는 말들이 아버지 배를 함께 탔던 가족들을 통해 흘러나와 지영의 집까지 한 바퀴 돌아서 나갔다 하면 또 다른 이야기가 들려오곤 했다. 동네에서 같이 배를 탔던 사람들이 돌아오고도 10일이나 훨씬 지나 돌아온 아버지는 차라리 말이 없었다. 아직 열 살도 안 된 지영은 집안이 어두운 기운으로 덮여 있었다는 생각밖에 떠오르지 않았다. 여느 때의 엄마는 아버지가 장기간의 출항에서 마치고 돌아오는 날에는 잔칫상을 차렸다. 불고기에 잡채에, 꼬리곰탕에 갖가지의 나물과 해산물로 가득한 상을 차리느라 하루 종일 동네 사람들과 북적대었다. 그런데 그날은 떠돌아다니는 소문에 지레 겁을 먹고 기운을 차리지 못한 채 결국 아버지가 도착한 날은 자리에 눕게 되었다. 아버지 역시 돌아오자마자 자리에 누웠다. 돌아올 때마다 가져온 선물을 자랑하기 위해 숨 가쁘게 찾던 지영이에게 눈길조차 주지 않고 쓰러질 것 같은 몸을 겨우 가누며 몸져누웠다. 그동안의 시달림으로 온몸에 피멍 섞인 상처가 얼굴과 목 군데군데 검붉게 자리를 잡고 있었다. 지영은 저녁도 먹지 않은 고픈 배를 웅크리며 문턱까지 찬 어둠의 혀의 낼름거림을 지켜보고 있었다.

"엄마, 물 줘!"

지영은 민이 소리에 상념에서 깨어났다. 남편이 앉은 뒷자리에서 신문 뒤적거리는 소리가 났다. 지영은 생수병을 꺼내 민이에게 주고

굴을 꺼내 뒤를 돌아보며 뒷자리의 남편에게 주었다. 지영도 굴을 하나 꺼내 껍질을 벗겨 민이에게 반을 떼어내어 주었다. 민이는 굴을 한꺼번에 입에 넣고 책으로 다시 눈이 갔다.

"재미있어?"

"응, 엄마."

"무슨 책이야?"

"스티븐 호킹."

"스티븐 호킹?"

"어떻게 해서 스티븐 호킹이 별에 관해 관심을 가지게 되었는지 궁금했어."

"스티븐 호킹은 어떻게 알았어?"

"우리 반 남자 중에 제일 공부 잘하는 남학생이 언제나 자신이 스티븐 호킹 같은 사람이 될 거라고 해. 입만 벌리면 스티븐 호킹 이야기를 해. 그래서 그 사람이 누구냐고 물었더니, 나보고 '바보' 그랬어. 그러면서 실망했다고 그랬어. 그래서 그 남자아이한테 책을 빌려 왔어. 걔는 영화 〈인터스텔라〉를 봤는데 거기에 블랙홀이라는 것 때문에 시간이 과거가 미래가 될 수 있고, 미래의 시간을 볼 수도 있대. 그런 것을 아인슈타인과 스티븐 호킹이 알아냈대. 이 책은 스티븐 호킹이 어떻게 별에 대해 관심을 가지게 되었는지, 젊었을 때부터 병이 든 이후 쓴 스티븐 호킹의 history야. 불쌍하고 위대한 사람이야. 엄마, 난 그렇게 못 살 것 같아."

지영은 깜짝 놀랐다.

"누가 너보고 스티븐 호킹처럼 살래?"

"그래도 엄마도 엄마가 원하는 사법고시에 합격하고, 판사가 된 것처럼, 나도 내가 원하는 부분에서 성공을 하려면, 스티븐 호킹처럼 고통 속에서도 참고 견뎌내어야 성공하는 것이잖아?"

"성공 같은 것은 없어. 너가 살면서 그것을 하면 제일 행복할 수 있는 것을 찾아. 매 순간 최선을 다하면 되는 거야. 그것이 스티븐 호킹처럼 인류에 공헌하는 것이면 더욱 좋지. 그렇지만, 사람마다 하나님이 준 그릇이 다르기 때문에, 누구나 다 스티븐 호킹처럼 살 수는 없어."

지영은 아직 노는 것에만 관심을 가질 나이에 민이가 최근 지영의 입원 이후 너무 조숙해졌다는 생각을 해. 민이가 말을 할 때마다 깜짝깜짝 놀란다. 지영은 자신이 우울하고 불행한 어린 시절을 보냈기 때문에, 민이는 아무것도 모르고 행복하게만 살았으면 한다. 더 다른 기대를 하고 싶지 않다. 민이는 다시 책 속으로 눈을 가져간다. 지영은 버스 창문 밖으로 눈을 가져가며 다시 자신을 생각해본다.

민이 나이 때 서울의 아버지 친구 집으로 와서, 어머니 아버지 없이 외로운 생활 속에서도 자신은 공부만 해야 한다고 생각했다. 아무리 학비와 생활비가 와도 꼭 그 집에서 더부살이하는 것 같은 느낌은 어쩔 수 없었다. 그 집 사람들의 눈치를 보게 되고 그 집 아이들과의 차별을 당연한 것으로 생각해왔다. 그 집 사람들의 나들이에도 지영은 끼고 싶지 않았다. 차라리 마음 편히 집에 있는 것이 좋았다. 아버지 친구는 가족을 책임지는 성공한 의사였고, 자신의 집과 비교가 안 되는 화목함 속에 자신이 끼어들 틈이 없었다. 형편없이 산산조각 난 자신의 집의 형편은 언제나 그 집과 비교되어 지영을 움츠러들게 했다. 어머니는 한번 쓰러진 이후 여전히 회복되지 못했고, 아버지는 조그만 선박을 가지고 멍게 양식 조업을 하고 있지만, 어머니 병원비 때문에 어려운 살림을 근근이 이어갔다. 자신의 부모가 아닌, 미국에 있는 이모들이 학비와 생활비를 보내준다는 것도 자신의 자존심을 훼손시키는 것이었다.

아버지 친구는 아침에 잠시 지영이 머리를 쓰다듬어줌으로써 자신의 애정 표현을 다했다. 외과 의사이기 때문에 교통사고로 인한 환자를 24시간 돌보아야 한다고 했다. 수술을 많이 해서 집에 못 들어오는 날도 많았다. 일찍 퇴근해야 12시였다. 그래서 지영과 만나는 시간이 아침 밥 먹는 시간뿐이었다. 아무리 지영이 생활비와 학비를 받는다 해도 경제적으로 넉넉한 가정에서 지영이 이모로부터 보내오는 돈은 하루 반찬 값밖에 되지 않았다. 지영이 그 집 아이들의 공부를 돌보고, 학교 선생들에게 지영의 학업 성적의 우수함을 전해 들어 괄시는 못 하지만, 아버지 친구 부인이 지영에게 보내는 냉랭한 눈초리에는 고드름이 돋을 정도였다. 그래서 지영은 될 수 있으면 자신의 방에서 벗어나지 않았다. 그러나 일하는 언니가 저녁 준비를 하거나 잠에 곯아떨어질 때는 일하는 아이 대신 심부름을 지영이 담당해야 했다. 지영과 동갑인 계집아이와 세 살 밑의 사내아이는 저녁 먹고도 수시로 아이스크림이다, 콜라다, 라면을 찾았다. 동네 가까이 있는 가게까지 10분 이상을 가야 했다. 시간이 10시가 넘어도 11시가 넘어도 지영이 심부름을 다녀와야 했다.

그러다 어느 하루 자고 있는 지영을 깨워 아줌마가 사내아이가 아이스크림의 한 종류인 비비빅을 먹고 싶어 한다고 사 오라고 했다. 초겨울인데도 꽤 추운 날씨였다. 지영은 눈을 비비며 잠옷 위에 바지를 꿰어 입고 두꺼운 코트를 걸치고 집을 나섰다. 잠 속으로 빠진 마을은 조용했고, 가끔 술 취한 취객의 음정도 맞지 않는 노래가 끊어졌다 다시 이어지곤 했다. 지영은 무서워 고개를 움츠리고 쓸쓸한 자신의 인생을 생각했다. 가끔 집 생각이 났지만 떠나올 때 집의 황량한 풍경에 그만 눈을 감아버린다. 엄마가 쓰러진 이후 며칠 사이에 쓰레기 더미로 변해버린 집과 엄마의 통곡 소리는 지영의 머릿속에서 떠나지 않았다. 견뎌야 한다. 이 쓸쓸함과 그 삶이 비록 고단하더라도, 그리고 아버지 말대로 사법고시에 합격할 때까지는. 지영은 눈물이 흘러내리는 것을 주먹으로 훔치고 타박타박 걸었다. 그전에는 그렇게 멀다고 생각되지 않던 거리가 가도 가도 끝이 없었다. 취객마저 자취도 없이 사라지고 어두운 세상에 지영이 혼자 내버려진 느낌이었다. 마치 이 세상의 끝까지 온 느낌으로 가게에 도착했더니, 이미 가게 문이 닫혀 있었다. 가게 문을 흔들고 한참을 기다려도 열어줄 기미가 보이지 않았다. 지영은 이미 그때가 12시가 지나 있음에도 그것은 생각 못 하고 몇 군데 가게인 듯한 곳을 찾아 헤매었다. 결국 비비빅도 사지 못하고 어쩔 수 없이 집으로 돌아왔을 때는 집 역시 모두 잠 속에 빠져 있는지 아무리 벨을 눌러도 기척이 없었다. 지영은 5분 이상 벨을 누르고 대문을 두드렸다. 지영은 어쩔 수 없이 대문 앞에 쭈그리고 앉았다. 누군가가 깨기를 기다리고 앉아 있다 또 벨을 누르고 대문을 두드렸다. 지영이도 한 시간을 헤매며 걸어다닌 덕분에 몸에 열이 났고 피곤했다. 그러나 점퍼로 몸을 감싸고 쪼그리고 앉은 대문 앞에서 잠이 들었다. 누군가가 지영이를 흔들었을 때야 깜짝 놀라 일어났다. 수술을 끝내고 들어오던 아버지 친구였다.

"왜, 대문 밖에서 자고 있니?"

지영은 잠에서 깨어나 자신이 대문 밖이라는 생각도 잊은 채 아저씨를 쳐다보았다.

대문 열리는 소리를 듣고야 자신이 대문 앞에서 잠이 들었다는 것이 생각났다. 거실 안으로 들어가자 훈훈한 공기에 재채기가 연달아 나왔다. 거실에서 기다리고 있던 부인이 놀라며,

"아니, 너는 아이스크림 사러 간 아이가 어떻게 된 거야?"

지영이는 그 사모님이 일부러 그 시간에 아이스크림을 사러 보낸 것이 아닌가 하는 마음이 생겨서 말이 되어 나오지 않았다.

"그 시간이 몇 시인데, 어린애를 아이스크림을 사러 보내? 당신도……."

"준이가 하도 비비빅을 먹고 싶다고 해서."

"그래도 그렇지, 내가 일찍 수술이 끝났으니 망정이지, 그렇지 않았으면 대문 밖에서 동사할 뻔했어. 대문은 왜 안 열어줬어?"

"첫 잠에 벨소리를 못 들었나 봐요."

"향숙이는?"

"걔가 오늘 피곤하다고 일찍 잠을 자는 바람에."

그날 이후 지영은 자신에게 어떠한 행복하고 달콤한 순간이 와도 이 순간적인 찰나의 유혹에 빠지면 안 돼, 죽음을 불사하고 살아내야 해, 이를 악물었다. 그 다음 날 일요일이라 다들 늦게 일어나 늦은 아침밥을 먹는 자리에서 아버지 친구가 아버지에게서 온 편지를 주었다.

자네가 나한테 일주일쯤 자네 집에 와서 지내라고 했지? 사랑하는 내 딸 옆에서 지내라고 말이지. 난 내 딸 곁에서 지내는 자네가 한없이 부러워. 그 애의 존재가 나를 얼마나 기쁘게 하는지 자네는 잘 알지? 나는 우리 딸이 이 세상에 존재하는 것만으로도 행복해. 그래서 딸을 보러 오라고 초대해준 자네에게 감동을 받았네. 그런데 난 자네의 초대를 받아들이지 않겠네. 나는 내 딸이 나를 떠나서 홀로 자신 속에 빨간 꽃을 피워 올릴 때까지 기다리겠네. 나는 매 순간 우리 딸이 나의 품으로 달려오는 꿈을 가지고 살고 있네. 자네에게 큰 짐을 지워서 미안하네, 그리고 우리 딸이 자네 곁에 있어서 마음이 든든하네.

그 편지를 읽은 후 난 언제나 아버지의 존재가 나를 지키고 있다는 생각이 들었다. 그리고 이를 악물었다. 아빠가 이야기하는 나의 빨간 꽃을 피우기 위해서. 학교 선생들이 칭찬을 할 때마다 '이것은 아무 것도 아니야, 순간적인 찰나일 뿐이야.' 그리고 마음을 다지고 어떠 한 냉대도 견디며 살아야 한다는 결심을 다지고 또 다졌다.

아직 여름의 풍성한 가로수들이 버스 창문 사이로 휙휙 지나간다. 주말이라 버스는 밀리다가 다시 가고 하면서도 충북 금산의 인삼랜 드 휴게소에서 10분간 휴식한다는 멘트가 있었다. 휴게소도 나들이 차량으로 엄청나게 붐볐다. 단체여행 온 관광버스에서 들려오는 뽕 짝 소리, 휴게소의 CD 가게에서 들려오는 나훈아의 사랑, 엄청난 인 파 속에서 들려오는 소리들이 뒤얽혀 지영이의 귀를 웅웅거리며 때 렸다가 다시 돌아와 웅웅거린다.

"배들 안 고파? 국수라도 먹을까? 민이 먹고 싶은 것 없어?"

남편이 민이 어깨를 잡으며 말했다.

"응, 보고요."

"화장실 다녀오면 시간이 얼마 없어요. 사 들고 가서 먹어야 할 거 예요."

"일단 화장실 다녀오자. 그리고 바로 이 앞에서 만나자."

지영과 남편은 경주에 관련된 이야기는 될 수 있으면 피하면서 억 지로 일상적인 대화를 나누려고 하지만 아직도 완전히 감정이 풀린 것은 아니다. 지영은 의도적으로 아버지 일에 몰두하려고 그날 일을 생각하지 않으려 한다. 지영과 민이가 화장실에서 나오자 남편은 감

자를 삶아서 파는 가게 앞에 서 있었다. 민이가 아빠 앞으로 달려가더니

"아빠, 이것 먹을래요."

하며 감자를 가리켰다.

"그래, 두 그릇 살까?"

"네."

"제가 커피 사 올 테니, 잠시 기다리세요."

지영은 휴게소 안으로 들어 가 커피점으로 간다. 엔제리너스 커피점이 있다. 지영은 기다리고 있던 앞의 두 사람이 가자 아메리카노 두 잔을 시켜 캐리어에 들고 왔다. 버스에 도착하니 사람들이 대부분 자리에 앉아 있다. 커피 한 잔과 감자 한 그릇을 남편 자리로 주고 민이와 지영은 제자리에 앉았다. 지영은 민이에게 물을 건네며, 물부터 마시고 감자를 먹으라고 했다. 그리고 지영이는 커피를 마셨다. 기사가 오지 않는 사람이 있는지 빈자리를 체크하고 갔다. 민이는 잠을 설쳐 아침을 조금 먹더니 감자를 거의 혼자 다 먹었다. 금방 삶았는지 따뜻하고 맛이 있었다.

"이걸 사 먹으니, 고속버스를 탄 것 같아요."

"그래, 큰일날 뻔했네, 기사 아저씨가 휴게소에 세워주지 않았으면."

"치킨을 먹을 때 꼭 콜라를 먹어야 치킨을 먹은 것 같고, 영화관에 가면 팝콘을 먹어야 영화관에 온 것처럼요."

지영은 웃었다. 이런 사소한 데서 오는 작은 기쁨이 삶을 풍요롭게 하는데 지영은 그런 것을 느끼지 못하고 살았다. 언제나 마음속에는 쓰러진 엄마, 우울한 아빠, 가출한 오빠가 있었다. 사법고시에 합격 하였을 때는 행복보다는 안도의 한숨이었다. 누구의 도움 없이 이제 혼자 살아갈 수 있다는. 남편을 만나 결혼에 이르는 과정에서도 행복 보다는 고통이 더 컸다. 과연 결혼해서 행복할 자격이 있는가? 혹 자 기로 인해 남편을 불행으로 끌고 가는 건 아닌가 하고. 그리고 시부 모 될 사람들의 냉대는 남편에 도취되어 잠시 잊고 있었던 자신을 그 대로 직시하게 했다. 민이가 태어난 이후에야 행복이라는 것을 처음 느꼈다. 그리고 민이를 통해서 새로운 삶을 꿈꾸게 되었다.

지영이네 가족이 고속터미널 근처에서 간단히 점심을 먹고 택시를 잡아 당동 해저터널 근처 일본 적산가옥의 지영이네 집에 도착했을 때 집에는 아무도 없었다. 지영이 내려오면서 아버지와 전화 통화가 안 돼, 문자 메시지로만 대략의 도착 시간을 남겼다. 그러나 답장이 없어 불안한 마음으로 내려왔다.

고속터미널에서 점심을 먹고 택시를 타는 과정에서 느끼지 못했 던 바닷가의 짠 내음이 자신이 살았던 옛 동네에 도착하자 지영이 코 로 가슴으로 번져온다. 어릴 때 자신의 자장가가 되어준, 멀리서 들 려오는 것 같은, 바다의 찰싹거리는 파도 소리에 벅찬 감격으로 온몸 이 반응한다. 해저터널을 지나는 자동차 굉음 소리와 사람들의 웅성 거림까지 자신의 온몸으로 다가온다. 지영은 눈을 감는다. 지영이 잊었던 것은 이 고향의 냄새와 소리였다. 마치 강아지가 자신의 주인을 만나면 꼬리를 흔들듯이 이 통영의 모든 소리와 냄새에 지영의 몸이 확 열린다. 지영은 뜻밖의 이 가슴 벅찬 환대가 그동안 잊었던 고향의 숨소리였다는 생각을 한다. 그동안 자신을 흔들었던 불안이 고향의 숨소리였다는 자각이 온몸으로 온다.

'아, 이 냄새! 이 소리를 난 수십 년 잊고 살았구나.'

지영이 어릴 때 살던 적산가옥 앞에 손을 흔들던 엄마가 보이고 동생이 개구쟁이 짓을 하며 던진 종이 비행기가 온 사방에서 날아온다. 짝 지어 수다 떨던 동네 친구들이 여기저기서 손짓한다. 지영이 울컥한다. 고향의 소리와 냄새가 지영을 흔들고 열 살 전의 지영이를 부른다. 지영이는 통영으로 돌아와야 한다는 자각을 온몸으로 느낀다.

지영은 그동안 의도적으로 엄마를 생각하지 않으려고 했다. 엄마를 생각하면 바로 지영이 집의 황폐한 현실을 떠올리지 않을 수 없기 때문이다. 완벽할 정도로 오빠와 지영이의 교육과 살림에 열중했던 엄마였다. 엄마가 관심을 가질수록 오빠는 밖으로만 돌았다. 지영은 학교에서 돌아올 때마다 엄마가 해놓은 도넛을 비롯한 맛있는 간식, 철철이 바꾸어놓는 꽃꽂이 장식을 보고 행복했다. 그리고 아버지가 배를 타고 여기저기 다니면서 엄마를 위해 사 온 각 나라의 멋진 가구들과 목각 인형을 비롯한 장신구를 기름으로 닦아 가구는 윤을 내며 반짝거렸다. 아버지가 없는 동안 어머니의 유일한 취미가 지영이 공부 돌보기와 가구 손질하기였다. 어머니의 꿈인 집 꾸미기는 오빠의 가출과 아버지의 실직으로 물거품이 되었다. 엄마의 성격에 버텨낼 수 없는 현실이었고 절망이었을 것이다.

아버지가 그렇게 된 이후 손 한번 보지 않은 집은 손으로 밀기만하면 금방 넘어갈 것 같았다. 지영이 문을 열려니 자물쇠가 채워져 있었다. 지영은 집을 떠난 지 30년이나 지났음에도 열 살 적 떠날 때의 그 기억 외에는 아무런 정보도 없다. 그동안 말해서는 안 되는, 괄호 속에 묶어두었던 과거가 남편과 민이 앞에 고스란히 얼굴을 내밀고 있다.

"어딜 가신 거지?"

하며 문을 흔들었다.

"그 댁은 사람이 안 산 지 오래됐는데예."

지나가는 통청바지 작업복을 입은 50대 후반으로 보이는 남자가 쳐다보며 말했다.

지영은 다시 얼굴에 열이 올랐다.

"이 댁 주인은 그럼 어디 가셨어요?"

"은행으로 넘어간 집 아입니꺼. 아직 시에서 재개발 들어가기 전에 내버려두고 있다 아입니꺼. 옛 주인은 멍게 양식장 배에서 먹고 자고 한다 카던데, 모르겠네예. 근데 누군기요?"

지영은 머뭇거렸다.

"네…… 혹 연락처를 알 수 있는 데가?"

"이 동네 뜬 지 제법 돼나서…… 아, 중앙시장에 멍게를 댄다 아이

281

요. 거기 가면 마 알 수 있을 끼구마는."

하며 가래를 목으로 꽉 끌어 올리더니 아스팔트 길 위로 뱉는다. 지영은 남편을 쳐다봤다. 남편의 얼굴이 확 구겨진다. 지영은 얼굴이 화끈해졌다.

지영은 자기 혼자 와서 아버지를 한번 만난 다음에 남편과 민이를 데려올 것을 하는 낭패감을 감출 수가 없다. 지영은 이게 바로 자신의 친정의 현주소라는 생각에 마음을 비우고 남편과 민이를 일단 케이블카를 타는 곳으로 데려다주고 자신은 중앙시장으로 아버지를 찾아 가야겠다는 생각이 들었다. 지영은 남편을 한쪽으로 불렀다. 자신이 아버지를 찾을 때까지 민이와 케이블카를 타는 게 좋겠다고 했다. 남편도 지영이 마음을 받아들이고, 지영이 편한 대로 하라고 했다.

먼저 택시 한 대를 잡아 케이블카 승강장으로 데려다 달라고 태워 보내고 지영은 중앙시장으로 갔다. 캐리어 가방을 하나는 남편이 들고 가고, 지영이 하나 끌고 다녔다. 중앙시장 안에는 가재미, 볼테기, 조기 등 반 말린 생선을 가판대 위에 열 마리씩 무더기로 소쿠리에 담아 팔기도 하고, 톳나물, 미역, 파래 등을 무더기로 팔거나, 상추, 무 등을 조그마한 상자들에 올려놓고 줄지어 팔고 있었다. 출입구에서 안쪽으로 들어가자 멍게, 해삼, 굴 등을 파는 가게가 나왔다. 여기는 제대로 된 가게였다. 안에는 다양한 생선이 상자 속에 있었고 가판대 위의 양은 그릇에 멍게, 해삼, 조개류 등이 물에 담겨 있었다. 지영은 첫 집에 도착, 자기 아버지 성함을 부르기는 민망해 머뭇머뭇거리며 말을 꺼냈다.

"혹 당동에 사셨던 분에게서 멍게 받으셔요?"

"당동? 당동이 어디고?"

"해저터널 들어가기 입구에 있는 마을요. 손명석이라는 분요."

"아, 미국에 다녀오신 분 말이가? 알제, 와 카노?"

반말이다.

"혹 연락할 수 있을까 하고요."

"언제예~ 우리는 멍게 가져 오면 받지, 연락할 게 없제이. 몰러~ 다른 사람한테도 물어보래이."

지영은 아줌마들의 말에서 묻어나는 정감 나는 사투리 말투가 모두 '지영아, 니 어디 있었노? 아이고, 마 와 이래 늦게 왔노?' 하며 자신을 힐난하는 말로 들린다. 말투에서 오는 그 정감이 지영이 가슴을 찌른다. 지영은 지금까지 경험하지 못했던 이 벅찬 감격이 자기 자신도 이해가 안 된다. 그동안 통영을 그리워한 것도 간절하게 오고 싶다는 생각을 한 적이 한 번도 없었다. 가족이 풍비박산이 되어 떠난 고향이었다.

당황과 혼란 가운데 차례로 몇 집을 물어봤지만 똑같은 대답이다. 지영은 난감했다.

'이제 어쩐다?' 몇 번씩 반복해서 속으로 물었지만 좋은 방법이 떠오르지 않았다. 지영이 막상 통영에 내려와도 자신이 살던 집 외에는 아버지를 알 만한 아무런 정보가 없었다는 것이 난감했다. 이렇게까지 아버지와 연락이 되지 않을 줄 몰랐다. 지영이가 문자를 넣었으니, 도착하기 전에 연락이 닿을 줄 알았다. 어쩌면 아버지는 핸드폰 자체를 거의 보지 않고 살지도 모른다. 아버지가 구출해준 미국에 있는 베트남 난민도 아버지 찾는 데 2년이 걸렸다고 하지 않았나. 그동안 아버지께서 '너 앞가림만 잘 하고 살라'고 해서 연락하지 않고 살았던 것이 결국 아버지의 생사조차 알 수 없는 지경에 이르렀으니, 자신이 한심하게 느껴졌다. 자신도 그동안 과중한 판사 업무에 민이 돌보는 일만으로도 벅찼다. 그리고 그동안 오빠의 시달림으로 아버지까지 챙길 여력이 없었다. 아니, 오히려 어떤 때는 아버지로 인해 자신이 오빠에게 괴롭힘을 당하고 있다고 생각해 아버지를 원망한 적도 있었다. 어디로 가야 할지도 모르고 중앙시장에서 나와 해안길로 걸었다. 그러다 정박해 있는 배를 찾아 혹 멍게 양식장을 찾으려면 어디로 가야 하느냐고 물으면 될 것 같다. 부두에서 멀지 않은 곳에 잡은 생선을 내리고 있는 배가 마침 있었다. 세 명의 일꾼이 아직은 따가운 햇빛 아래에서 땀을 뻘뻘 흘리며 작업을 하고 있었다. 마침 러닝셔츠 바람으로 일하던 청년이 일어나 담배를 피우러 가는지 지영 쪽으로 걸어온다. 지영이 얼른 그 청년 앞으로 다가갔다.

"죄송하지만 말 좀?"

"네, 무슨 일입니꺼?"

"혹시 멍게 양식장을 하는 곳이 어딘지 알 수 있을까요?"

청년은 난색을 표하며

"지는 신마이라 모릅니더. 물어봐줄게예."

그 청년이 작업장을 향해 큰 소리로 묻는다.

"혹시 멍게 양식장 하는 곳을 압니꺼?"

"멍게 양식장? 영운리지 뭐. 근데 그게 한두 군데가? 최근에 거제도 쪽에 있는 어의도도 있고. 우선 가까운 영운리로 가보라 캐라, 와카노?'

"멋진 아가씨가 묻네예."

지영이를 흘깃흘깃 쳐다보며 기분 나쁜 웃음을 실실 웃는다. 지영은 '영운리, 어의리'를 입속으로 외우며 고개를 까닥하며 인사를 하고 거기를 벗어났다. 그때 남편의 전화가 왔다.

케이블카에서 내렸는데 어디로 가면 되느냐고 물었다. 지영은 난감했다. 아버지를 찾지도 못하고 영운리도 어의리도 어딘지도 모르고 어디로 오라고 해야 할지 막연했다. 일단 중앙시장 입구 쪽으로 오라고 했다. 그런데 지영이 통화를 하고 있는 사이 좀 전의 그 청년이 달려왔다.

"어의리도 거기 갑니꺼? 섬이라는데 혼자 가면 위험 안 하겠습니꺼? 지가 일 다 끝나면 데려가 줄까예?"

"아니에요. 남편이 온다고 했어요."

청년은 당황한 빛을 띠며,

"아, 예."

아쉬운 표정을 하며 돌아섰다. 지영은 캐리어를 끌고 길을 건너 길거리에 있는 커피숍으로 들어갔다. 커피를 시켜놓고, 영운리와 어의리를 아느냐고 물었다.

"지는 떠돌이라예, 그런 거 모릅니더. 죄송합니더. 근데 영운리는 요새 새로 지은 골프장 있는 곳이 영운리라 카든데?"

지영은 마치 자신이 외계인의 세계에 온 것 같은 생각이 들었다. 겨우 초등학교를 졸업하고 떠났기 때문에 고향만 통영일 뿐이지 전혀 아는 게 없었다. 초등학교 때 소풍으로 다녀온 한산도 제승당 같은 곳만 겨우 알 뿐이다. 이미 해는 기운을 잃어가고 있었다. 배로 가야 한다면 시간이 늦을 것 같다는 불안감이 일어났다. 일단 골프장이 있다는 영운리 쪽을 먼저 가야겠다. 핸드폰으로 구글에서 통영 지도를 찾아 영운리를 이리저리 찾아본다. 여기서 그렇게 멀지 않다. 커피가 다 되었다. 지영은 오른손으로는 가방을 끌고 왼손으로는 두 잔의 종이 커피컵을 캐리어에 들고 중앙시장 쪽으로 나갔다. 케이블카 승강장이 가까운지 벌써 민이가 왔다 갔다 하는 모습이 보였다. 남편이 중앙시장 입구 쪽을 열심히 보고 있었다.

"민이야!"

지영이 큰 소리로 불렀다. 민이는 돌아보지 않고 남편이 먼저 지영이를 발견했다. 지영은 커피 캐리어를 들어 남편을 보였다. 민이가 언제 보았는지 '엄마' 하고 지영을 향해 달려온다. 지영은 남편에게 커피 한 잔을 건네고 택시부터 잡았다.

"아저씨, 영운리 멍게 양식장으로 가주세요."

"멍게 양식장이라고요? 가다 보면 멍석에 멍게를 펼쳐놓고 있는데, 지금은 제철이 아니라서……. 그 근처로 갑니데이. 거기서 마 물어보이소."

"예, 알았어요. 민이 케이블카 재미있었어?"

"케이블카로 올라가니 딴 세상이에요."

"무슨 말이야?"

"마치 천국에서 세상을 보는 것처럼 아름다웠어요."

"다도해가 아름답다는 말은 들었지만 이렇게 아름다운 줄은 몰랐어. 옅은 안개 사이로 드문드문 보이는 섬들이 마치 동양화 속의 그림 같았어. 당신도 같이 갔으면 좋았을걸. 그런데 아버지 계신 곳은 알아냈어?"

"시장은 가져오는 대로 물건을 받는 모양인지, 아버지는 알고 있는데 연락처는 모르네요. 양식장을 한번 찾아보려고요."

"영운리에서 마리나 리조트까지 산책길이 잘 되어 있다 아입니꺼. 여기가 해안 바다 산책로가 유명하다 아입니꺼. 볼일 끝내고 한번 걸어보이소."

"어머, 그래요? 산책로까지 얼마나 걸려요?"

"10킬로가 넘어예, 마리나 리조트까지는. 그쪽에서 해바라기 공원에서 보이는 일출도 멋지다 아입니꺼. 마리나 리조트에서 자고 내일 일출까지 마 보이소."

운전사 말을 들으면서 지영은 생각했다. 이왕 통영까지 와서 아버지를 찾는 것과 동시에 남편과 민이에게도 조그마한 추억이라도 되게 운전사가 이야기하는 대로 마리나 리조트에서 자고 일찍 일출까지 봐야겠다는 생각이 들었다.

"벌써 다 왔어예. 이 근처에서 물어보면 될끼라예. 좋은 시간 보내이소."

"예, 고맙습니다. 관광 안내까지 감사합니다."

근처에 정박해 있는 배는 많지만, 물어볼 만한 사람을 찾을 수가 없다. 한참을 이리저리 다녔다.

"여보, 저기 가보면 되겠다."

하고 남편이 가리킨 손가락을 따라 쳐다보았다. 건물 2층에 '멍게 양식 조합'이라는 사무실이 보였다. 지영은 아, 이제야 하고 한숨이 나왔다. 그리고 바로 달리기를 시작했다. 남편과 민이를 뒤로하고 달려와 건물 계단을 오르자 나무 계단이 지영이 구두 소리에 삐걱거렸다. 작은 사무실에 한 사람이 서류를 뒤지며 뭘 작성하고 있었다. 지영이 문을 벌컥 열었다.

"무슨 일이라예?"

낡은 양복 차림의 50대 후반의 남자가 벌떡 일어섰다. 지영은 급하게 계단을 뛰어올라 숨이 찼다. 잠시 숨을 고르느라 사무실 안을 둘러보았다. 그 사람 뒤에는 대형 통영시 지도가 걸려 있었다.

"저기요?"

또 한 번 숨을 골랐다.

"혹, 손명석이라는 분 이시는지요?"

"예? 손명석요? 저희 조합장 아입니꺼. 우째 그런데예?"

"지금 그분은 어디 계셔요?"

"아, 예, 어장 이용 심의가 있었어예, 회의 갔다 아입니꺼. 조합장이 통영시 수산조정위원이라예."

"근데, 핸드폰은 안 되나요?"

"예, 조합장님은 그거 필요 없다고 놔두고 다닙니더. 사무실 전화로 연락 받으니께요."

"네에?"

지영은 진이 빠졌다.

"그럼 언제쯤 오시나요?"

"글씨요, 저녁 드시고 술 한 잔씩 하면 늦게 오시겠지예. 우째, 찾는데예?"

"제가 그분 따님입니다."

"정말예? 판사 하신다는? 조합장이 어찌 자랑을 하시는지 따님을 모르는 사람은 통영에 없을 기라예."

의외였다. 항상 '통영하고는 연을 끊었다 하고 너만 열심히 살라'고 하신 아버님이셨다.

"네, 근데, 그분하고 연락은 어떻게 취하나요?"

"지가 그쪽 사무실로 연락해놓겠심더. 그러면 이쪽으로 전화 넣겠지요. 아, 전화번호 절 주이소. 직접 전화드리라고 하겠심더."

"언제쯤 연락이 될까요?"

"글씨, 그건 조합장님 마음이라예."

"근데, 그분은 어디 사세요?"

"아, 이 근처에 조그만 방 하나 얻어 거기서…… 가족들도 없이예. 어떤 때는 안됐어예. 다시 장가를 들라고 해도, 서울 따님 옆에 가서 편히 사시라 해도, 내 가족이 너거들 아이가 하면서 조합일이라 물불 안 가리고 자신보다 조합원 먼저 챙긴다 아입니꺼. 우리 조합장 억수로 존경합니데이."

지영이 무슨 말을 해야 할지 모를 정도로 여자처럼 수다스럽다.

"네, 그럼?"

"걱정 마이소. 제가 꼭 전화 넣으라고 하겠십니더."

지영은 이제 맥이 빠졌다. 더 이상 자신이 뭘 해야 할지 모르겠다. 남편과 민이를 앞세우고 계단을 내려오는 다리에 힘이 빠져 쓰러질 것 같다. 남편이 가방을 두 개 다 들고 내려갔다. 한손으로 벽을 짚으며 천천히 천천히 내려왔다.

"일단 숙소를 정하고 저녁을 먹고 기다리자. 숙소는 아까 운전사가 이야기한 마리나 리조트로 갈까?"

"네."

지영은 더 이상 말할 기운도 없다.

"택시를 잡아야겠다. 10킬로 이상 된다는데 걸어가기는 힘드니까 ……."

지영은 해안도로를 따라 걷지 못하는 게 아쉬웠지만, 지금 형편으로 걷기는 도저히 불가능하다. 택시를 잡아 가방을 앞자리에 두고 지영은 뒷자리 안으로 들어갔다. 택시기사가 말한 대로 마리나 리조트로 가자고 했다.

그리고 깊숙이 몸을 의자 안쪽으로 밀고 등을 기대고 눈을 감았다. 피곤하면서도 근래에 드문 편안함이 지영을 감싸고 있음을 느낀다.

"엄마, 이제 어디로 가는 거야?"

민이 소리에 깜짝 놀라 눈을 떴다.

"응, 이제 우리가 자야 할 리조트나 펜션을 찾아보고, 저녁 먹자. 배고프지?"

"아니, 근데 외할아버지는 언제 만나?"

통영 올 때 외할아버지를 뵈러 간다고 민이에게 말했었다.

"응, 외할아버지가 회의하러 가셔서 곧 연락 올 거야. 저녁 먹고 기다리면."

"엄마, 외할아버지 어떤 분이셔?"

"훌륭하신 분이란다. 너 유엔이 뭔지 알지? 거기서 국제적으로 난민을 위해 훌륭한 일을 하신 분들에게 주는 난센상을 미국에 있는 베트남 난민들이 추천할 정도로. 우리나라에서 처음으로 추천된 분이셔."

졸고 있던 남편이 다 듣고 있었는지 나서서 말했다.

"정말, 근데 왜 엄마는 지금까지 말 안 했어?"

"엄마도 이번에 처음 알았어. 외할아버지가 말씀을 안 하셔서 엄마도 몰랐거든……."

"와아, 친구들한테 자랑해야지~"

"민이야, 자랑하면 안 돼!"

"왜?"

"그럴 이유가 있어, 나중에 그건 이야기해줄게."

지영은 예진이 귀에 들어갈까 봐 걱정이 되었다. 지영은 민이에게는 아직 아버지를 만나 정확한 진상을 알고 문제의 해결책이 모아진 다음 천천히 이야기할 참이었다. 그런데 남편이 답답했는지 먼저 말한 것이다.

"다 왔습니다."

택시 운전사의 말에 짐을 챙기고 내렸다. 리조트의 안마당 주차장이었다.

"와아, 좋다."

민이가 택시에 내리자 마자 바다에 떠 있는 몇 척의 요트와 바다와 접한 커피숍인 듯한 방갈로, 짚으로 만든 지붕의 깔끔한 한옥 몇 채가 오목조목 모여 있었다. 짚이라니. 친자연적인 환경의 리조트에 지영이 기대 이상으로 마음이 흡족했다.

"여기 너무 좋아요. 여기서 자요."

지영과 남편은 사무실인 듯한 입구에 있는 집으로 들어갔다.

"부부와 아이 한 명인데요. 1박 하려구요."

"네, 그렇지 않아도 스위트룸 하나 남았는데예, 그것으로 하이소. 할인해서 방값은 25만 원이고요. 아침은 여기 식당에서 준비해놓을 겁니더. 어린이 침대는 따로 없고요. 침구 한 세트를 갖다드리겠심더."

남편이 카드를 꺼냈다.

"방 안 보셔도 되겠십니꺼?"

남편이 지영을 쳐다보았다.

"괜찮아요. 그냥 해주세요."

지영이 말했다.

"방은 깨끗하고 바다도 보입니더."

종업원은 다시 덧붙였다. 계산을 끝내고 열쇠를 주었다.

"왼쪽으로 돌아가시면 금방 찾을 수 있습니더."

남편이 열쇠를 받아 가방을 끌며 앞장섰다. 지영이도 남편을 따라 민이 손을 잡고 따라갔다. 몇 채의 한옥을 지나 바다가 보이는 골목으로 F동이 보였다. 작고 낮은 앙증맞은 대문을 열고 들어갔다. 열쇠로 문을 열었다. 스위트룸치고 방은 그렇게 크지 않았다. 그러나 세 명이 자기에는 안성맞춤이었다.

"어쩐지, 스위트룸치고 방값이 싸다 했어."

남편은 실망한 듯 말했다.

"이 정도면 딱이에요. 침대방 있고 바다가 보이는 거실이 있는데요. 바로 뒤에는 아까 택시 운전수가 말한 해안도로인가 봐요. 저기 산책객들이 보여요."

지영은 좀 전의 피로가 가시며 마음이 다시 들떴다. 통영은 어디를 가도 딱 트인 바다다. 지영은 어릴 때 바닷가에 살아서 그런지 사무실이건, 집이든 산이든 강이든 트여 있지 않으면 속에서 열이 올라와 견디지 못한다. 매봉산이 있고 양재천이 있는 도곡동에 집을 얻은 것도 그것 때문이었다. 지영은 그동안 심리적 불안에 어디를 가도 빌딩으로 꽉 막힌 서울의 공간적인 배경도 한몫했다는 생각이 든다. 온 사방으로 바다와 접해 있는 통영, 지영은 통영이 새삼스럽게 자신의 감동을 자아냄을 내심 놀람으로 바라본다.

"민이, 일단 손 좀 씻고 편한 옷으로 갈아입고 저녁 먹으러 가자."

"나, 이 옷도 편해."

"그럼 마음대로 해."

지영과 남편은 위의 재킷을 벗고 점퍼를 꺼내 입었다.

"우리 근데 어디 가서 저녁 먹어? 사무실에 전화해서 택시 불러달라고 해야겠다. 아까 그 택시를 대기료 주고 좀 기다리라고 할걸, 생각을 못 했네."

남편이 리조트 구내 전화로 사무실에 전화를 한다.

"회를 먹으려면 중앙시장으로 가야 된다는데, 여기까지 와서 싱싱한 회를 먹어야지?"

지영이는 아버지와 같이 저녁은 먹을 수 있겠지 생각했는데, 아직까지 연락이 없는 아버지 생각에 다시 마음이 가라앉는다. 그때 핸드폰이 울렸다. 통영 지역번호다. 직감적으로 아버지라는 생각이 들었다.

"여보세요. 아! 아버지, 왜 이제 연락을……."

지영은 잠시 호흡을 가다듬는다.

"네, 저희 지금 저녁 먹으러 중앙시장 쪽으로 가려고요. 그쪽으로 오시겠어요? 중앙시장 입구에서 그럼 만나요."

"엄마, 외할아버지셔?"

지영은 고개를 끄떡이고 서둘러서 민이를 끌고 주차장으로 나왔다. 아직 택시가 도착하지 않았다. 민이가 깨금발로 뛰어다닌다.

"엄마, 저 배들은 뭐야?"

"글쎄, 요트인데 이 리조트 소속인가 나도 잘 모르겠는데."

"엄마, 우리 저 배 탈 수 있어?"

지영이와 민이의 대화를 듣고 남편은 이미 사무실로 향한다. 동시에 택시가 도착했다. 남편은 얼른 사무실에 들렀다 서둘러 택시로 온다. 남편이 앞자리에 민이와 지영이 뒷자리에 앉는다.

"저 요트 빌릴 수 있다는데, 내일 타볼까?"

"근데 시간이 되겠어요? 오후에 올라가야 하는데……."

"아침밥 먹자마자 타고 터미널 근처에서 점심 먹고 출발하지 뭐."

"그러면 되겠네요."

"와아, 신난다."

역시 민이는 어린아이다. 엄마의 기분이 어떤지 전혀 상관이 없다. 하긴 지영이 단순히 외할아버지를 만나러 간다고 이야기했을 뿐이기 때문에 민이는 모른다.

21

지영이 하루 종일 벅찬 감격으로 통영을 가슴으로 느끼고 있음을
남편인들 이해할 수 있을까? 지영은 우선 아버지와 연락이 된 것이
마치 어려운 일을 해낸 사람처럼 마음이 뿌듯하다. 아버지를 만난 것
은 우연히 엄마 병실에서 마주친 5년 전 이후 처음이다. 무슨 이유인
지 아버지도 지영이 만나는 것을 불편하게 생각했다. 지영 역시 오빠
의 괴롭힘으로 아버지를 만나면 오빠에 대한 불평을 털어놓을 것 같
아, 만나는 것이 두려웠다. 오빠의 논리에 의하면 자신이 장남으로
이모들의 도움을 받아야 할 것을 대신 지영이가 받아 공부했다는 것
이다. 그러니 지영이 버는 수입은 자신도 함께 공유할 자격이 있다는
것이고 지영 역시 그럴 수도 있다는 생각을 했다. 다만 남편 몰래 그
일을 혼자 처리하는 것이 심리적으로 힘들었다. 은행 대출을 받은 사

실을 남편이 알면 어쩌나, 집에 돈 한 푼 내어놓지 않으면서 마이너스 통장을 만든 걸 알면 무어라고 답변을 해야 하나 매일 전전긍긍했다. 아버지를 만나면 오빠에 대한, 원망을 아버지에게 쏟아놓을 것 같았다. 이를 악물고 혼자 힘으로 오빠를 도와주려고 했었다. 그것이 자신의 능력으로는 역부족이라는 것을 안 것은 지난번 사업자금으로 2억을 해달라는 그 일 이후였다. 그 깨달음은 지금까지의 지옥 같은 생활이 계속된다는 또 다른 깨달음으로 이어졌다. 더 이상 잘 살아갈 자신이 없었다. 지영은 민이 목소리에 건성으로 밖을 쳐다보고 있다가 민이가 가리키는 방향으로 눈을 돌렸다.

"아빠, 저기 우리가 탄 케이블카 보여요. 엄마, 저기 보세요."

"그러네, 여기서 가까운 모양이네."

"그런데 엄마? 나 어릴 때 외할아버지 본 적 있어? 나는 왜 외할아버지가 기억에 없어?"

지영은 당황한다. 갑작스런 질문이다.

"외할아버지가 멀리 계시니, 만나기가 힘들지, 아무래도. 그렇지, 민이야?"

남편이 지영이 대신 답변을 해주었다.

"미안해, 민이야, 엄마가 그동안 바쁘기도 해서."

"엄마가 미안해할 일이 아니잖아, 할아버지가 멀리 계셔 자주 못 보았기 때문에 할아버지 만나러 간다고 생각하니 기쁜데, 할아버지 얼굴이 생각이 안 나."

민이는 엄마를 위로하기 위해서인지 어른처럼 말을 한다.

"중앙시장 다 왔습니다."

"아, 네."

남편이 서둘러 지갑에서 돈 만 원짜리를 꺼내어준다. 7천 2백 원이다.

"거스름돈은 되었습니다."

남편은 언제나 만 원을 내면 거스름돈을 받지 않는다. 한번 지영이 잔돈 받기 귀찮아서 그러는지, 기사를 생각해서 그러는지 물은 적이 있었다. 남편은 너무나 쉽게 대답했다.

"두 가지 다."

그리고 뜸을 들인 다음 덧붙였다.

"처음에는 잔돈 받는 게 귀찮아서 시작했는데, 그것이 기사에게도 도움이 된다고 생각하니 계속하게 되더라고."

지영은 자신은 그런 일을 할 때에도 상대방이 혹 오해할까 봐 그런 행동을 섣불리 못 하는 데 비해, 남편은 자신이 생각할 때 좋은 것은 남도 다 좋다라는 생각을 가지고 그대로 행동했다. 너무나 명쾌한 삶의 논리다. 조그마한 일에도 이것저것 생각하느라 행동으로 못 옮기는 지영과는 다르다.

"엄마, 외할아버지는 어디 계셔?"

민이 말에 정신이 든다.

"정말! 기다려보자. 오시겠지……."

지영은 두리번두리번 시장 입구에서부터 택시 내리는 사람을 눈여겨본다. 중앙시장 쪽에는 좀 전의 한가한 것과는 달리 인파들이 쉴 새 없이 들락거린다. 차림새로 보아 관광객도 많고, 저녁 장을 보러 오는 통영 사람들도 많다.

지영은 아버지를 만날 때마다 자신도 모르게 쉴 새 없이 흘러내리는 눈물 때문에 당황한 적이 많다. 이번에는 절대 눈물을 보이지 말아야지 몇 번씩 다짐하고 각오를 한다. 아빠 친구 집에 갈 때부터 모든 현실을 받아들이자고 이를 악물고 다른 사람 앞에서는 눈물이 없는 깍쟁이처럼 굴면서 가족을 만나면 제어할 수 없을 정도로 눈물이 쏟아진다.

검은 바지에 반소매의 검은 점퍼를 입은 마르고 날씬한 장년이 씩씩한 걸음으로 지영이 앞으로 온다. 지영이 잡고 있던 민이 손을 당겨 앞으로 걸음을 옮긴다.

"아빠!"

지영이 아빠 품에 안겼다. 아버지 역시 지영을 품에 꽉 껴안는다. 마음 놓고 편안히 안길 수 있는 아버지의 품이다. 지영은 울컥하는 마음을 다잡는다. 아버지가 지영을 떼어내며 민이를 다시 끌어안는다.

"우리 민이구나!"

민이를 치켜올려 품에 안는다.

"할아버지는 엄마가 보내준 민이 사진을 매일 보며 잠든단다. 오늘은 민이가 무얼 하며 지냈을까? 오늘은 무얼 먹었을까 하고."

"아빠, 민이 아빠하고 같이 왔어요."

"오, 그래? 어디?"

남편이 멀쑥하게 서 있다 인사를 한다.

"죄송합니다, 일찍 찾아뵙지 못해서~"

"아니야, 자네 잘못이 아니지, 자네들같이 바쁘게 사는 사람들이 시간을 낼 수 있겠어? 지금도 자네들이 통영에 와 있다는 게 믿기지 않는데……. 자, 이야기는 식당 가서 하고 내가 예약해둔 횟집으로 가자. 자네들이 어떻게 여기까지, 세상에!"

아버지는 정말 믿기지 않은 것처럼 연속적으로 감탄을 했다. 지나가는 사람들이 흘끗흘끗 쳐다보았다. 횟집은 바다가 보이는 건물 2층에 있었다.

"자, 우리 민이가 무얼 좋아하지? 랍스타 좋아해?"

민이가 지영을 쳐다본다.

"민이, 할아버지에게 대답해."

아빠가 끼어든다. 아직 할아버지가 어색한지 머뭇거린다.

"솔직하게 대답해."

"할아버지, 저 정말 랍스터 좋아해요."

"오, 그래? 지영이는 랍스터와 새우 튀김 등으로 하고, 김 서방은 특별히 좋아하는 회가 있나?"

"아, 아닙니다. 추천해주세요."

"그럼, 민어 철인데 들어가기 전에 민어로 하지, 지영이도 괜찮지?"

"아, 네."

아버지가 남편을 대하는 당당한 모습에 지영은 놀랐다. 결혼을 위해 만난 상견례 자리에서 아버지의 태도는 피해의식과 비굴함이 뒤섞인 묘한 태도로 불안한 어린아이처럼 양손을 계속 만지작거리며 얼굴에 웃음을 흘리고 있었다. 지영은 이전에 보았던 아버지와 다른 모습 때문에 곤혹스러웠다. 그래서 결혼 이후에는 될 수 있으면 아버지와 남편이 만나는 시간을 의도적으로 피했다. 아버지는 통영 사투리를 전혀 사용하지 않는다. 선장을 할 때 두루 다니시면서 타 지방의 사람들을 배려해서 그런다고 하셨다. 그래서 아버지와 어머니는 지영에게 집에서도 통영 사투리를 못 쓰게 했다.

지영도 서울에서 경상도 사투리를 쓰는 사람을 만날 때, 투박하고 상스럽게 생각해왔다. 이번에 통영의 정감 있는 사투리의 말투가 새삼스럽게 가슴을 울렁거렸다. 아버지는 왜 지영을 통영 사람이 아닌 것처럼 키우고 싶었을까? 아버지의 옷차림도 다른 통영 사람들의 옷차림과 많이 다르다. 평상시 입던 허름한 낡은 양복이나 작업복이 아니었다. 청바지의 느낌을 주는 양복과 작업복의 중간쯤 되는 세미청을 입고 있었다. 처음 아버지를 일별했을 때 40대 장년쯤으로 생각될 정도로, 날씬하고 날렵한 걸음걸이로 지영에게로 걸어왔다.

메인이 나오기 전에 벌써 멍게, 해삼, 조개구이, 톳, 미역 등의 해초류가 한 상 가득 나왔다. 최근 고급 소주로 통하는 화요가 한 병 곁들여 나왔다.

"참 좋다. 너네 가족과 통영에서 같이 저녁을 먹을 수 있는 날을 얼마나 꿈꾸었는지 모른다. 그런데 바쁜 너희들을 내려오라 할 수가 없었다. 민이는 조개 구이는 먹을 수 있지? 이것 소라라는 것인데, 너 소라는 알지?"

그러면서 구운 소라를 젓갈로 집어서 민이에게 준다.

"네, 동화책에서 소라껍데기에서 소리가 나는 이야기를 읽은 적이 있어요."

"그래, 바로 그 소라야, 한번 먹어봐……. 자네들도 자, 한 잔씩 하고."

소주잔에 화요를 따른다. 지영이 아버지 잔을 채웠다.

"자, 건배, 정말 너네들과 이런 시간을 가진다는 게……."

아버지가 울먹인다.

"네, 저희가 진작 찾아뵈었어야 하는데, 정말 죄송합니다. 아버님도 드세요. 아버님도 건강하고 활력이 넘쳐 보이는데요."

"그래, 흐흐흐."

남편도 밝고 자신에 찬 아버지의 모습을 감지한 듯 말한다.

지영은 멍게를 한 점 집어 초고추장을 찍어 입에 넣는다.

"통영의 멍게는 오염이 안 된 한려수도에서 나오는 것이라 마음 놓고 먹어도 된단다. 어릴 때 지영이는 멍게 징그럽다고 안 먹더니."

"그러게요, 통영을 떠난 후 통영이 그리워 멍게를 먹기 시작했어요. 웃기죠?"

"그동안, 자네들한테는 미안해."

"그게 아버지가 미안해할 일인가요?"

"그럼, 다 나 때문이지, 너 어머니가 저렇게 된 것도, 너네 오빠가 가출한 것도."

"저희 이번에 다 알고 왔어요. 아버님이 광명 87호 선장이셨던 것도요."

"아니, 어떻게 그것을 알게 됐어? 일부러, 창피해서 말 안 했는데."

"아버지는? 그게 왜 창피해할 일인가요?"

"나는 너네 엄마랑, 오빠의 일이 큰 상처야, 너도 나한테 내색 안 했지만 집 떠나서 마음 고생 얼마나 했니? 그게 다 나 때문 아니냐?"

큰 접시에 가득한 회와 또 대형 랍스터가 담긴 다른 접시를 가지고 왔다.

"와아! 저렇게 큰 랍스터 처음 봤어."

민이가 큰 소리로 말했다. 정말 랍스터가 대형 접시에 그득했다.

"민이 많이 먹어."

"할아버지, 저것 제가 다 먹어요?"

"그럼, 먹고 또 시켜도 돼."

"아니요, 저것 제가 다 못 먹는데요?"

"그럼, 엄마, 아빠도 함께 먹지."

"민어회가 싱싱하니 살이 쫄깃쫄깃하네요."

"아버지도 좀 드세요."

지영은 아버지 개인 접시에 민어회 한 점을 올려놓았다.

"회의 다녀오셨다고요?"

"그래, 전복 양식장과 멍게 양식장이 과열 경쟁이라 그것들이 자랄 수 있는 환경의 바다 확보가 큰 이슈가 되었지. 예전에는 멍게도 인근에서만 소모되던 것이 도시에서도 소비가 기하급수적으로 늘어나 소규모로는 감당을 못 해. 바다 해안 확보가 제일 큰 문제지. 그런데 웬만한 양식장은 전복이 다 차지하고 있으니, 멍게 산업에 지장이 많아. 이제 그것을 조율해야만 서로 상생할 수 있으니까."

"그런데, 전복 양식을 하면 돈은 더 많이 벌 수 있잖아요?"

남편이 끼어들었다.

"그래서 지금까지는 일방적으로 전복 양식장에 양보해왔지. 또 멍게는 6월만 지나면 양식이 어려운 산업이라 그것을 적절히 이용, 양식하기 좋은 시기에는 멍게를 적극적으로 양식하게 하자는 게 멍게 산업을 하는 업자들의 의견이지. 멍게가 6월만 지나면 통영에서는 폐사하는 경우가 많이 생겨 차츰 삼척, 울진으로 멍게 양식을 빼앗길 우려가 있기 때문에 시에서도 멍게 양식을 무시할 수도 없지. 또 전복은 자연산을 선호하는 반면 멍게는 양식 멍게가 더 맛도 있고 영양이 풍부해 양식 멍게를 더 선호하기 때문에, 여러 가지 복합적인 문제가 중첩이 되어 몇 차례의 회의를 통해 조정하고 있지."

"어휴, 조그맣게 보이는 멍게 양식도 무척 복잡하네요."

지영이 민이가 먹고 있는 랍스터의 살을 파내어 입에 넣으며 말했다.

"그래, 사람 사는 것은 복잡하지 않은 게 없어."

민이는 처음 열심히 랍스터를 파 먹더니, 이제 젓가락이 천천히 움직인다.

"민이도 민어회 한번 초고추장에 찍어 먹어볼까?"

"아니요, 익히지 않은 것은 먹기 힘들 것 같은데요? 저 지금 배 불러요."

"그래, 먹을 때가 되면 회도 먹겠지. 우리 민이 할아버지가 한번 안아볼까?"

아버지가 민이를 끌어당긴다. 민이가 멋쩍은 듯, 지영이를 쳐다봤다.

"그래, 그동안 할아버지가 못 안았는데, 내일 가기 전까지 그동안 못 안았던 것까지 계속 안겨 있어야겠다. 하하."

남편이 민이를 아버지에게 끌어당겨주며 너스레까지 떤다. 그리고 남편은 자리에서 일어선다. 아버지가 민이를 내려놓고 덩달아 따라나간다. 남편을 밀치고 앞질러 나간다. 서로 계산하려고 가는 모양이다.

결국 아버지의 고집에 남편이 양보해서 계산을 끝내고 나와 시간을 보니 아직 9시가 채 안 되었다. 길거리에 나와 다시 택시를 잡았다. 아버지도 지영이네 숙박 리조트에 가서 다시 한잔하기로 했다. 민이는 아침 일찍 나온 데다 하루 종일 왔다 갔다 해서인지 택시를 타자 졸기 시작한다.

"민이가 많이 피곤했나 보다."

아버지는 민이 머리를 쓰다듬으며 말했다.

"오늘 일찍 일어나 나오느라고 피곤했을 거예요."

"이렇게 얼굴을 보니 좋은데, 내일 올라가서 근무하려면 피곤할 텐데?"

"저희가 일 핑계로 못 내려왔는데, 내려오니까 내려올 만하다는 생각이 드네요. 이 사람이 이번에 휴직을 했어요. 몸이 좀 안 좋은 것 같아서."

"특별히 안 좋은 곳이라도 있는 거냐?"

"아니요, 그건 아니고, 그동안 너무 바쁘게 살아서 저 자신을 돌아볼 여유를 좀 가지려고요."

지영은 남편이 불편할 것 같아 서둘러 변명을 했다.

"그래, 그것도 필요하지. 너도 그동안 마음 고생 많이 했지?"

아버지는 마치 지영이 일을 다 알고 있는 듯 눈을 지그시 감았다.

"근데, 제가 여기 내려와서 생각한 건데, 내년 봄에 여기 와서 근무하려고 해요."

"뭐?"

아버지도 남편도 모두 놀란다.

"오늘 여기 와서 통영을 느낀 것인데요, 통영의 소리와 냄새와 모든 것이 저를 열렬 환영하며 저에게 손짓한다는 생각을 했어요. 여기 와서 몇 년 근무해보고 좋으면 아주 여기서 평생을 보낼까 하는 생각도 해봐요."

"여보, 어떻게 혼자, 그럼 민이나 나는?"

남편이 좀 화난 얼굴로 말한다.

"그건 민이나 당신이 선택을 해야겠죠."

"그게 가능하겠어? 너의 시부모님도 민이 보내려고 하겠어?"

"어쨌든 2년간 내려와 있어보려고요. 그래서 내년 봄에 복직해서 통영으로 신청할까 봐요. 그동안 제 의지와 상관없이 흘러가는 제 삶을 불안하고 초조하게 바라보고 있었는데, 이번에는 제가 무엇을 하고 어떻게 살아야 하는지 분명히 알게 되었어요."

지영이의 완강한 의지에 아버지도 침묵을 지키고 남편도 혼자 생각에 잠기는지 조용하다.

택시에서 내려 자고 있는 민이를 남편이 안고 내렸다. 지영을 앞질러 숙소에 도착하여 열쇠로 문을 열고 침대에 민이를 눕혔다. 옷을 갈아입히고 이불을 덮어주고 자신도 편한 옷으로 갈아입고 거실로 나왔다. 횟집에서 간단히 챙겨 온 안줏거리와 화요를 다시 꺼내 테이블 위에 놓았다. 횟집에서 두 병을 시켰는데 한 병은 못 마셨다. 지영은 다른 소주는 화학주 냄새가 나서 못 먹는데, 화요는 독하지만 민트같이 입을 '화' 하게 하는 그 기분 때문에 가끔 마신다.

"불편하신데 윗도리 벗으세요."

남편은 화장실에 손을 씻으러 갔다. 지영은 아버지에게 윗도리를 받아 옷걸이에 건다. 지영이 생각해보니 아버지가 '광명 87호'로 실직을 하게 된 시기가 지금 지영의 나이다. 그동안 아버지는 가족과 뿔뿔이 흩어져 30여 년을 혼자 지내온 것이다.

"식사나 빨래 같은 것은 누가 좀 돌보아주나요?"

"하루 종일 나와서 늦게야 들어가는데 식사는 따로 필요 없고, 빨래만 동네 아주머니에게 세탁과 다리미질을 맡기고 있지."

남편이 화장실에서 나와 자리를 잡자 지영이는 리조트에 있는 유리잔을 들고 와 화요를 따랐다.

"잔이 너무 크죠? 어쩔 수 없어요. 소주잔이 있을 리 없잖아요?"

"그래, 조금씩 따라서 마시면 되지 뭐."

"저는 정말 조금만 주세요."

아버지가 남편에게서 술병을 받아 지영이 잔에 따른다.

"우리 딸과 술 마시는 것은 생전 처음이네, 이런 날이 다 오고 참 ......"

"자, 우리 건배합시다. 아버님도 이제 서울로 오셔서 같이 지내시죠. 더군다나 어머님도 서울에 계신데."

남편이 택시에서 지영이 한 말을 무시하듯 말한다.

"자네 장모가 조금이라도 움직이거나 이야기를 나눌 정도만 되어도 용기를 내어볼 텐데, 가도 눈만 멀뚱멀뚱 손님처럼 갔다가 오는데, 거기서 내가 무얼 하겠나? 여기서 조금이라도 움쩍거려야 자네 장모 병원비라도 벌지. 난들 민이 자라는 모습 옆에서 안 보고 싶겠나?"

"아버지, '광명 87호' 이야기 좀 해줘요. 사실은 '광명 87호' 선주 집이 시댁과 친한 집이에요. 그 집 딸하고 저는 또 고시 동기고요."

아버지는 그 말을 듣고 놀라지 않았다. 다만 한 잔의 술을 입에 다 털어넣으며 전과는 다른 긴 침묵을 지켰다. 지영도 남편도 그런 분위기에서 더 이상 말을 꺼내기가 어색해 술안주로 가지고 온 소라 멍게 등을 집어 먹었다. 남편이 아버지 술잔에 다시 술을 채웠다. 그리고 자신도 술을 따라 마셨다.

"사람들은 '광명 87호'가 30여 년 전에 일어난 일이니 다 지난 일이라고 말한다. 너도 생각해봐라, 어머니가 아직 병원에 누워 있고, 네 오빠가 가출 이후 나한테 나타나지 않고 있어. 30여 년이 지난 후에도 우리는 아직 그 후유증을 앓고 있어. 그때 남중국해에서 베트남 난민을 만났을 때, 회사 측의 '못 본 척 하라'는 명령에 따라 배를 돌렸지. 그러나 배를 돌려 항해를 시작하자 갑자기 베트남 난민들의 아우성이 확성기를 귀에 갖다 댄 모양 고막이 터질 것 같은 큰 소리로 울리기 시작했어. 이것은 하나님께서 내리시는, 그들을 구출하라는 또 다른 명령이라는 생각이 들었어. 그래서 다시 곰곰 생각했어. 96명을 모두 바다에 그대로 두고 떠날 것인지, 회사의 명령을 어기고 그들을 구출할 것인지, 회사의 명령을 어긴다는 것은 당연히 사직한다는 각오 없이는 불가능했지. 그때 너와 네 오빠가 재롱 부리는 모습이 떠오르면서 가정의 단란함조차 포기할 수 있을까를 생각해봤지. 그래도 일말의 희망을 가지고 있었지. 참치잡이로 출항하기 1년 전 더 좋은 조건으로 오라는 제의도 받았기 때문에 그것을 믿었지. 그래서 회사의 명령을 어기고 베트남 난민을 구해도 즐거운 마음으로 그들을 성심성의껏 돌보았지. 선원들이 쓰던 방들은 모두 비워 산모와 노약자에게 주고, 선원들이 한 달 먹을 양식을 나누어주며 '우리는 참 큰일을 한다'는 뿌듯한 마음으로 그들과 하나 되어 어려운 가운데서도 이겨낼 수 있다는 믿음으로 견뎌나갔지. 먹을 양식이 다 떨어졌을 때는 잡은 참치로 요리를 해서 먹이고 선원들도 마치 천사처럼 그들을 돌보았지. 그러나 문제는 그들을 부산 난민수용소에 내려준 이후, 난 조사를 받기 위해 검찰과 경찰에 불려 다녔고, 부산에 도착 후 열흘이 지나도 통영에 올 수 없었지. 다들 마치 불온한 사상을 가지고 있어 그들을 의도적으로 도운 것처럼. 심문할 때는 대한민국 국민의 한 사람이었지만 대한민국에는 내가 살고 있는 현실과 또 다른 현실이 있다는 것을 알지 못하는 바보라는 생각이 들었지. 그 이후 내가 어떤 발언을 해도 이미 나에 대한 시나리오는 짜여졌고 거기에서 벗어날 수 없겠다는 생각이 들었지. 그것은 조사가 다 끝난 다음, 1년 전에 제의를 했던 또 다른 선박회사를 찾아가서 그 제의를 받아들이겠다고 하자, 오히려 그쪽애서 당황하며 그때 일은 없었던 것으로 하자며 딱 거절하는 것을 보고, 또 재취업을 하기 위해 찾아가는 곳마다 묘한 이유를 갖다 대는 것을 보고 몸으로 그 현실을 경험했지. 그때서야 가장으로서 베트남 난민 구출이 얼마나 무모한 짓이었는가를 알게 되었지. 그 이후 나 스스로에게 몇 번씩 물었지, '이럴 줄 알았다면 구출을 하지 않았을 것인가? 하고. 그러나 지금 그런 일이 다시 일어난다 해도 똑같이 그렇게 할 수밖에 없다는 결론을 내렸지. 가족에게는 미안하고 벗어날 수 없는 죄인으로 살고 있지. 그런데 문제는 '광명 87호' 선주가 괘씸하고 악덕 기업가처럼 여겨지다가 그 이후 재취업 운동을 하러 다니다가 그것이 단지 '광명 87호' 선주만의 생각이 아니라는 깨달음이 들었어, 정부가 베트남전에서 패망한 미국의 눈치를 보느라고 베트남 난민을 구출한 것을 큰 죄라도 지은 것처럼 한 사람을 박살낸 것이지. 그런데 더더구나 기가 막힌 것은 10년 전 베트남 난민 중에 날 잊지 못해 수소문하여 찾아내, 결국 날 미국으로 초청한 사람의 이야기로는, 부산 난민수용소를 떠나 미국에 갔을 때는 베트남 난민들이 미국 정부로부터 좋은 대우를 받고 거기서 쉽게 정착했다는 거야."

지영은 또 아버지 잔에 술을 따랐다. 아버지는 목이 마른지 연달아 술을 따라줄 때마다 바로 마셨다. 지영이 남편도 덩달아 술을 마셨다. 술이 모자랄 것 같아 지영이는 남편을 바라보고,

"당신은 이제 그만 마셔요. 술도 이기지 못하면서……."

지난번 경주네 집에서의 일이 생각나서 한마디 했다. 남편은 지영을 흘깃 쳐다보며 일어섰다.

"오랜만에 하는 아버지하고 술자리인데, 당신은 술 걱정 때문에 참……. 내가 카운터에 가서 술을 사 올게, 아예 양주를 한 병 사 올까?"

"나는 양주는 독해서 와인으로 할래요."

아버지는 남편이 일어서 나가는데도 말리지도 않고 침묵을 지키고 있었다. 정말 그때 이야기를 지금까지 가슴에 품고 있었으니, 그동안 얼마나 답답했을까. 지영이 만일 아버지의 절박한 심정을 알았다 해도 그전에는 이해를 못했을 것 같다. 한 개인의 일에 국가까지 개입해서 가족의 삶까지 피폐화시킨 것은 국가 통치가 그동안 정체성이 없는 독재정권에 의해서 이루어졌기 때문이다. 지영은 술병에 남아 있던 술을 아버지에게 마저 따라주었다.

"술을 매일 드시는 것은 아니죠? 지금 나이에 건강도 생각하셔서."

"너희 어머니가 그렇게 되고, 네가 서울로 갔을 때는 술을 마시지 않으면 잠을 잘 수가 없었다. 나를 자책해도 소용없지만 자책도 많이 했지, 사람들은 말하기 좋아 96명의 목숨 대신 우리 가족이 희생되었다고 하지만 나에게는 96명의 목숨값만큼 소중한 것이 또 가족이 아니겠니? 그런데 시간이 지날수록 남중국해에서 난민들을 만난 것도 내 운명, 가족의 따스한 맛을 못 보고 혼자 떠돌이 생활하는 것도 내 운명이라는 생각이 들더라. 다만 너희 어머니가 쓰러져 제정신을 못 차리고 식물인간처럼 저러고 있는 것이 가슴에 맺혀서 한이 된다. 너희 엄마는 유독 예쁜 것 좋아하고, 맛있는 음식 만들기 좋아하는 현모양처였는데, 의식이 있어 네가 사법고시에 합격하여 버젓이 판사가 되어 있는 것을 보면 얼마나 좋아하겠니? 그리고 저렇게 귀여운 민이도 못 보고. 안타깝지."

지영의 눈에서 눈물이 흐른다. 얼른 지영은 주먹으로 눈물을 훔친다. 아버지 앞에서는 눈물을 보여서는 안 된다.

"그렇지만 아버지도 고생을 많이 하셨잖아요?"

"나야, 내 선택에 대해 당연히 받아야 할 몫이지만, 너희들이나 너희 엄마는 아니지."

"어쩌면 그것도 엄마나 저희들의 운명일지도 모르잖아요."

"그렇게 말해주어 고맙다. 사실 너를 만나는 것도 두려웠다. 아무리 내 친구라고 해도 어릴 때 널 맡겨놓고 남의 집에서 마음 고생하는 너를 생각하면 가슴이 아팠다. 그런데 넌 불평 한 번 안 했다. 네학비를 보내준 너희 이모들에게도 평생 갚아도 못 갚을 빚을 진 거지. 지난번 미국에 갔을 때 이모들도 베트남 난민들의 베푸는 파티에 내가 초대했었다. 이모들은 너가 훌륭한 판사가 된 것만 해도 보람있다고 말하더구나."

"그런데 아버지, 미국에 가서 대단한 대접도 받고 베트남 난민들이 유엔 난센상에 추천했는데 아무 말씀 안 하셨어요?"

"말했잖아? 가족을 희생시키고 살린 베트남 난민들의 일인데, 너에게 말하는 것도 민망하지."

그때 남편이 들어왔다. 양주 발렌타인 17년산과 와인 한 병, 생수, 그리고 안줏감으로 오징어랑 치즈, 바나나, 배를 사왔다. 지영은 일어나 목욕탕 입구에 있는 장식장 서랍을 뒤져 과일 칼과 접시를 찾아 들고 왔다. 지영은 배부터 깎아 자르고 바나나 껍질을 까서 잘라 접시에 담았다.

"자네 보기가 제일 민망하네. 버젓한 처갓집으로 모셔야 하는데, 이런 데서……."

아버지는 민망한 듯 손으로 앞이마를 쓰다듬었다.

"아닙니다. 아버님이 고생하시는 게 안타까울 뿐입니다."

"아니네, 난 고생은 안 하네, 선장할 때보다 돈이야 몇 푼 안 되지만 같이 일하는 사람들과 배짱도 맞고 요즈음은 조합장 일을 맡아 그들을 위해 힘이 닿는 한 멍게 산업을 부흥시켜 돈벌이가 되도록 하려고 노력하고 있어. 멍게 산업이라는 게 6월까지만이라 6월이 지나면 남쪽에는 멍게가 폐사하는 곳이 많아. 그러니까 6월 이후 다른 사업으로 전환해야 가족을 먹여살릴 수가 있지. 그래서 그들과 여러 가지 다른 사업 구상을 하고 있어. 시에서도 많은 도움을 주고 있고, 미국 다녀온 후로 내가 인터넷 때문에 유명인사가 되었지. 그래서 통영시에서도 나를 대우해주려고 노력을 많이 하고 있어. 우리나라도 내가 베트남 난민을 구할 때하고는 세상이 많이 달라졌어. 그때는 모든 사람이 날 죄인 취급하여 내가 크게 잘못한 것처럼 만드는 분위기였는데. 그런데 30년이 지나서는 물론 베트남 난민 때문이지만, 영웅이 되어버렸어. 허허."

아버지는 허탈한 웃음을 웃었다. 남편은 아버지 술잔에 양주를 따라 주며 말했다.

"저희도 사실 그 일 때문에 의논드리려고 왔어요. 마침 광명 87호 선주가 저희가 잘 아는 집이고, 아버지의 그때 일을 그냥 넘어가서는 안 될 것 같아서."

"다 지난 일인데 뭘, 새삼?"

"새삼 법적인 문제는 그렇지만, 도의적인 책임은 져야 할 것 같아서……."

"지금 와서 도의적인 문제를 어떻게 책임지겠나? 사과를 받을 거야? 아니면 돈으로 보상받을 것인가?"

"그런 것은 그들이 알아서 하라고 하고, '광명 87호'의 선장이 아버님이셨다는 이야기는 해야 할 것 같아서……."

"난 더 이상 그것을 문제 삼고 싶지는 않아. 그 선주도 정부의 방침을 무시할 수는 없었을 테니까. 또 그들 입장에서 보면 1년 이상 참치잡이를 하기 위해 배의 기름과 선원들의 식사를 위해 든 비용과 20명 이상의 선원들의 월급, 배에 선적된 참치조차 베트남 난민들의 식사로 거의 다 소비했으니, 1년간 조업을 해서 남는 것은 하나도 없고 손해를 많이 본 것이지. 그 당시 그렇게 큰 선박회사도 아니었고, 겨우 몇 척의 배만으로 사업을 하던 선주 입장에서는 그럴 수 있는 것이지. 이익을 우선으로 하는 사업주들은 당연한 것이지."

"네, 저희가 이 사실을 안 것도 그 댁 딸이 지영이하고 친구이고 저하고는 어릴 때 같이 자랐어요. 그 집에 초대되어 갔을 때 '광명 87호' 사진이 거실에 걸려 있는 것을 보고 지영이 인터넷으로 그 배 선장이 아버지였다는 것과, 그 일로 자신의 가족이 풍비박산이 되었다는 것을 알게 된 거죠. 지영이는 항상 배에서 사람들이 꾸역꾸역 내려오는 악몽을 자주 꾸었거든요."

남편의 그 말에 아버지는 지영을 한 번 쳐다보더니 표정이 확 구겨졌다.

"너는 언제부터 그런 악몽을 꾼 거야?"

"아버지가 실직하시고, 어머니가 쓰러진 이후요."

아버지는 어두운 표정으로 술잔을 들었다.

"그럼, 오랫동안 죽 고통을 당해왔구나."

"항상 그런 것은 아니고요. 몸이 안 좋을 때나 불안할 때 상황이 안 좋으면 항상 똑같은 꿈을 반복해서 꿔요."

"너가 어릴 때지만, 누군가로부터 내가 베트남 난민 구하느라고 그렇게 되었다는 이야기를 들었던 모양이지?"

"글쎄요. 제 기억에는 없는데……."

"그래서, 지영이 때문이라도 그분들에게 알려야 할 것 같아요."

아버지는 아무 말을 안 하셨다.

"아버지 근데, 제가 어릴 때 살던 적산가옥에 자물쇠가 걸려 있던데요?"

지영은 분위기를 바꾸려고 말을 바꿨다.

"그건, 시에서 재개발한다고 해서 보상금을 받았고 철거를 곧 할 거야. 지호가 정신 차리면 주려고 보상금 2억을 은행에 넣어두었지. 지영이 너야 둘이 벌어서 알아서 살 것이고, 나한테는 지호가 아픈 생이손가락이야. 지호한테는 연락 오니? 나한테는 일체 연락을 안 한

다. 지 친구한테 전화번호를 받아 전화를 해도 통 받지를 않아. 지호
는 지 엄마를 워낙 따랐기 때문에 나한테 원망이 많겠지."

지영은 오빠 이야기를 할 수 없다. 그동안 자신이 당한 고통을 아
버지한테 다 말할 수 없다.

"소문으로는 이것저것 일만 벌이고 되는 일은 없다고 하던데, 걱정
이다, 지호 때문에. 이제는 장가도 가고 가정을 이루어 안정되게 살
아야 할 텐데."

"저희 집으로 연락이 왔었는데, 최근에는 통 연락이 없어요."

남편이 요약해서 답했다. 남편 역시 오빠의 연락을 기다리고 있다.
남편이 만나 우선 일자리를 구할 때까지 시아버지 운전사라도 하라
고 일렀지만, 그때 거절하고 떠난 이후 연락이 없다. 지영이 의식이
돌아온 이후 어머니 병원에는 자주 들른다는 소식을 듣고 병원에 갔
을 때 메모를 해뒀는데도 전혀 연락이 없다. 지영이 자살 시도 사건
이후 겁을 먹은 것 같다. 지영은 오빠를 대하면 지뢰밭을 밟은 느낌
이었다. 어떤 폭탄이 터질 줄 모르는.

"그 아이 속에 남아 있는 광기가 아직 꺼지지 않은 모양이지. 지 엄
마가 그렇게 되지 않았으면 저렇게까지 되지는 않았겠지. 어느 날 날
찾아올 것이다. 억지로 데리고 와서 내 일을 거들어 같이 하자고 하
려고 해도 다시 튀어 나갈 거라, 스스로 찾아올 때까지 기다리고 있
다. 결국 나한테로 올 것이다. 너희들은 모른 척해라."

지영은 오빠의 괴롭힘을 말할 수 없는 것이 안타깝다.

"지영이 너를 괴롭히지는 않니?"

지영이는 움찔했다.

지영이 남편이 무언가 말하려는 듯이

"민이 엄마가……."

지영이 남편의 입을 손으로 막았다. 남편도 무의식적으로 나온 말에 스스로도 놀랐는지 말을 끊었다.

"그 나이쯤 되면 자기 인생은 자신이 책임져야 한다. 이모들이 학비 대어준다고 미국에 오라고 해도, 서울에 가라고 해도, 한창 공부할 시기에 혼자 방황을 하더니, 아직도 누구의 원망 때문에 분노에 쌓여 있다면, 그건 누구도 구제할 수가 없는 거야. 지영이 너도 오빠에게 냉정해져야 한다. 그래야 빨리 정신을 차리지."

"이것 미국 나파벨리에서 나온 와인인데 한잔 드시겠어요?"

"아니, 나는 양주로 할 테니까, 자네들이나 마셔……."

"와인잔을 가져다준다고 해서 기다렸는데, 안 오네. 그냥 이 잔에 마실 수밖에."

그러면서 유리잔에 따라주었다. 지영이 잔을 받아 입에 대었다. 카베르네 소비뇽인지 맛이 약간 떫으면서 성숙한 맛이 나는 와인이었다.

"어때? 맛이?"

"약간 무거워요. 괜찮아요."

지영은 와인은 가벼운 맛보다 숙성이 잘 돼 마음에 충족을 주는 그런 맛을 즐긴다. 그때 갑자기 한 무리의 사람들이 거실 밖에서 노래를 합창으로 부르며 지나갔다. 김범수의 높은 음의 노래인 〈보고 싶다〉를 목청껏 불렀다. 젊은 청년들과 여자들도 같이 있었다. 아마 밤에 해안길을 걸으며 흥에 겨운 것 같다. 지영은 시계를 보았다. 벌써 11시가 넘었다. 다들 잘 시간에 저렇게 큰 소리로 노래를 부르다니. 지영이 밖을 쳐다보았다. 보름이 가까운지 바다 건너편에 휘영청 밝은 달이 거실 쪽을 밝히고 있었다.

"저기 건너편에 달을 보세요. 보름인가 봐요."

"아직 며칠 남았는데…… 그런데 네가 아까 택시에서 한 말은 마음을 굳힌 것이니?"

"지난번 어머니를 병원에 뵈러 갔을 때, 간병인이 그러는데 어머님이 주무시면서 크게도 못 울고 끙끙거리며 강아지처럼 운대요. 그 말을 들었을 때만 해도 어머님을 가족 가까이 모셔야겠다는 생각이 들었지만 방법이 없더라고요. 그런데 이번 통영에 와서 마음을 굳혔어요. 물론 제 마음은 굳혔지만, 민이나 민이 아빠 입장도 생각해야죠. 민이 아빠가 당장 같이 못 오겠다면, 저하고 민이하고 2년쯤 여기 내려와서 지내려고요."

"시부모님들이 찬성하시겠니?"

"아마 그동안 시부모님 때문에, 엄마와 아버지 곁에서 지낸다는 것을 아예 엄두도 못 냈을 거예요. 그런데 좀 더 깊이 생각해보니 그분들이 저희 가정에 물질적인 혜택을 주었다고 그들에게 예속되어 살 수는 없잖아요. 그동안 어떡하든 옆에 있어야 된다고 생각했고요. 그분들이 예속하지 않았는데도 스스로 그분들 눈치 살피느라 저 자신을 너무 돌보지 않았다는 생각이 들었어요. 그래서 이제부터는 저 자신이 시키는 대로 편히 하고 싶은 대로 하려고 해요."

"근데 자네 생각은?"

"저는 아직, 너무 갑작스런 일이라, 좀 더 고민해봐야죠."

"알아서 하겠지만, 나 때문에 그런 것이라면 아예 생각도 마라."

아버지가 단정적으로 말씀하시며 엉거주춤 일어났다.

"이제 시간이 늦어 가야겠다. 아침 일찍 일어났을 텐데 너희들도 눈을 좀 붙여야지."

"아니에요. 여기서 주무셔요. 저희는 안방에서 민이랑 같이 자면 되고 아버님은 여기 거실에서 주무셔도 돼요."

"아니야, 자네들 괜히 불편하게, 내일 만나 아침이나 같이 먹지…… 몇 시 차야?"

"3시예요. 점심까지 여유 있게 먹고 출발하려고요."

"그럼, 내일 늦게까지 실컷 자고 점심때 만나 식사하고 떠나면 되겠네. 나 그동안 자네들 만나면 하고 싶은 이야기 다 했고, 더 이상 할 얘기도 없고, 이제 갈 테니 편히 쉬게."

아버지는 서둘러서 윗도리를 찾아 입었다.

"택시나 카운터에 부탁해 좀 불러주게."

남편이 리조트 구내 전화기를 들었다.

"여기에서 주무셔도 되는데……"

"지금껏 자네들한테 해준 것도 없는데, 자네들 편하게 해주는 게 내 삶의 목표야. 그런데 불편하게 해서 되나? 지영이는 오랜만에 고향 왔는데 남편하고 오붓한 시간도 가져야지."

"아버지는? 이번에는 아버지하고 이야기하러 왔단 말이에요."

"나는 더 이상 할 이야기 없다. 그다음은 자네들끼리 알아서 해. 나는 지금은 멍게 사업을 하는 조합원이 내 가족이야. 그들이 잘 살 수 있는 길을 궁리하고 그들의 가족을 내 식구처럼 살필 거야. 나도 마음이야 너희 어머님 옆에서 지키면 좋지. 그러나 너희 어머니를 볼 때마다 나를 자책하고 우울해지니 견딜 수가 없단다. 어머니를 보고 온 날은 '이렇게 해서 살면 뭐하나' 하는 생각이 들어 며칠씩 일에 집중이 안 돼. 주위 사람들은 '감정도 없고 아무 반응도 없는 식물인간인데 다녀올 때마다 심란해하느냐'고 하지만, 너희 어머님이 아무리 말을 못 해도 감정은 살아 있어. 그래서 내가 가면 한없이 우는 모습을 볼 때마다 엄마 인생을 그렇게 만들어놓은 나 자신을 자책하지 않을 수 없어. 지영이 네가 이해 좀 해라."

남편과 지영이도 윗도리를 걸치고 아버지를 따라 나갔다. 주차장에는 어느 사이 차들로 가득 차 있다. 통영 근처에서도 이 리조트로 많이 오는가 보다.

이제 달이 초가집 지붕 위에 매달려 있다. 리조트의 밤의 정취가 그림 같다. 초가집 위에 떠 있는 달과 갑판에 매달려 있는 보트가 바람에 흔들거리며 삐그덕삐그덕 밤의 정취를 더욱 고즈넉하게 한다.

지영은 '참 좋다' 하는 생각을 하며 택시가 달려오고 있는 거리 쪽으로 눈을 돌렸다. 거리 위 편에는 케이블카가 정거를 하는 건물이 보인다. 이 리조트가 아주 좋은 위치에 자리를 잡고 있다.

택시가 도착하자 남편은 운전사에게 2만 원을 쥐어주며 가는 데까지 잘 모시라며 하고 뒷문을 열어주었다.

"무슨 택시비까지…… 참, 내가 사위 덕분에 호강하네, 허허. 그럼 자네들 아까 만난 중앙시장 앞에서 12시에 만날까?"

"네, 그러죠. 아버지 조심하세요."

"택시 타고 가는데 무슨 조심은, 허허. 그래 내일 보자."

22

아버지가 떠난 후 지영은 리조트 방으로 들어가고 싶지 않았다. 좀
더 통영을 느끼고 싶었다.

"우리 좀 더 산책할까요?"

"옷이 얇지 않겠어? 좀 더 두꺼운 옷을 걸쳐야지. 감기 걸리면
……."

"아, 예."

둘은 다시 방으로 들어가 지영이는 혹시 싶어 가지고 온 두꺼운 캐
시미어 숄을 들고 나왔다. 남편은 좀 더 두꺼운 옷으로 갈아입고 나
왔다. 둘은 리조트 왼쪽 산책길을 따라 걸었다. 좀 전의 한 무리의 사
람들이 지나가고 늦은 시간이라 사람들은 한 명도 없다. 산책로를 위
해 만들어놓은 둑에 파도가 흰 거품을 내며 찰싹거린다. 달빛에 대낮

처럼 밝다. 천천히 길을 따라가니 산책길 가까이 손이 닿을 듯 길죽한 큰 바위가 섬처럼 떠 있다. 그 위에 한 그루의 소나무가 잘 다듬어 놓은 분재처럼 우뚝 서 있었다.

"저 섬 보세요. 너무 멋있지 않아요? 어쩜 저 바위에 소나무가 저렇게 멋있게 서 있을 수가 있어요?"

"거기 서 봐, 저 섬을 배경으로 사진 찍어줄게."

"어두워서 나오겠어요?"

"달이 저렇게 밝은데? 자, 이쪽으로 와봐. 멋있다. 당신은 마치 여신처럼 보여."

"에이, 무슨 말씀을."

"아니, 진짜라니까. 긴 그림자를 끌고 있는 여신! 하하."

지영이 그러고 보니까 그동안 경주네 집 갔다 온 이후 아버지를 만나고 많은 이야기를 나누어서 그런지 남편과의 어색했던 그 거리감이 좀 사라진 것 같다. 지영은 남편에게 다가가 핸드폰 사진을 본다. 아무리 밝아도 사진 속은 어둡다. 뒷배경이 새까맣다. 지영이 얼굴만 환하다. 거대한 어둠을 뒤로 한 여신처럼 지영의 그림자가 해안도로 전체에 길게 늘어져 있다.

"아주 멋진데요. 작품 하나 건졌네."

"그렇지? 밤 12시에 찍은 사진, 그러고 보니 밤의 풍경을 흑백으로 찍어 작품으로 해도 멋있을 것 같은데."

둘은 다시 산책길을 걸었다. 밤의 찬 공기가 으스스하다. 지영은 남편의 겨드랑에 손을 넣었다.

"약간 으스스하죠?"

"차갑네, 밤이라……."

지영이 손을 자신의 겨드랑에 꽉 끼었다. 오늘 남편은 경주네 집에서 마신 만큼의 술을 마셨는데도 말짱하다. 그날 남편도 자신들의 부모들이 지영에게 보내는 냉랭한 태도에 엄청 스트레스를 받았나 보다.

"오늘에야 난 당신의 긴 그림자를 다 본 것 같아."

"긴 그림자? 무슨 말이에요?"

"그동안 당신과 결혼은 했지만 당신은 긴 그림자를 어디 두고 온 것처럼 흔들리는 당신을 보는 게 불안했어. 그동안 말은 하지 않았지만 당신이 악몽을 꾸면서 내는 흐느낌 때문에 잠을 깬 적이 몇 번 있었거든. 그런데 당신이 의식을 잃고 병원에 입원했을 때 올 것이 왔다는 생각이 들었어. 근데 오늘 당신과 아버지가 당신 어릴 때부터 모든 이야기를 하는 것을 듣고야 당신이 이제 온전히 내 사람이 된 것 같아. 그리고 놀라운 사실은 그동안 당신이 무엇을 하겠다고 완강한 뜻을 밝힌 적이 없었는데, 오늘 나한테 물어보지도 않고 통영으로 발령받아 오겠다는 말을 듣고 한편으로는 충격적이었지만, 이제는 당신은 불안하지도 않을 것이며 나를 떨쳐내고라도 잘 살아가겠다는 생각이 들더라. 사실 그동안 처음 당신을 만났을 때 보여줬던 놀라웠던 날카로운 예지는 사라지고, 우리 부모님한테에게 저자세로 나가는 것을 보고 안타까웠거든."

"저도 여기 통영 오기 전까지는 아버지 파산으로 인한 가족의 해체 등 우울한 일들이 저의 의식을 흔들고 있다고 생각했어요. 근데 여기 도착해 통영의 바닷가에서 불어오는 바닷내와 파도 소리를 듣고 오감이 열리면서 제 몸이 환해지는 경험을 했어요. 바로 저의 불안한 의식을 누르고 있는 것은 아버지의 파산도 가족의 해체도 아니었어요. 그것을 핑게 삼아 오히려 당신 가족의 보호망 속에서 벗어날까 봐 하는 두려움이 저를 불안으로 몰고 있었어요. 그래서 여기 와서 제 오감이 시키는 대로 한번 살아야겠다는 생각을 하게 되었어요. 당신한테 의논하지 않고 저 혼자 결정한 것 죄송해요. 저도 그동안 자신의 의식을 알지 못했으니. 참, 그리고 고향에 오니, 용기도 나요. 저도 생각지 못한 일이에요. 가만히 생각하면 경주한테 고맙다는 생각도 들어요. 그날 경주 집에 가지 않았으면 이런 결론에 도달하기 힘들었을 텐데. 어머님 아버님께 의논은 안 하려고 해요. 그것은 당신이 알아서 하세요."

"그런데, 경주 집과의 일은 어떻게 하는 것이 좋을까?"

"글쎄요. 아버지가 의외네요. 그 선주 집에 분노를 터뜨리실 줄 알았는데……."

"아버지도 그동안 사회활동을 많이 하셨으니까, 세상 이해가 깊으신 거지 뭐."

"아무튼 아버지가 그분들과 할 이야기가 없다고 하시니, 전들 뭐라

할 수가 없네요."

"내가 그럼 경주 아버지를 만나 당신 집 이야기를 할게, 허심탄회하게. 아무리 정부가 시켜서 장인을 해고시켰다 해도 조금은 도의적 갈등을 했을 거야. 더군다나 당신 집이 이렇게 풍비박산이 되었다는 이야기를 들으면 인간적인 분이면 가슴 아파할 거야."

"그런 분이라면 벌써 저희 아버지를 찾아왔을 거예요. 누구 입을 통해서도 어머니가 그렇게 되셨다는 것을 아셨을 테고요. 그리고 분명한 것은 광명 87호가 자기네 집안에 영광을 가져다줬다고 거실에 그렇게 버젓이 걸어놓은 정도면 아버지부터 찾아왔어야 되는 것 아니에요? 저는 그분들은 윤리적인 양심을 느끼지 않는 사람들 같아요."

지영은 그날 경주가 술 취한 남편에게 한 추행을 생각하니 다시 분노가 일었다.

"아무튼 그렇다고 아무 일이 없듯이 지나가기에는 나로서는 양심에 걸려. 어쨌든 두 집과의 관계가 옛날처럼 되기는 힘들잖아?"

"저는 이제 경주하고도 보는 일 없을 거예요."

남편이 지영의 완강한 목소리에 놀라 쳐다본다.

"당신은 경주에 대한 분노가 있는 것 같아. 그날 일 때문이지? 그전에는 그렇게까지 싫어하지 않았잖아? 그날 도대체 무슨 일이 있은 거야? 두 사람 다 아무 말을 안 하고……. 당신이 경주 전화를 안 받으면 경주가 계속 나한테 문자나 전화를 할 거야. 경주가 얼마나 끈질긴 아이인 줄 알지? 당신도 경주가 집에 초청을 해도 응하지 않고 잘 버티다가 그날 응해준 것도 경주의 끈질김 때문에 지쳐서 한번 응해준 거잖아? 당신과 경주 사이와 상관없이 이 문제는 우리 아버지 어머니에게도 말씀드리고 경주 아버지에게도 말씀드리겠어. 그리고 경주 아버지가 어떤 태도를 취하든 그건 그분의 몫이지만, 어쨌든 이 문제를 안 이상 두 집과의 관계가 전혀 아무 일 없었던 것처럼 할 수는 없는 거잖아?"

지영은 더 이상 아무 말을 할 수가 없었다. 지영은 그냥 걷기만 한다. 꽤 오래 걸었는데도 바닷가를 따라 만든 산책길은 이어졌다. 바다의 파도 소리는 여전히 찰싹거리며 멀어졌다 가까워졌다 한다. 두 사람이 대화하느라고 듣지 못했던 시내에서 들려오는 웅성거림이 파도 소리에 섞여 들려왔다. 달은 맑아진 하늘 위에 두둥실 떠 있다. 이제 서서히 나타나기 시작하는 별들이 휘영청한 달 때문에 부끄러운 듯 겨우 존재를 드러내고 있었다. 통통이 배가 바다를 가르며 지나갔다. 통영에서의 밤. 지영은 복잡한 자신의 마음과는 달리 감회가 깊다. 조금 전에 헤어졌는데도 다시 아버지가 그립다.

느닷없이 남편이 지영을 거세게 끌어안았다. 오른쪽 산언덕 쪽으로 밀며 깊은 키스를 했다. 남편의 느닷없는 행위가 그날 경주의 행위를 다시 생각게 한다. 지영은 남편의 몸에서 빠져나온다. 남편에게 그날의 행위에 대해서 미움이나 분노가 이제 없지만, 지영의 몸은 아직 받아들이지 않는다. 남편도 그날 일을 전혀 기억하지 못하면서 무언가 경주와 자신 사이에 있었다는 것은 감지한 듯, 그동안 지영에게 근접을 하지 않았다.

"죄송해요."

남편은 아무 말을 하지 않았다. 그리고 묵묵히 지영이를 따라 걸었다. 남편한테 미안하다. 그날 일이 남편의 잘못이 아닌데도 남편을 받아들이기 힘들다. 지영은 다시 술을 먹고 싶다는 생각을 한다.

"여기서 뛰어서 리조트까지 가요. 그리고 진 사람이 이긴 사람의 요구를 들어주기로 해요."

남편은 느닷없는 지영의 말을 듣고 마음이 풀렸는지 피식 웃었다.

"좋아, 열까지 세면 뛰는 거다. 하나 둘…… 열, 요땅."

남편은 자신 있는 듯 뛰어갔다. 지영은 지칠 대로 지쳐서 술을 먹고 자고 싶다. 경주 집 다녀온 후 며칠간 불면의 밤을 보냈고, 어제는 세 명의 가족이 함께 통영을 방문한다고 생각하니 기쁨과 감회로 흥분하여 잠을 거의 못 잤다. 이제 한 시간이라도 자신의 영혼을 잠재우고 싶다. 버스 속에서도 좀 잔 것 같은데도 심신이 지쳐 있다. 달린다. 다시 달린다. 그러나 남편과의 거리가 점점 멀어진다. 정말 남편은 이기기 위해 열심히 뛴다. 남편처럼 단순하고 건강하면 악몽을 꾸지 않을 텐데. 지영은 속력을 더 내어본다. 그러나 몸은 지쳐서 마치 해파리처럼 흐늘거린다. 함께 달리던 달도 지영과 같이 느려진다. 점점 멀어지는 지영과의 거리감을 줄이기 위해 남편도 천천히 뛰는 시늉만 하며 지영과 속도를 맞춘다.

"이제 항복이지? 약속 꼭 지키는 거다?"

남편의 이마에서는 땀이 줄줄 흐른다.

"우리 달밤에 체조하는 것 같아요. 호호."

"약속 지킬 거지?"

"네, 호호."

"당신은 지금 뛰는 것이 아니라 걷고 있어."

남편의 그 말에 지영의 다리에 힘이 쫙 빠지며 그 자리에 털썩 주저앉았다. 지영은 아예 아스팔트 길 위에 사지를 뻗고 드러누웠다.

남편이 놀라 '여보 괜찮아?' 하며 지영이의 몸을 일으키려 한다.

"여보! 당신도 한번 이렇게 누워봐요. 땅이 온몸을 받아들이는 것 같아요. 대지 전체가 내 몸을 품어주는 것 같아요. 너무 편해요. 아~ 제 옆에 당신도 누워요."

남편도 눕는다.

"당신을 대지의 품에 맡긴다 생각하고 마음을 확 비워요. 좋죠?"

남편은 팔다리를 대자로 하고 몸을 편한 자세로 눕는다.

"우리 이러고 10분만 있어요. 마음이 참 편해졌어요. 아버지의 일을 꼭 어떻게 하겠다고 생각했을 때는 마음이 불편했는데, 아버지가 저렇게 마음을 비우고 계시니까 저도 그동안 왜 스스로를 옭아매고 있었나 하는 생각이 들었어요."

"당신은 오빠로 인해 심리적 압박을 당하고 있었기 때문이지, 뭐."

"아, 맞아요. 오빠도 제가 만나서 한번 아버지를 만나라고 해야겠어요. 그러면 아버지를 이해할 수 있을 거예요."

"오빠는 당신과 다를 수 있어. 아버지 때문에 자신의 인생이 그렇게 꼬였다고 생각할 수 있으니까. 아버지는 베트남 난민들의 절박한 외침 속에서, 인간이면 그들의 외침을 외면할 수 없을 거야. 그렇지만, 몇십 척의 배가 외면하고 모른 척 지나갔다는 이야기를 들으면, 또 아버지의 결단은 아무나 할 수 있는 용기가 아니라는 것을 보여주지. 또 모든 것을 포기할 생각을 했다는 용기는 높이 살 만한 것이지."

"그건 남의 입장에서는 쉽게 할 수 있는 이야기지만, 우리 가족의 생사권을 쥐고 있었던 아버지라면 입장이 달라질 수 있어요. 특히 어머니까지 쓰러지고, 오빠는 떠돌고, 저는 아버지 친구 집에서 아무리 잘해준다 해도 항상 마음이 추웠어요. 어릴 때 어머니의 사랑을 받지 못하고 자란다는 게……."

지영은 울컥한다. 말을 끊고 마음을 가라앉힌다.

"저는 오빠를 이해해요. 오빠는 엄마를 유독 많이 따랐거든요."

"리조트 방에 가자. 오한이 오네, 감기 걸리겠다."

남편은 일어나서 몸을 부르르 떤다. 남편이 지영이 손을 잡아준다. 지영이도 일어나 묻은 먼지를 털고 걸었다. 낮처럼 밝은 해안길을 따라 걸으니 갑자기 아버지의, 홀로 외롭게 걸어가는 아버지의 등이 보이는 것 같다. 세상의 이치를 꿰뚫고 혼자 묵묵히 누구의 이해도 바라지 않고 살아온 거인 같다. 길을 걸으며 문득 한 편의 시가 떠올랐다. 지영이 한창 고시 공부할 때 고시보다는 문학 쪽에 그것도 괴테의 시를 독일어로 줄줄 외우고 다니는 남학생이 지영에게 말했다. 지영이 너무 진지하다며, 그러면 세상의 칼날에 상처를 입기 쉽다며. 그러면서 괴테의 시를 독일어로 우리말로 또 번역된 것으로 읊어준 시가 갑자기 떠오른다.

이 세상하고는 어떻게도 좋게 지낼 수가 없다.
그대가 착하여도 소용없고, 유능하여도 소용없다.
세상은 우리들이 길들어 있기를, 심지어 하찮기를 바라느니!

이제 푹 잠들 수 있을 것 같다. 남편과 남은 발렌타인을 한 잔씩 마셨다. 푹 쓰러지자.

온 산이 황색 수선화로 가득하다. 지영은 여기저기 날아드는 잉잉거리는 꿀벌과 함께 자신도 마치 눈부신 꽃에 도취, 황홀함 속에 빠져 있다. 민이도 꿀벌과 함께 날고 있다.

그때 누군가 지영을 흔들었다.
"오늘 새벽 일출을 꼭 보겠다고 하지 않았어?"
지영은 겨우 눈을 뜬다. 잠은 충분한 것 같지 않은데도 지영은 몸이 가뿐한 것을 느낀다.
"아, 오랜만에 악몽 없이 너무 잘 잤어요. 지금 몇 시예요?"

지영은 기지개를 켜며 남편을 포옹한다.

"5시 30분, 일출 시간이 6시라니까, 지금 준비해야 돼. 갈 수 있겠어?"

"네, 근데 민이는 어떡하죠?"

지영이 화장실로 향하며 묻는다.

"민이도 데려갈까? 어제 일찍 잤으니까, 깨워도 괜찮을 것 같은데."

남편이 민이를 흔든다.

"아빠, 지금 몇 시예요?"

"새벽 5시 30분! 엄마 아빠는 일출 보러 가려는데 갈 수 있겠어? 아니면 더 잘래?"

"저도 갈래요."

그렇게 자고도 잠이 부족한지 눈을 비비며 일어나 화장실로 간다. 지영이 화장실에서 나오며

"민이 잘 잤어?"

민이를 두 팔로 꺼안는다.

"글쎄요? 잘 잔 것 같기도 하고, 아닌 것 같기도……."

지영은 화장실 문을 닫아주며 웃었다.

민이가 평상시 일어나는 시간이 아니라 아직 잠이 덜 깬 것 같다. 지영은 민이가 입을 옷을 침대에 챙겨두고 자신도 두꺼운 점퍼와 캐시미어 숄을 꺼냈다. 오랜만에 잔 단잠이었다. 다섯 시간을 푹 잔 것

같다. 지영은 커피포트에 물을 끓였다. 가지고 온 보온병에 커피를 넣고 끓는 물을 부었다. 그리고 작은 1인용 보온병에는 따듯한 물을 부어 배낭에 넣었다. 그리고 가지고 온 초코 브라우니를 챙겼다.

"민이 졸리면 나중에 버스에서 자면 돼. 그래도 일출을 구경하는 게 좋지?"

"네~"

"빨리 옷을 입고 출발하자."

해안길로 나오자 새벽의 푸른색 여명의 바다가 안개에 싸여 뿌옇다.

"안개가 많이 끼어 일출을 볼 수 있겠어요?"

"해가 솟아오르면 안개는 금방 걷히지."

어제 갔던 해안도로를 따라 길을 나섰다. 새벽인데도 사람들의 웅성거리는 소리가 들려온다. 앞에도 몇몇 떼를 지어 벌써 사람들이 가고 있다.

"저기 건너편을 봐! 민이야! 해가 떠오르려고 벌겋지, 저 속에 해가 이글거리고 있어."

"아, 정말요? 가슴이 뛰어요. 처음 해 뜨는 것을 본다고 생각하니. 저를 깨워주셔서 고마워요."

"어쭈, 이제 정신이 드는 모양이네."

제법 20분 넘게 걸었다. 해바라기 공원이 있는 곳으로 다른 사람들이 가는 곳을 따라 계단으로 올라갔다. 계단 주위는 아직도 지지 않은 노란 개망초꽃이 이슬을 머금고 발걸음을 옮길 때마다 파르르 파르르 흔들린다. 한 그루의 나무에 낙상홍의 열매가 발갛게 얼굴을 내밀고 있다. 계단이 끝나는 지점 위에는 벌써 여기저기 옹기종기 사람들이 모여 앉아 있다. 지영이네도 일출이 잘 보일 만한 곳에 자리를 잡았다. 이런 시간을 보낼 수 있는 행복감이 충만함으로 가슴을 밀고 올라왔다. 그저 눈앞에 펼쳐지는 모든 것이 그녀의 감동을 자아낸다. 지영은 지금 맡고 있는 공기를 코로 흡입하고 불어오는 바람조차 자신을 어루만지는 것같이 다정스레 여겨진다. 새벽의 찬 공기의 상쾌함이 지영의 얼굴을 훑는다.

왼쪽 끝자리에 있는 소나무 둥지에 남편과 지영은 기댄다. 발밑에 자리를 만들어 가지고 온 간이 방석을 꺼내 민이에게 주었다. 안개 속 뿌연 바다 위로 고깃배들이 느릿느릿 부유한다. 그 위로 한 마리의 갈매기가 까악거리며 새벽 바다를 음미하듯 비행한다. 안개 속에서 파도 소리만 찰싹거린다. 지영은 보온병을 꺼내서 커피를 뚜껑에 따라 남편에게 주고 민이에게도 작은 보온병을 건넨다.

"춥지? 뜨거운 물이니 조심하고 식혀가면서 천천히 마셔! 브라우니도 줄까?"

"아니요, 나중에요."

갑자기 사람들의 '와아' 하는 함성에 놀라 지영이 눈을 바다 쪽으로 향했다. 순식간에 안개는 사라지고 해가 바닷속을 뚫고 힘차게 올라왔다.

"엄마, 태양이 솟아요!"

민이가 흥분해 고함을 지르며 일어서서 펄쩍펄쩍 뛰었다.

솟아오른 해는 장엄한 모습으로 이글이글 타오른다.

"눈이 부셔요. 쳐다볼 수가 없어요."

민이가 지영에게 다가와 목을 껴안는다. 지영이도 민이를 깊이 포옹한다. 남편은 카메라에 담으려고 핸드폰으로 열심히 일출 장면을 찍고 있다. 지영은 커피를 꺼내 보온병 뚜껑에 따라 천천히 한 모금 입속에 머금는다. 입속 가득히 퍼지는 비엔나 커피향이 태양의 뜨거운 열기와 함께 온몸에 퍼져나간다.

23

형은은 새벽에 잠에서 깨자 물을 두 컵 마셨다. 그리고 현관문을 열어 문앞에 떨어져 있는 신문을 가지고 들어왔다. 컵을 준비해 네스카페 캡슐을 기계에 넣고 커피를 뽑는다. 그리고 우유를 넣어 우유 거품기를 돌려 거품을 내었다. 커피 컵에 거품을 넣어 한입 마시고는 부엌 창문가로 간다. 새벽마다 유독 새소리가 힘차다. 밤새 모은 정기를 마음껏 뿜어낸다. 참새, 검은 딱새, 까치 등이 잣나무 가지에 앉았다가 다시 뛰어올라 하늘로 높이 올랐다가 다시 다른 나무 가지에 앉기를 반복한다. 새벽 새들의 비행을 따라 한참 눈동자를 움직이며 눈 운동을 한다.

그리고 식탁에 앉아 신문을 펼쳤다. 신문의 일면 기사로 '시리아 난민 꼬마 아이 사망, 해변서 시신 발견'이라는 제목 하에 바닷가에 엎드려 모래에 파묻혀 있는 아이의 시신 사진이 크게 게재되어 있었다. 형은은 가슴이 싸아해졌다. 형은은 기사를 자세히 읽었다. 터키 해안가에서 발견된 세 살배기 아이의 시신 사진이 전 세계를 충격에 빠뜨렸다. 아이는 파도에 떠밀려와 모래에 얼굴을 묻고 엎드린 자세로 발견되었다는 것이다. 아이의 이름은 아일란 크루디, 그 가족과 터키에서 그리스로 밀항하다 배가 전복돼 아버지인 압둘라만 제외하고 가족들이 모두 익사했다. 무엇보다도 터키는 시리아의 내전을 틈타 결집한 터키 내의 크루드족 독립 열기가 고조되는 것을 가장 우려하고 있다. 이런 사태를 막기 위해 터키는 크루드족인 시리아의 아사드 정권을 타도하고자 하는 시리아 반군을 지원하고 있다. 그래서 터키 내의 크루드족은 죽음을 무릅쓰고 터키를 탈출하고자 한다. 아일란 크루디 가족도 그 일행 중 한 가족이었다. 형은은 모든 전쟁은 정의의 이름으로 국가 간의 이해의 충돌이라 생각한다. 이런 복잡한 이해관계 속에서 참상이 끊이지 않는 현 상황이 안타깝다. 난민 기사 때문인지 민이 외할아버지 생각이 문득 떠오른다. 어떻게 문제가 해결되었는지 궁금하다.

그리고 며칠이 안 돼 민이 엄마 지영으로부터 전화가 왔다. 민이 엄마가 점심을 먹자고. 그래서 집 가까운 곳으로 가서 먹기로 했다. 형은은 남편이 출근하자 다음 날 있을 세미나 준비를 위해 책을 읽고 대략 화장을 하고 외출 준비를 했다. 이태리식과 한식 퓨전으로 하는 3분 거리의 가까운 식당에 가기로 했다. 막 신발을 신으려니까 현관

벨 소리가 울렸다. 형은이 문을 열었다. 문 앞에 민이 엄마가 서 있었다. 한두 달 보지 못했는데 몰라보도록 달라진 민이 엄마의 모습에 형은은 입을 다물지 못했다. 그동안 지영은 주로 검은색 옷을 입고 다녔는데 노란 투피스에 하늘색 꽃이 그려진 니트를 입고 있었다. 눈이 부셨다. 엘리베이터가 올라오는 동안 형은이 마치 낯선 사람 쳐다보듯 민이 엄마를 쳐다보고 있었다.

"전 영화배우가 서 있는 줄 알았어요. 그동안 이 미모를 숨기고 다녔으니……"

"점심 먹고 법원에서 부장판사를 만나기로 했어요."

엘리베이터가 도착하자 안으로 들어가며 민이 엄마가 말했다. 형은이 뒤따라가며

"네, 그럼 점심을 빨리 끝내야겠네요."

"아니에요, 3시에 만나기로 했으니, 두 시간 이상 여유가 있어요."

형은은 엘리베이터를 타자 민이 엄마를 바로 쳐다봤다. 표정도 많이 달라져 있다. 항상 어둡고 기운이 없어 보이던 모습은 자취도 없어졌다. 자신만만하고 당당한 자신감이 넘치는 모습이다. 전혀 딴 사람이다. 얼마 안 되는 그 사이에 무슨 일이 어떻게 일어났기에 이렇게 사람을 변화시켜 놓았을까? 형은은 너무나 신기했다. 또다시 민이 엄마를 쳐다봤다.

"민이도 요즘 통 못 봤네요."

"네, 영어 학원에 다시 등록했어요. 일주일에 세 번 학원만 가도 바

쁘거든요. 거기다 일주일에 두 번 피아노 하죠. 저녁 먹을 때나 되어야 저도 겨우 민이 얼굴 봐요."

"민이 엄마가 있는 동안에는 영어 학원 보내지 않겠다더니?"

"지난번 〈겨울 왕국〉 외우기 영어 경시대회에서 2등을 했나 봐요. 그래서 난리가 났어요. 다른 아이들이 학원에서 모두 다 외우고 연습해서 나갔는데, 자신은 집에서 혼자 외워서 그렇다고. 그래서 학원에서 연습해서 1등 하는 것보다 혼자 해서 2등을 한 것이 훨씬 잘한 거라고 말해도. 그리고 학원을 안 다닌 애가 경시대회 나간 애도 민이 혼자래요. 원래 학원 등록한 학생들이 나가는 것인데 민이가 학원 다닐 때 우수하니까 학원에서 경시대회에 나가보라고 한 거였거든요. 그것도 1등 한 애가 민이와 제일 친한 예진이라는 애예요. 민이는 경쟁심이 그렇게 심하지는 않은데, 예진이한테는 꼭 이겨야 한다고 언제나 각을 세워요. 참 그 집하고는 대를 걸쳐가며 경쟁 관계네요."

"대를 걸치다뇨?"

"아, 네, 예진이 엄마가 제 고등학교, 대학교, 사법고시도 같이 한 친구거든요. 더 우스운 것은 제가 결혼하려고 예진이 엄마를 만나 남편감을 얘기했더니, 걔가 소스라치며 놀라는 거예요. 두 집의 부모들이 서로 친해, 부모들끼리 암묵적으로 결혼 얘기가 오고 간 모양이에요. 저희 남편은 모르고 있었고 예진이 엄마는 알고 있었나 봐요. 그러니까 예진이 엄마랑은 여학교 때부터 공부는 물론 남편감까지 경쟁하던 관계였던 거죠. 그런데 아이들까지."

"저도 예진이라는 아이는 알고 있어요. 입원하셨을 때, 매봉산에서 민이가 그 아이 때문에 도망가다 넘어진 적이 있었거든요."

"아, 네. 민이도 예진이 싫다면서도 신경이 쓰이는지, 유독 예민하게 굴어요."

얘기하는 사이 벌써 도착했다. 둘은 2층으로 올라가 웨이터가 안내해주는 대로 남부순환로가 보이는 창가에 앉았다. 웨이터에게 민이 엄마는 토마토 소스의 해산물 스파게티를, 형은은 한식 비빔밥을 시켰다. 형은은 민이 외할아버지 일이 마음이 조급할 정도로 궁금한데 민이 엄마가 좀체 이야기를 꺼내지 않는다.

"휴직 중인데도 법원 사람들을 가끔 만나요?"

"아니, 처음이에요. 제가 내년에 복직하면서 제 고향 통영으로 내려가려고요."

"네? 통영을요?"

"네, 호호, 지난번 통영 다녀온 이후 통영에서 한번 근무하고 싶어졌어요. 아버지하고도 가까이 있고 싶고요."

"아버지 때문에?"

"아닙니다. 아버지는 언제나 당신 상관 말고 저만 잘 살면 된다고 말씀하세요. 물론 이번에도 마찬가지였고요. 그러나 아버지와 상관없이 너무 오랫동안 고향을 떠나 산 것 같아요. 그래서 저 자신이 어둡고 불안했던 것도 거기에 원인이 있었던 것 같고요. 이번에 통영에 가면서 어머님도 모시고 가려고요. 집을 얻어 아버지와 어머니 다 함께 어릴 때처럼 살아보려고요."

"민이와 민이 아빠는?"

"민이는 제가 데려가기로 했고, 민이 아빠도 처음에는 황당해하다 그 근처로 발령을 받는 대로 오기로 했어요. 그래서 집을 전세로 주고 떠나려고요."

웨이터가 빵과 고추와 오이 피클 접시를 미리 가져왔다. 형은이 물을 한 모금 마셨다. 물 속에 떠 있는 한 잎의 로즈마리가 입을 '화' 하게 한다. 형은은 빵을 올리브 오일에 찍어 입에 넣으면서 물었다.

"어휴, 시간이 얼마 지나지 않았는데 천지가 개벽할 만큼 큰 변화가 있었네요. 그런데 민이 외할아버지 일은 어떻게 되었어요?"

결국 조급한 사람이 우물을 팔 수밖에 없다. 형은은 결국 참지 못하고 물었다. 민이 엄마는 물을 한 모금 마시면서 천천히 뜸을 들여가며 말했다.

"세상일은 알 수 없더라고요. 예진이 엄마, 경주라는 친구의 아버지가 '광명 87호' 선주였는데, 그 아버지가 이미 저희 결혼식 때 저희 아버지를 알아보고, 저희 친정아버님을 만나 이미 밀약을 맺었대요."

"밀약을요?"

"서로 모르는 척하자고. 경주 아버지가 저희 아버지한테 자신도 베트남 난민 구한 사건에 관한 이야기를 남편 가족에게 일체 하지 않을 테니, 당신도 그냥 모른 척하라고. 서로 아는 사이라는 것도 침묵을 지킬 테니, 아버지도 침묵을 지키라고. 어쩐지 저는 그 말을 들으니까 우리 아버지가 왜 그렇게 남편을 만나는 것도 시댁 부모님 만나는 것을 피하셨는지 이제야 이해가 돼요. 민이 돌잔치 때도 친정 가족이 한 명도 없어 어찌나 민망했는지요. 아버지가 시댁 어른과 부딪치는 게 불편해서 그러는 것이라 생각했는데. 시댁 부모님을 의도적으로 만나지 않으려는 아버지가 그냥 불편해서 그러는가 보다 했지, 거기까지는 생각 못 했어요. 그리고 보면 경주가 지금까지 그렇게 저에게 이상하게 군 것도 그 일을 알고 그러는 것이었나 하는 생각도 들고, 다시 혼란스러워졌어요. 그런데 '광명 87호' 사진 이야기를 할 때 전혀 제 눈치를 보거나 알고 있는 눈치는 아니었어요. 그러니까 저희 남편도 무슨 말을 어떻게 해야 할지 당황스럽더래요. 그래서 우물쭈물 '피해 입은 집이 저희 민이 엄마 친정이었다는 것은 알아야 할 것 같아서요' 했대요. 그랬더니, '피해? 자네 장인이 그러던가?' 하며 시니컬한 웃음을 웃더래요. 그러면서 '자네 장인은 우리 회사에서 가장 촉망받고 젊어서 선장이 된 신화 같은 존재였지. 선원들이 자네 장인이 타는 배만 타겠다고, 따르는 선원이 많을 정도로 유능하고 훌륭한 인품을 가진 선장이셨지. 그래서 선박회사마다 자네 장인을 자신의 회사로 끌어들이려고 유혹의 손길도 많았지. 자네 장인이 그 당시 베트남 난민을 구하겠다고 결심한 것도 일말의 마음 밑바닥에는 이 회사가 아니라도 오라는 데가 많다는 생각이 있었을 것일세. 그런데 그 사건 이후로 우리 회사가 받은 손해와 어려움을 옆에서 지켜보고는 모든 회사가 결코 자네 장인과 같은 훌륭한 선장이 회사 이익에는 도움이 안 된다는 판단을 했지. 그래서 그 사건 이후 한 번씩 오퍼를 받았던 선박회사에 자네 장인이 이력서를 들고 찾아다녔지만, 어느 회사도 받아줄 수가 없었지. 그 당시 정부가 군사정부였어. 자신들이 정체성이 약하니까 미국의 눈치만 보고 있었는데, 미국이 베트남 전쟁에서 패망하자마자 베트남 난민을 구제했다는 선박회사를 가만두겠나? 일제히 선박회사에 공문을 보내 베트남 난민 구제는 불가하다는 공문을 보냈지. 그러니 자네 장인 일이 일어난 이후 우리 회사는 비상이 걸렸었지. 정부에서 우리 회사에 세무조사를 시킨 거였어. 그 당시 세무조사라는 것은 정부에 잘못 보인 회사를 죽이려고 하는 게 세무조사였어. 자네 장인과 마찬가지로 우리 회사도 그때가 제일 힘든 시기였다'고 했대요. 그런 곤욕을 치르는 회사를 보고 또 다른 회사도 아버지 같은 사람이 나올까 봐, 전전긍긍했다고. '그런 몇 년의 곤욕 속에서 겨우 회생을 했어. 그런데 또 20년이 지나 2004년에 자네 장인을 베트남 난민이 초청해 미국 신문에 인터뷰하고 또 유엔 난센상까지 추천하다 보니 인터넷에서 난리가 났지. 그러다 보니 인터넷에서 자네 장인은 영웅이 되었고 우리 회사는 악덕 기업이 되어 악플에 시달리느라고 1년간 고생을 했지. 그때가 자네들 결혼하고 얼마 되지 않은 시기였지. 이쯤 되면 자네 생각은 누가 피해자라고 생각하나?' 하더래요. 그래서 경주 아버지 이야기를 듣다 보니 오히려 기분이 묘하더래요. '물론 제가 회장님을 찾아온 것은 어떤 보상을 원해서 찾아온 것은 아닙니다. 단지 회장님이 그 당시 선장이 저의 장인이었다는 것을 모르고 계시는 줄 알고 아셔야 할 것 같아서, 그러나 그 사실을 이미 알고 계셨다니 할 말이 없네요' 했대요. 그랬더니 자신의 회사의 입장에서 보면 '광명 87호'가 자신의 집안에 자랑을 갖다준 배이지만, 내놓고 이야기할 것은 아니라는 거죠. '그건 자네 장인의 입장도 마찬가지일 거야. 자신의 훌륭한 결단의 행동을 마냥 즐길 수 있는 입장이 못 되는 것은 가족의 희생의 대가로 96명의 목숨을 살린 것 때문이지. 자신의 회사 측에서 보상할 책임은 전혀 없지만, 자네 처가의 형편을 생각해서 조그마한 돈은 보태줄 수 있다'고 했대요. 그래서 그런 입장으로 주는 돈은 받지 않겠다고 남편이 거절했대요. 저도 잘했다고 했어요."

시킨 식사가 나왔다. 형은은 채소가 들어 있는 비빔밥 뚝배기에 밥을 반 공기 넣고 참기름과 고추장을 넣어 젓가락으로 채소가 부서지지 않게 비볐다. 민이 엄마가 스파게티를 포크로 끌어올려 입으로 넣었다.

"맛있어요? 저는 가끔 여기 생맥주가 맛있어 오는데, 민이네는 여기 자주 와요?"

"아니요, 몇 번 왔지만, 민이가 '매드 포 갈릭'을 좋아해서 저희는 주로 거기로 가요. 저는 여기도 좋아해요."

"저희는 여기가 워낙 가까워서 자주 와요."

"아줌마 있을 때는 밥을 준비해놓으니까 집에서 주로 식사를 했죠. 아줌마 나간 이후 가끔 외식을 했어요. 아줌마가 없으니까 남편도 가사노동에 관심을 가져서 좋아요. 제가 힘들다고 저녁에 집에 일찍 들어오는 날은 외식을 하자고 하죠."

"근데 궁금한 것이 있어요. 못 본 지 한 달도 안 됐는데 민이 엄마가 전혀 다른 사람이 된 것 같아요. 어떻게 된 거예요?"

"호호, 그렇게 보여요? 그동안 세상 사람들의 잘못된 인식 속에 저도 길들어 있었던 것 같아요. 제가 병원에 입원한 이후 저의 시댁을 방문했을 때, 큰 충격을 받은 것 같아요. 보통 때도 저에게 시어머니가 차게 군다는 것은 알았지만 노골적은 아니어서 성격이 차가운 분인가 생각해왔어요. 그런데 그날 노골적으로 저를 냉대하는데 제가 화가 나서 견디기 힘들었어요. 돌아오는 길에 예진이 엄마라는 친구에게서 전화가 와 자기네 집에서 술 한잔하자고 해서 갔다가 '광명 87호'를 보게 되고 그리고 그 이후 너무나 많은 것을 생각하게 되었어요. 저는 그동안 저희 시아버지가 대법관이었다는 것과 그리고 아들이 결혼하자 큰 집을 사서 독립을 시키는 재력에 눌려온 것 같아요. 반대로 전 혼수라고는 몸 하나 가져온 것밖에 없고 오빠 때문에 마이너스 통장까지 쓰는 빚더미, 거기다 의식이 없는 어머니, 아버지의 무능력, 이런 것들이 저의 정체성을 이루는 것이었죠. 반대로 경주라는 애는 자신이 검사임에도 엄청난 예단에 화려한 혼수를 짊어지고 결혼하는 것을 보고 저의 시부모님께 너무 미안하기도 했어요. 그런데 아버지 사건을 계기로 경주 아버지 말대로 저희 가족의 희생은 베트남 난민 96명의 생명을 살린 대가로 이루어진 것이라는 생각이 들었어요. 아버지의 신문 인터뷰를 보고, 그 베트남 난민들의 아우성소리를 듣고 자신이 배를 돌려 그들을 살린 것을 지금까지 후회한 적이 없다고 말씀하신 것을 읽고 저의 조그마한 불안과 고통은 이기적인 것이라는 생각이 들더라고요. 그동안 아버지에 대한 원망만 있었지, 아버지를 이해하려고 하거나 아버지를 도와 집안을 내가 책임져야겠다는 생각은 못 했어요. 오빠를 도와준 것도 오빠의 시달림이 싫어서였지, 그 자체가 내가 할 일이라는 생각을 못 한 것 같아요. 제가 만일 남자였으면 그런 생각을 했겠어요? 나는 결혼했으니까 친정과 무관한 내 가족만 챙기면 된다는 생각이 밑바닥에 깔려 있었죠. 물론 내 가족 속에는 남편과 민이만 있었죠. 그러니까 오빠의 시달림을 견딜 수 없어 자살까지 하려 한 것이죠. 그런 잘못된 생각이 나의 불안을 만들고 정체성이 되면서 악몽을 꾸어온 거예요. 그래서 당연히 시부모 눈치 보며 살아야 한다고 생각하고 시댁에게도 잘 보이려고 했고요. 근데 생각을 바꾸니까 제가 그동안 노심초사했던 게 아무런 문제가 안 되더라고요. 그런데 통영을 갔더니 저의 몸과 마음이 확 열리면서 저 자신에 대한 확신이 생기는 거예요. 그동안 너는 잘 살아왔다고, 잘 살아갈 수 있다고. 그래서 '통영에 와서 한번 살자' 하고 남편한테 동의를 얻고 결행하기로 했어요. 오늘 부장판사 만나는 것도 그 이야기를 하려고요."

"대단한 결심이네요. 그럼 집은 팔 거예요?"

"아니요, 이번에 왜 사람들이 강남 강남 하는가를 뼈저리게 느꼈어요. 통영에 집을 알아보니, 전셋값으로 통영에 맘에 드는 집 사고도 남더라고요. 어머님을 모셔가면 별채가 있는 큰 집이 필요해서 인터

347

넷으로 알아봤거든요. 그리고 아버지도 그동안 가족 없이 떠돌이 생활 하셨는데 어머님과 함께 다 같이 살려고요. 저는 사실 저의 집값도 몰랐거든요."

"오빠는 어떡하려고요?"

"엄마를 모셔 가면 오빠도 당연히 따라와요. 거기서 정착하면서 본인이 하고 싶은 일 하도록 도와줘야죠. 마침 아버지가 살던 집을 정리한 돈 2억 정도 오빠 몫으로 저축해놓으셨다니까요."

"어휴, 정말 잘됐네요. 민이 엄마의 생각 하나로 모든 것이 정리가 되네요."

"근데, 이렇게 간단한 것을 결혼이라는 제도 때문에 구속을 받고 있었더라고요. 민이 아빠가 저의 생각을 따라주니 잘 해결되었지만, 저는 사실 이혼할 각오까지 했으니까요."

"다행이네요. 근데 민이 할머니 할아버지는 언짢아하시지 않을까요?"

"그러니까, 제가 그동안 그 결혼 생활을 유지하기 위해서 알게 모르게 시부모 눈치 보느라 전전긍긍했던 것 같애요. 이혼 각오를 하니까 두 분이 안중에 없어지더라니까요. 용감해졌죠? 남편도 처음에는 당황해했지만 저의 뜻을 따라주어 너무 고마웠어요."

식사가 끝나자 두 사람은 커피를 시켰다.

"제가 섭섭하네요. 민이네가 옆에 있어 마음이 든든했었는데……."

"아직 몇 달 남았잖아요. 아드님 가족은 언제 돌아와요?"

"내년 여름에요."

"한번 통영으로 놀러오세요. 저도 교수님 만나서 친정 엄마처럼 많이 의지가 되었는데, 언젠가 다시 돌아올 테니까 이사 가지 마세요."

"그럼요. 저는 매봉산 때문에 이 동네 못 떠나요."

형은은 민이 엄마의 자신에 찬 밝은 표정을 보니 처음 자신을 찾아와 통곡하던 모습이 오버랩되며 다시 도종환의 시가 생각났다. 형은은 커피를 한 모금 마시며 조용히 입속으로 시를 읊어보았다.

흔들리지 않고 피는 꽃이 어디 있으랴

이 세상 그 어떤 아름다운 꽃들도
다 흔들리면서 피었나니

흔들리면서 줄기를 곧게 세웠나니
흔들리지 않고 가는 사랑이 어디 있으랴

젖지 않고 피는 꽃이 어디 있으랴

이 세상 어떤 빛나는 꽃들도
다 젖으며 피었나니

바람과 비에 젖으며 꽃잎 따뜻하게 피웠나니
젖지 않고 가는 삶이 어디 있으랴.

흔들리며 피는 꽃

초판 인쇄 · 2016년 7월 15일
초판 발행 · 2016년 7월 22일

지은이 · 이덕화
펴낸이 · 한봉숙
펴낸곳 · 푸른사상사

편집 · 지순이, 김선도 | 교정 · 김수란
등록 · 1999년 7월 8일 제2-2876호
주소 · 경기도 파주시 회동길 337-16(서패동 470-6) 푸른사상사
대표전화 · 031) 955-9111(2) | 팩시밀리 · 031) 955-9114
이메일 · prun21c@hanmail.net / prunsasang@naver.com
홈페이지 · http://www.prun21c.com

ISBN 979-11-308-0965-6 03810

값 16,900원

흔들리며
피는 꽃